00:001

Copyright © Markus Nass

Marcus Werner, geboren 1974, verlebte seine irgendwie überhaupt nicht verrückte Jugend im ostfriesischen Aurich und im Schwarzwald. Heute präsentiert der studierte Jurist als Moderator und Autor Wissenswertes im Kinder- und Jugendfernsehen. «Warten auf die Beinhaare» ist sein erstes Buch.

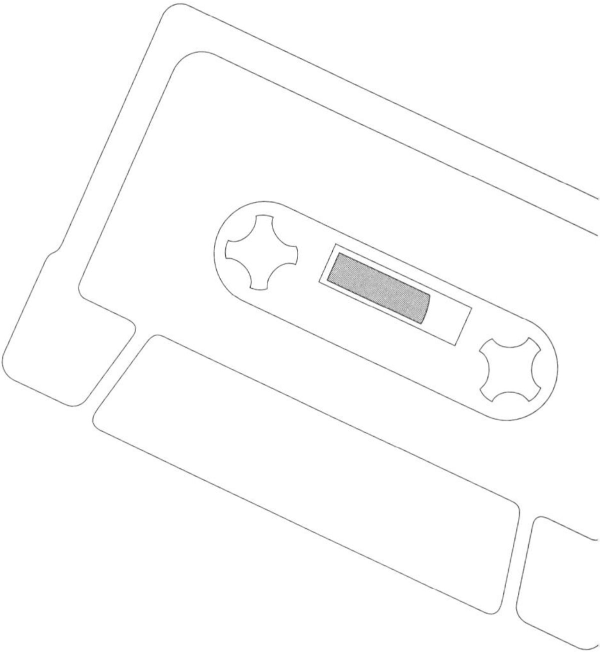

Marcus Werner

Warten auf die Beinhaare

Eine irgendwie überhaupt nicht richtig verrückte Jugend

Rowohlt Taschenbuch Verlag

Originalausgabe Veröffentlicht im Rowohlt Taschenbuch Verlag, Reinbek bei Hamburg, März 2008 Umschlaggestaltung any.way, Wiebke Jakobs (Abbildung plainpicture) Foto auf Seite 2: Markus Nass Innengestaltung Daniel Sauthoff Satz ITC Esprit und Neue Helvetica PostScript (InDesign) bei Pinkuin Satz und Datentechnik, Berlin Druck & Bindung Druckerei C. H. Beck, Nördlingen Printed in Germany ISBN 978 3 499 24657 9

Inhalt

Für Melanie

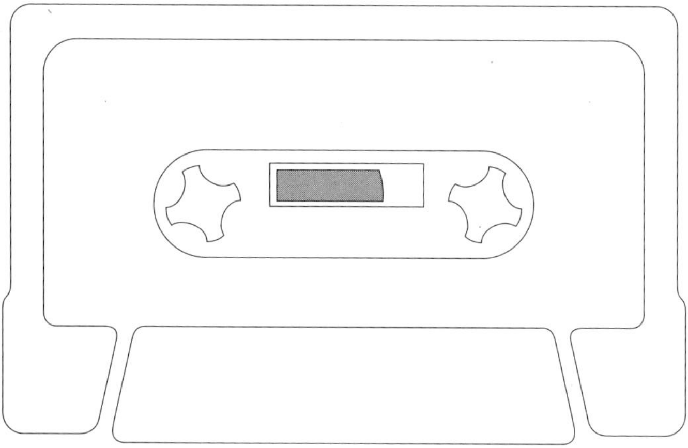

Eine irgendwie überhaupt nicht richtig verrückte Jugend

Ich sage es, wie es ist: Ich bereue keine einzige Jugendsünde. Eher schon grämt mich, dass ich überhaupt nie eine nennenswerte begangen habe – zumindest keine, die heute für eine nette Anekdote herhalten könnte. Dabei stand ich häufiger kurz davor.

Ein gutes Beispiel ist die Schwarzwald-Klassenfahrt in der Achten, als die Neue in unserer Klasse, die Sandra, sich bei uns Jungs beliebt machen wollte. Die neue Sandra ließ sich während unserer Exkursion an den Baggersee überreden, im ufernahen Unterholz jedem der Reihe nach einen Blick unter ihren Badeanzug zu gewähren. Währenddessen aß ich gerade nichtsahnend mit meinem Kumpel Jöckl ein Eis.

Nach unserer Rückkehr bemerkten wir die freudige Unruhe unter unseren Kameraden. Alle tuschelten aufgeregt und waren irgendwie ganz aus dem Häuschen. Als wir erfuhren, was wir aus reiner Fressgier verpasst hatten, beschlossen wir, Sandra unter sechs Augen zu sprechen und ihr den denkbar unglücklichen Grund für unser Versäumnis zu erläutern. Wir versprachen Diskretion und stellten ihr ehrliche Freundschaft in Aussicht. Doch unser Plan, einen individuellen Nachholtermin für die Aktion zu vereinbaren, scheiterte an Sandras plötzlicher Frigidität. Vielleicht hatten ihr auch ihre artigen Freundinnen ins Gewissen geredet. Zumindest sagte Sandra: «So einen kindischen Scheiß mache ich nicht mehr.»

Einige Jahre zuvor – es war mein zehnter Geburtstag – wollte ich meine Partygesellschaft mit einem besonders spektakulären Programm unterhalten. Nach Bananenkuchen und Limo schwatzte ich meinen Freunden auf: «Lasst uns Klingelstreich spielen. Aber heute mal die richtig große Nummer. Die ganze Nachbarschaft soll sich ärgern.»

Der Gag dabei: Nachdem wir bei den Leuten an der Haustür geklingelt hätten, würden wir einfach stehen bleiben. Öffnete sich dann die Tür, würden wir den verdutzten Nachbarn zurufen: «Oh, wir haben vergessen wegzulaufen.» Was wir dann aber schleunigst nachholen würden. Das versprach Originalität und Nervenkitzel.

Bei dem älteren, kinderlosen Ehepaar Steiger versuchten Katja und Uta als Erste ihr Glück. Sie klingelten und warteten. Dann flog die Tür auf, Katja rief voller Begeisterung: «Oh, wir haben vergessen wegzulaufen», Herr Steiger packte Uta blitzschnell am Handgelenk, Katja rannte davon, und Uta schrie: «Hilfe.»

«Dich behalte ich als Pfand», brummte Herr Steiger. Dann

zerrte er Uta ins Haus und donnerte die Tür ins Schloss. Katja begann zu heulen, und wir klingelten erneut. Durch die verschlossene Tür höhnte Herr Steiger: «Die Eltern können sie hier abholen. Damit die mal mitkriegen, was die Göre nach der Schule mit ihren missratenen Freunden so treibt.»

Meine Eltern, die wir sofort holten, konnten Utas Eltern telefonisch nicht erreichen und riefen stattdessen die Polizei, die meine Geburtstagsgeisel nach halbstündiger Haft endlich befreite. Danach war natürlich die Stimmung am Boden, und Uta und Katja wollten sofort nach Hause. Mein Streich war kläglich gescheitert. Und dabei war es der schlimmste überhaupt gewesen.

Da mir aus diesen Gründen keine spektakulären Geschichten zu meiner Kindheit und Jugend einfallen wollten, erfasste mich kürzlich panische Angst. Eigentlich hätte ich schrecklich gerne ein ganzes Buch über derartige Erlebnisse geschrieben. Aber womit sollte ich die vielen weißen Seiten füllen? Einen kurzen Moment lang überlegte ich, auf Schriftgröße 54 zu wechseln, verwarf den Gedanken aber direkt nach einem kurzen Telefonat mit dem Verlag.

Dann gab mir ein guter Freund den Tipp, ich solle mich gefälligst zusammenreißen. Und siehe da: Plötzlich lief alles wie am Schnürchen. Ich schrieb einfach über meine irgendwie überhaupt nicht richtig verrückte Jugend. Die folgenden Seiten sind das Resultat.

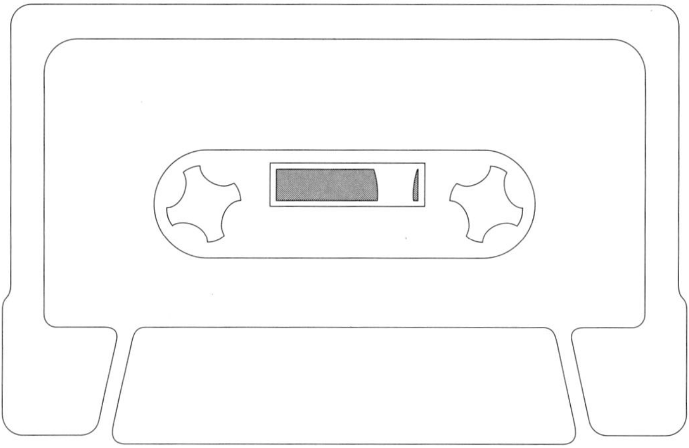

Katzen sind Schweine

Das perfekte Haustier ist der Blauwal. Er ist anschmiegsam, gelehrig, akzeptiert den Menschen als sein Leittier, und stubenrein ist er auch. Und durch die Straßen geführt, bietet er Anlass für allerlei freundliche Schwätzchen mit fremden Leuten: «Och Jesses, ist der süß. Was ist das denn für einer? Ist das noch ein junger?»

Ich gebe zu: Mir war nach einem Scherz. Natürlich spreche ich von einem Hund. Blauwale sind schließlich niemals stubenrein. Der Hund ist meiner Ansicht nach das perfekte Haustier. Und dieser Meinung bin ich schon von Kindheit an. Meine drei Jahre jüngere Schwester Melanie übrigens auch.

Und eines Tages war es endlich so weit: Wir bekamen Wellensittiche. *Wellensittiche.* Wellensittiche, die wir nicht wollten. Wir wollten einen Hund. Wir wollten so sehr einen Hund, dass wir jede Gelegenheit nutzten, unsere Eltern zu überreden, uns einen zu kaufen.

Masche Nummer eins: das Tierheim-Tränendrüsen-Argument. («Die armen Wauzis in ihren Zwingern! Sie haben keine Mama, sie haben keinen Papa, niiiemand hat sie lieb.») Diesem Argument konnten meine Eltern eigentlich nur zustimmen. Da wir aber jung und rhetorisch unerfahren waren, schafften wir es nicht, das Gespräch im nächsten Schritt auf eine höhere Ebene zu hebeln und aus ihrer Zustimmung tatsächlich den moralischen Zwang abzuleiten, einen Hund aus dem Tierheim zu erretten. So parierte die übermächtige Gegenseite einfach mit «Wir haben das doch schon tausendmal besprochen. Nein. Diskussion Ende» oder Ähnlichem. Es klappte einfach nicht.

Auch Masche Nummer zwei funktionierte nur für kurze Zeit. Meine Schwester begann wie folgt: «Oh, Mama, Papa, guckt mal. Wie findet ihr diesen Hund da hinten? Ist der nicht süß?»

«Ja. Der ist echt süß», sagte meine Mutter dann.

Ich sagte: «Ach, dann können wir ja einen kaufen. Wenn ihr den auch süß findet.» Die Falle schnappte zu.

Mein Vater sagte dann so etwas wie: «Ich finde ihn süßer von Weitem.»

Die Falle stand wieder sperrangelweit offen.

«Hahaha! Sehr witzig.» Mit dieser Äußerung gestand meine Schwester indirekt unsere Niederlage ein. Diskussion wieder Ende.

Bei nächster Gelegenheit versuchten wir es erneut.

Melanie: «Oh, der süße Hund da drüben. Wie der so niedlich macht. Mama, Papa, guckt mal. Ist der nicht total süß?»

Meine Mutter: «Nein.»

Masche Nummer drei: Ich, heulend, im Bett strampelnd: «Ich WILL aber einen Hund. Sonst springe ich aus dem Fenster.»

Mein Vater: «Ja, aber sieh zu, dass du dir nicht wehtust.» Das meinte er natürlich nur scherzhaft. Meine Eltern waren und sind zwei Seelen von Menschen.

Ernst meinten sie allerdings Folgendes: «Wir haben keine Lust, nach zwei Wochen diejenigen zu sein, die das arme Tier jeden Tag mehrmals um den Block führen. Euch wird das bestimmt bald langweilig, und wir haben den Hund dann an der Backe. Und wenn wir zum Beispiel nach Schweden fahren wollen, dann muss der Hund erst einmal vier Jahre in Quarantäne. Ganz alleine in einem Käfig am Zoll. Ohne Liebe, ohne Freunde. Das wäre Tierquälerei. Vier Jahre lang.» Vielleicht sprachen sie auch von vier Wochen, mir kam es jedenfalls unendlich lange vor.

Natürlich war die Stichhaltigkeit der elterlichen Argumente nicht ganz von der Hand zu weisen. Der Hund sollte es schließlich gut haben bei uns. Aber das sture Nein zum Hund hätte noch so abwegig und dumm begründet werden können. Es änderte nichts: Wir bekamen einfach keinen Köter. Schluss. Aus. Ende.

Basta!

Ich war damals acht, meine Schwester fünf Jahre alt. Was sollten wir tun? Heimlich nach Schule und Vorschule in geheimen Hundehaltertreffen abhängen und gegen geringe Gebühr die Hunde fremder Leute streicheln? So etwas gab es doch gar nicht. Und wenn doch: Wer hätte uns hinfahren sollen?

So entschloss ich mich, klein beizugeben, um zumindest das bisschen Haustier zu ergattern, das noch zu kriegen war. Um noch einen Rest Ehre zu bewahren, sagte ich: «Dann nehmen wir halt diese Scheiß-Wellensittiche.»

Auch meine Schwester schwenkte auf meinen Kurs ein. Meine Mutter fand den Auftritt unangemessen.

«Komm, komm, komm. Wenn du was haben möchtest, dann aber nicht in diesem Ton.»

Ein paar Wochen später brachte mein Vater von einem Flohmarkt in der Innenstadt einen alten Vogelkäfig heim, und wir fuhren zu einer Gärtnerei mit Wellensittich-Voliere. Darin saßen rund achtzig Vögel, die meisten grün oder blau, auch ein paar gelbe waren darunter. Ringsherum herrschte ein schreckliches Gekreische, was mir aber nichts ausmachte, sondern ein Gefühl von Gemütlichkeit vermittelte. Melanie und ich hätten ewig zuschauen können, wie sich die Vögel gegenseitig bissen und einander die Schwanzfedern rausrupften. Und wie die auf den oberen Sitzstangen die unteren vollkackten. Es waren eben doch Scheiß-Wellensittiche!

Ein Verkäufer kam hinzu. Er stellte sich meinem Vater als der Züchter der Vögel vor. Der Mann war ein wahrer Kinderschreck. Sein verschwitzter Kopf war von einem zotteligen Bart überwuchert, sein Gesicht grünlich blass, und an seiner Nase konnte man rote Adern erkennen. Wie bei Frau Müller-Hagedorn, dachte ich und meinte damit meine kettenrauchende Grundschullehrerin.

Der Züchter trug eine grüne Latzhose und ein schmuddeliges Feinrippunterhemd, das mit Erde und Sittichkacke verschmiert war. Seine Achseln verströmten einen beißenden Geruch. Als er sich in die Hocke begab, um meine Schwester und mich zu begrüßen, entdeckte ich mit Begeisterung und

Abscheu, dass seine Nasenhaare Teil des Oberlippenbartes geworden waren.

«Ihr zwei Hübschen dürft euch heute also einen Vogel aussuchen, wa?», fragte er und stank dabei aus dem Mund. Meine kleine Schwester griff hilfesuchend nach der Hand meines Vaters. «Habt ihr euch schon für eine Farbe entschieden?»

Ich wollte einen gelben. Die waren am seltensten und sahen aus wie Kanarienvögel. Wer jetzt fragt: «Warum dann nicht gleich einen Kanarienvogel?», der übersieht, dass ich darauf keine Antwort weiß. Oder doch: Meine Schwester sollte natürlich auch einen Wellensittich bekommen, und die beiden würden ja zusammen in einem Käfig leben. Wer weiß, ob eine Liaison Wellensittich-Kanarienvogel geklappt hätte?

Um es vorwegzunehmen: Die Liaison gelber Wellensittich–grüner Wellensittich funktionierte definitiv nicht. Zum Nachteil meines gelben.

Dazu muss man wissen, dass er nicht gerade der genetischen Premiumklasse angehörte. Er zählte vielmehr zur Murks-Truppe. Trotz engagierten Geflatters bekam er seinen Vogelhintern nicht vom Teppichboden hoch. Und das als Vogel! Es war ein Trauerspiel.

Vor allem gelbe Wellensittiche scheinen von dieser Behinderung betroffen, denn ich habe seither von drei weiteren Fällen in meinem Bekanntenkreis gehört. Man nennt diese armen gelben Kreaturen «Hopser» oder «Renner». Als mitfühlende Tierfreunde sollten wir jubeln vor Erleichterung, dass die körperlich behinderten Vögel diese überhebliche Betitelung nicht verstehen, geschweige denn selbstkritisch auslegen können.

Ich wollte also einen Hopser. Die Unterentwicklung des Tieres schien mir sogar das beste Kaufargument zu sein. Das nicht nur seltene, sondern auch hübsche und darüber hinaus noch bedauernswert missgebildete Geschöpf brauchte einen Fürsprecher: mich.

«Willst du denn wirklich einen Vogel haben, der nicht fliegen kann?», fragte mein Vater fairerweise. Eigentlich war es ihm egal. Schlimmstenfalls würde das Tier in Kürze sterben. Dann wären bummelig zwanzig Mark zum Teufel gewesen. Eher schon schmerzten meinen Vater wohl die vielen Tränen, die sein Sohn über den Tod des Hopsers würde vergießen müssen. Das Tier dürfte ein spürbares Loch in der Kinderseele seines Herrchens a.D. hinterlassen. Gleichzeitig bietet der Tod des ersten eigenen Haustiers bekanntlich eine gute Gelegenheit für junge Menschen, sich erstmals mit der Tatsache auseinanderzusetzen, dass es auch die eigenen Eltern und am Ende einen selber dahinraffen wird. (Im Idealfall in dieser Reihenfolge. Da sind sich Eltern und Kinder ausnahmsweise einig.)

Dies alles und noch viel mehr in einem Sekundenbruchteil überschlagend, gab mein Vater also der Form halber zu bedenken, dass ein Vogel, der nicht fliegen kann, nicht unbedingt etwas sei, womit man sich als moderner Vogelkäufer klaglos bescheiden müsse.

Ich schlug seine Bedenken in den Wind: «Dann bringe ich ihm das Fliegen halt bei.»

Heute meine ich, meine Eltern hätten diesen Flugunterricht dringend unterbinden müssen – dazu später mehr.

Da ich mich schon für einen gelben Wellensittich entschieden hatte, verbot es sich für meine Schwester automatisch, einen weiteren gelben auszusuchen. Obwohl ich mir sicher bin, dass es sie gewurmt haben muss. Aber mir alles nachzumachen, das wäre extrem uncool gewesen. Das wusste sie. Und wollte daher einen grünen.

Der Züchter lächelte in seinen schäbigen Vollbart. «Gerne.

Einen gelben und einen grünen. Wie ihr wollt.» Das klang, als sei er froh, wieder einen Deppen gefunden zu haben, der ihm den gelben Schrott abkaufte. Aber mich bestärkte es in meiner Entscheidung, den süßen kleinen Nichtsnutz den Fängen dieses Widerlings zu entreißen und ihm ein neues, besseres Zuhause zu geben – inklusive regelmäßigen Flugtrainings.

Dann ging es los. Der Züchter griff zu einem Netzkescher, öffnete die mit Maschendraht bespannte Tür und stapfte in seinen grünen Gummistiefeln durch die mit Zeitungspapier ausgelegte Voliere. Unter seinen Sohlen knackten die Kotkügelchen. Einige verschmierten zu meiner Freude, so frisch waren sie. Die Sittiche umschwirrten seinen vollbärtigen Schwitzkopf wie bekloppt, einige ließen weitere Stresskotkügelchen fallen, und als ich mich zu meiner Schwester umdrehte, konnte ich das Leuchten in ihren Augen sehen. Bezeugte es Vorfreude über ihr neues Haustier oder schadenfreudiges Verlangen nach Vogelkot im Schwitzgesicht des Züchters? Nun, woher soll ich das heute noch wissen? – Aber wie ich sie kenne und wenn ich mir den groben Vogelfritzen in Erinnerung rufe, tippe ich auf das Zweite.

«Ich nehme den da!», rief meine Schwester und deutete mit dem Zeigefinger auf einen Schwarm von etwa dreißig herumflatternden Vögeln in der hinteren linken Ecke.

«Welchen?», rief der Züchter mit zusammengekniffenen Augen. Mehrere kleine Vogelfedern schmückten seinen Bart.

«Den grünen da!», rief Melanie.

«Den da oben am Seitengitter?»

«Nein, den mit dem lustigen Schnabel.»

Melanie deutete wieder mit dem Finger. Offenbar musste der Vogel seine Position verändert haben, denn nun zeigte sie nach rechts unten.

«Lustiger Schnabel …», murmelte der Züchter und stolperte in die rechte Ecke, wohl in der Hoffnung, der Vogel würde ihm dann schon ins Auge springen. Etwa fünfzig Vögel flogen auf und davon – offenbar fürchteten auch sie den Atem ihres Schöpfers und flüchteten aus der Schusslinie.

«Ach, der auf der Stange neben dem blauen?», mischte sich unser Vater hilfsbereit ein.

«Welcher blaue?», fragten Melanie und der Züchter unisono.

«Ach, egal. Jetzt ist er gerade weggeflogen», antwortete unser Vater lachend und winkte ab.

«Jetzt seh ich ihn gar nicht mehr», sagte Melanie.

«Dann nimm doch einfach den hier», warf der Züchter ein, schlug den Kescher über einen grünen Wellensittich, der offenbar kurz vor dem Herzinfarkt stand und hilflos in der oberen rechten Ecke der Drahtwand kauerte. Wahrscheinlich betete er gerade, von den achtzig Leidensgenossen nicht ausgerechnet derjenige zu sein, dem es jetzt an den Kragen ging. Er konnte ja nicht ahnen, wie viel Liebe meine Schwester schon in ihrem Herzen für ihn reserviert hatte.

Der Vogel kreischte kurz auf, als er im Netz herumgewirbelt wurde, und verstummte in der riesigen Hand des Züchters. Nur sein winziges ausdrucksloses Köpfchen lugte noch unter dem straff gespannten Netz hervor. Der Kleine tat das Einzige, was ihm noch blieb: Er hackte mit seinem scharfen Schnabel nach den wurstigen Fingern seines fiesen Züchters.

Vergeblich. Das Netz des Keschers erlaubte es ihm noch nicht einmal, den Kopf in Kampfposition zu bringen. Sein Plan wurde im Keim erstickt.

«Nein, der sieht total blöd aus.» Meine Schwester wusste genau, was sie wollte: nicht diesen Wellensittich.

«Die sehen doch praktisch alle gleich aus», schnauzte der Züchter.

Peng. Damit hatte er in Melanies und meinen Augen das letzte Quäntchen Respekt verspielt. Dass er abstoßend aussah und widerlich roch, war das eine. Aber dass er so despektierlich von seinen Schützlingen sprach – das war vollkommen inakzeptabel. Ich fing an, ihn zu hassen, und stellte mir rachelüstern vor, wie ich die Tür der Voliere aufreißen und allen Vögeln die Flucht in die Freiheit ermöglichen, wie der Züchter hysterisch und mit wehendem Bart herumspringen und brüllen würde: «Du Ungeheuer von einem Jungen, du Irrsinniger. Meine Vögel! Ich bringe dich um! Ich sperre dich in meinen Keller zu den Milliarden toter Wellensittiche, die ich dort trockne, um daraus Ostergestecke zu basteln. Und *du* wirst von mir zum Osterhasen ausgestopft, du kleine Ratte!»

Jetzt fällt mir wieder ein, warum ich kein Kind mehr sein möchte. Ein Übermaß an Phantasie macht das Leben zwar bunt, aber deshalb noch lange nicht friedlich und heiter.

«Ich will den mit dem lustigen Schnabel», moserte Melanie und stampfte so kräftig mit dem Fuß auf, dass ich aus meinem frustrierenden, weil entgleisten Rachetraum aufschreckte.

«Dann musst du dem Mann jetzt aber genau zeigen, welchen du meinst», merkte mein Vater an. Wie konnte er sich nur mit diesem Ekel verbünden?

Das Ekel wiederum stand mit hochgezogenen Augenbrauen in der Voliere und starrte Melanie ungeduldig an. Unruhig und mit wandernden Blicken drückte sich Melanie ans Gitter und scannte das Federvieh.

«Da!», schrie sie erleichtert. Die Vögel, die sich wieder ein wenig beruhigt hatten und aufgeplustert auf ihren Ästen saßen, wurden vor Schreck auf einen Schlag alle wieder glatt und dünn. «Der auf dem krummen Ast mit der Knabberstange dran. Neben dem anderen grünen.»

Diese Koordinaten reichten dem Züchter völlig aus. Sein angespanntes Schwitzgesicht verriet, dass er das Anschlagsziel ausgemacht hatte.

«Und welcher von den beiden?», flüsterte er.

«Der mit dem lustigen Schnabel», flüsterte meine Schwester höflich und hilfsbereit zurück.

«Der vordere oder der in Richtung Wand?», zischte der Alte, nun hörbar verzweifelt.

«Der vorne!»

Diese Information vervollständigte den Angriffsplan. Eine Sekunde später rauschte der Kescher durch die Luft und auf das grüne Pärchen zu. Durch eine Wolke kreischenden Geflügels und umherwirbelnder Federn torkelte der Züchter ans Gitter.

«Ich habe mir sicherheitshalber beide Viecher geschnappt. Jetzt guck.»

Er schleuderte uns den Kescher mit den zuckenden Vogelleibern vor die Nasen. Im Gesicht meiner Schwester las ich wie in einem Buch:

1. Ich weiß nicht mehr, welchen Schnabel ich so lustig fand.
2. Ich finde beide Vögel blöd.
3. Ich muss jetzt einen nehmen.
4. Ich will auch einen gelben.
5. Eigentlich will ich einen Hund.

«Ist der mit dem lustigen Schnabel überhaupt dabei?», fragte mein Vater sanft. Wenn ich im Gesicht meiner Schwester lesen konnte wie in einem Buch, dann konnte mein Vater darin lesen wie in einem Buch mit extragroßen Buchstaben plus Sekundärliteratur. Die Frage traf ins Schwarze.

«Nee», antwortete Melanie und schmiegte sich geniert an seine Seite.

«Mensch, Melanie, jetzt ist es aber bald gut. Letzte Chance: Guck nochmal, such dir schnell einen aus, und den nehmen wir dann», sagte mein Vater, und in seiner Stimme lag gleich viel Erheiterung wie Ungeduld.

Melanie sammelte all ihre Konzentration, klemmte die Zungenspitze zwischen die Lippen und starrte nach oben. Sie starrte so lange, dass ich demonstrativ auf meine Armbanduhr schaute, die ich damals noch gar nicht besaß.

«Ich nehme den da.»

Melanies Zeigefinger wies in eine Ecke, in der ein einzelner grüner Wellensittich ganz alleine hockte, und mir war, als hätte sich Melanie für den am einfachsten zu fangenden Vogel entschieden, um dem Züchter entgegenzukommen.

Der Kescher sauste augenblicklich darnieder, doch der Vogel hatte den Braten gerochen und dampfte ab. Der Züchter fluchte aufs übelste, jedenfalls so wüst, dass ich es hier nicht wiedergeben möchte. Ich überwinde mich dennoch: Erst rief er «Scheiße» – das ging ja noch. Aber dann: «Verdammtes Hurenvieh!»

«Na, was sind das denn für Töne?» Mein Vater war verstimmt. Schließlich waren seine Kinder anwesend. Jawoll! Nun stand er endlich wieder auf unserer Seite.

Der Züchter angelte hasserfüllt nach dem Flüchtling. Plötzlich baumelte das Tier im Netz. «So, bitte schön. Da isser. Macht zwanzig Mark.» Damit griff er den Vogel, fummelte ihn aus dem Netz, handelte sich einen kleinen Biss ein und schob das Tier in einen Pappkarton.

Melanie brach in Tränen aus.

«Was ist denn?», fragte mein Vater mitleidig.

Meine Schwester schluchzte und wischte sich vergeblich die großen nassen Tränen mit dem imprägnierten Ärmel ihrer Kinderjacke aus dem Gesicht.

«Schon wieder der falsche?», fragte mein Vater und verkniff sich das Lachen.

Schweigen.

Meine Schwester traute sich nicht, es auszusprechen. Exklusiv für meinen Vater und dennoch deutlich sichtbar für den aufgestachelten Züchter nickte sie mit hängendem Kopf.

«Sie haben schon wieder den falschen Vogel gefangen!», gab ich dem Züchter zu bedenken. So weit konnte ich mich vorwagen. Mein Vater stand schließlich wieder in unserem Lager.

Jetzt kochte das Ungeheuer endgültig über: «Wissen Sie was? Ich kann hier nicht jedes einzelne meiner Tiere einfangen und wieder freilassen. Entweder Sie nehmen diesen grünen und suchen sich schnell noch einen gelben aus, oder ich kann nichts mehr für Sie tun. Mir reicht das Theater jetzt, ehrlich gesagt. Eine fünfjährige Göre, die den ganzen Betrieb lahmlegt –»

«Wisst ihr was, Kinder», sagte mein Vater freundlich und demonstrativ gefasst, mit einem nur für seine Sprösslinge aufschlussreichen Vibrato in der Stimme, «wir gehen irgendwohin, wo man zum einen kinderfreundlich und zum anderen tierfreundlich ist.»

Und mit einem Lächeln nahm er meine Schwester an der Hand und gab mir mit einem seitlichen Kopfnicken das Zeichen zum Aufbruch. Dann traute ich mich etwas, worauf ich heute noch stolz bin. Im Gehen sagte ich: «Und übrigens: Ihr Hosenstall steht offen.»

Ich gebe zu, das ging im wahrsten Sinne unter die Gürtellinie. Aber als der Züchter irritiert an seiner mit Vogelkot und Federn verklebten Hose hinuntersah, wusste ich: Der Punkt geht an mich.

Die Latzhose hatte nämlich gar keinen Hosenstall.

Noch am selben Tag kauften wir einen grünen Wellensittich in der Zooabteilung des PLAZA-Marktes. Die Auswahl war übersichtlich. Es waren nur drei grüne Tiere vorrätig. Und so entschied sich meine Schwester resolut und mit fester Stimme für den mit dem lustigen Schnabel. Leider war kein fluguntüchtiger gelber auf Lager. Aber bei einem anderen Züchter am Stadtrand bekamen wir schließlich doch noch einen.

Mit zwei Schachteln voll Vogel kehrten wir heim. Meine Schwester und ich stürzten die Stufen zur Haustür hoch. Wir konnten es gar nicht erwarten, dass meine Mutter endlich öffnete. Schließlich war es kurz vor sechs. Sesamstraße fing gleich an. Wir rannten in den Windfang, streiften uns die Schuhe ab, ohne die Schnürsenkel zu öffnen, und rasten durch den Flur ins Wohnzimmer. Während ich den Fernseher anschmiss, hüpfte Melanie mit wehender Mähne aufs Sofa, zog die Knie ans Kinn, umschlang die Unterschenkel mit den Armen und hatte damit ihre TV-Position erreicht. Nach der ganzen Plackerei hatten wir uns den gemütlichen Fernsehabend wirklich verdient!

Die Sendung fing gerade an, die dämliche Tiffi mit ihrer spießigen Weckersammlung hatten wir glücklicherweise exakt verpasst.

«Ich möchte nicht unhöflich sein und störe nur ungern …» Das war natürlich ironisch gemeint. In Wirklichkeit störte meine Mutter mit voller Absicht und hätte den Vogelkäfig wahrscheinlich am liebsten mit voller Wucht aus dem Fenster geschmissen, dann den Fernseher und eines ihrer undankbaren Kinder obendrein. (Am besten meine Schwester.

Die wog mindestens zwanzig Kilo weniger und wäre für meine Mutter viel leichter zu werfen gewesen.)

Auch Melanie und ich hätten die Ironie verstehen müssen. Schließlich waren wir mit fünf und acht dazu alt genug. Das Verständnis für Ironie beginnt bekanntlich im Alter von fünf Jahren und keine Sekunde später. Allerdings schenkten wir den Worten unserer Mutter nicht die gebotene Aufmerksamkeit.

Der Grund lag auf der Hand: Eben versuchte das Krümelmonster, mit einer blonden Perücke als Prinzessin verkleidet, in einem mittelalterlichen Schloss zur Nachtruhe zu kommen, was aber trotz eines Stapels mehrfach und in aller Ausführlichkeit nachgezählter 14 Matratzen nicht gelingen wollte. Grund hierfür war, wie sich später herausstellen sollte, ein Keks, der unter der untersten Matratze des Stapels versteckt war. Davon konnten Melanie und ich uns heute zum etwa 37. Male überzeugen. Wir gehörten nämlich zur Sesamstraßen-Stammseherschaft, und die lustige Geschichte mit der Prinzessin auf dem Keks war ein Klassiker.

Falls bei dem ein oder anderen Leser nun die Frage aufploppen sollte, warum ein achtjähriger Junge noch Vorschulfernsehen guckte: Was hätte ich denn sonst gucken sollen? Es gab ja nichts anderes, weder den Grundversorger Super RTL noch den coolen wilden NICK, noch den gutmütigen KiKa. Da wurde halt geglotzt, was angeboten wurde.

Außerdem sind die Muppets in der Sesamstraße lustig, basta, aus. Auf die Muppets lohnte es sich zu warten. Da nahm man es als Drittklässler gerne auf sich, zwischendurch per Zeichentrick demonstriert zu bekommen, wie der Buchstabe heißt, der so lustig gebogen ist und aussieht wie eine Schlange, wobei dieses superschlaue Reptil auch noch in der Lage ist, den gesuchten Buchstaben auszusprechen, wenn auch etwas verlispelt.

«Achtung, Achtung, hier spricht eure Mutter», rief unsere Mutter. (Wer sonst hätte dies gekonnt, ohne zu lügen?) Im Kommandoton einer Polizeidurchsage fuhr sie fort: «Im Spielzimmer warten zwei Wellensittiche auf ihre Freilassung.»

Das Krümelmonster hüpfte unbeholfen von den 14 Matratzen und fummelte an der untersten herum.

Meine Mutter wechselte die Tonlage: «Freunde. So haben wir nicht gewettet. Jetzt kümmert euch mal bitte um eure neuen Tiere. Die brauchen euch jetzt.»

Der Keks war entdeckt, und Krümelmonster führte seine Leibspeise zum Schlund, ohne zu vergessen, den Keks dabei schön klein zu brechen und die Kekskrümel wild an seinem Maul vorbeizuwerfen. Denn schließlich hatte das Krümelmonster keine Halsöffnung. Das schwarze Loch mit dem Gaumenzäpfchen war nur aufgeklebt. Und das Krümelmonster – ganz Profi – wusste dieses Handicap aufs eleganteste vor seinem Publikum zu verbergen. Zum Glück! Wie hätten die meist kindlichen Zuschauer auch mit dem Wissen leben sollen, im Rumpf des Monsters stecke ein auf Höhe des Hinterns bis zum Ellenbogen eingeführter Arm? – Horror! Es reichte damals schon, dass Ernie und Bert im selben Zimmer schliefen.

Meine Mutter stürmte mit einem energischen «So!» (mit kurz gesprochenem o) zum Fernseher, schaltete ihn mit spitzen Fingern aus, stellte sich vor den erloschenen, noch leicht nachglimmenden Bildschirm und knatterte: «Ganz flott zum Vogelkäfig jetzt. Sonst kommen die Wellensittiche ins Tierheim, bevor ihr noch guten Morgen sagen könnt!»

Kurz dachte ich darüber nach, dass dies ja lange dauern könne, wenn meine Schwester und ich einfach nie wieder guten Morgen sagten. Aber der Blick meiner Mutter ließ mich diesen Gedanken verwerfen.

Außerdem hatten unsere Eltern ja recht, das spürten

Melanie und ich. Die Pappschachteln waren wirklich sehr, sehr kompakt. Darin will man nicht eine einzige Nacht verbringen, insbesondere dann nicht, wenn man für gewöhnlich nicht in Embryonalstellung nächtigt, sondern gerne mal die Krallen ausstreckt. Das ging in diesen Kartons einfach nicht. Schon klar: Die Vögel mussten raus.

Mein Vater saß schon am geöffneten Vogelkäfig, die Schachteln lagen daneben. Wir gesellten uns dazu. Meine Schwester lugte durch die Atemlöcher des ersten Kartons, erkannte Grün und öffnete ihn mit gekonntem Griff.

«Vorsicht, nicht dass er abhaut!», platzte mein Vater noch heraus, da haute der grüne Wellensittich schon ab und flatterte aufgeregt in seinem neuen kleinen Universum, unserem Spielzimmer, umher.

«Oh, nee. Scheiße!», rief meine Schwester.

Ihr Glück im Unglück war, dass meine Mutter zu entsetzt über den entflogenen Vogel war, um ihre Abhandlungen zum Thema Fäkalvokabular aus Kindermündern runterzubeten. «Ja, und jetzt?», fragte sie stattdessen bestürzt und starrte meinen Vater hilflos an, der seinerseits den Vogel beobachtete, der gerade etwas unbeholfen auf der Gardinenstange gelandet war und in sicherer Entfernung nach Atem rang.

Mein Vater sagte in die Runde: «Das ist ja ein toller Einstand für den Kleinen. Ich fürchte, wir brauchen schon wieder einen Kescher.»

«Vielleicht geht er in den Käfig, wenn wir den gelben schon mal reinsetzen?», schlug ich vor, begeistert von meiner eigenen Idee. «Der gelbe kann nicht abhauen, wenn wir den Käfig für den grünen offen lassen. Er kann ja nicht fliegen.» Und mein Beitrag wäre unvollständig geblieben, wenn ich nicht noch angefügt hätte: «Gut, dass ich unbedingt einen fluguntüchtigen gelben wollte.»

Wir setzten den Behinderten also mit der gebotenen Rücksicht in den Käfig. Er hüpfte über den sandbestreuten Boden, kletterte an den Gitterstäben hinauf zur Sitzstange und war dort erst einmal geparkt. Wir warteten. Der grüne regte sich nicht. Hassten die sich?

Meine Mutter scheuchte den Ausreißer ungeduldig mit wildem Geklatsche und «Kschksch» von der Gardinenstange. Doch der flog bloß einen Halbkreis und setzte sich wieder auf bekanntes Terrain. Es wäre aus seiner Sicht auch wirklich dämlich gewesen, über unsere Köpfe hinweg direkt in den Käfig auf der Fensterbank zu fliegen.

Der Kescher wurde aus dem Keller hervorgekramt, und schon der erste Versuch offenbarte: Auch die PLAZA-Vögel hatten im Laufe ihrer Karriere als Verbrauchermarkt-Zuchttiere bereits Bekanntschaft mit einem solchen Gerät gemacht. Der Vogel sah das Netz und fing an, wie verrückt im Zimmer herumzuflattern. Ein Abfangen aus der Luft traute mein Vater weder sich noch irgendeinem anderen Mitglied unserer Familie zu. Meine Mutter hingegen schon,

«Ruf doch mal deinen Vater an.»

«Quatsch. Das mache ich auf keinen Fall. Wegen eines Wellensittichs bei meinem Vater anrufen – ich bitte dich!»

Gesagt und trotzdem getan. Was blieb Papa schon übrig? Und letztendlich gab es wirklich Schlimmeres, als seinen eigenen Vater um Rat zu fragen.

Damit wir alle mithören konnten, kramte mein Vater den alten grauen Verstärkerkasten heraus, den man ans Telefon anschließen konnte. Er stammte aus den Siebzigern und passte farblich nicht zum Beige des neuen Apparats. Deshalb musste er auch immer im Telefonschränkchen verschwinden, wenn er gerade nicht gebraucht wurde. Aber jetzt wurde er gebraucht. Und tutete krachend das Freizeichen umher.

Mein Opa zeigte sich herzlich amüsiert. Als er erfuhr, wie eindeutig seinem Sohn die Situation entglitten war, prustete er laut los. Das Lachen dauerte sehr lange und klang wie ein Presslufthammer. Mein Vater nahm den Hörer einige Zentimeter vom Ohr und guckte uns mit einer mitleiderregenden Miene an, die uns vermitteln sollte: «Genau das hatte ich befürchtet.»

Nach einer langen Minute stummen Wartens stöpselte er den dröhnenden Kasten hektisch vom Telefon ab. Jetzt klang Opas Lachen eher entenartig durch die Hörmuschel. Meine Schwester fand: Wie eine kleine Dampflok. Unsere Mutter: Eindeutig wie eine verrückt gewordene Kröte. Unser Vater fand, wir sollten diese Vergleiche unterlassen, schließlich ginge es hier um seinen Vater, unseren Opa. Außerdem klinge es eher nach einem röhrenden Elch. Dann seufzte er: «Papa, bitte. Die Kinder müssen ins Bett. Wie kriegen wir das Mist…», er blickte uns kurz irritiert in die Augen, «den, den Vogel hinter Gitter?»

Nach sehr kurzer Beratungszeit wurde das Gespräch abrupt, aber freundlich beendet. Mein Vater wusste nun Bescheid: «Wir müssen das Zimmer mit den Rollläden komplett abdunkeln. Im Stockdunkeln traut er sich nicht zu fliegen. Jetzt haben wir ihn!»

Also zurück ins Spielzimmer. Der grüne vegetierte immer noch auf der Gardinenstange vor sich hin, der gelbe saß aufgeplustert im Käfig. Ich bekam Anweisung, mich am Lichtschalter zu postieren, meine Mutter ließ die beiden Rollläden herab und sperrte damit die letzte Dämmerung und den Schein der Laternen aus. Meine Schwester schloss die Zimmertür. Kurzer Test: Ich schaltete das Licht für einen Moment aus. Sehr gut, man sah die Hand vor Augen nicht. Ich machte wieder hell. Das Licht blendete sofort.

Dann stellte sich mein Vater vorsichtig unter die Gardinenstange, den Kescher hinter seinem Rücken verborgen, und prägte sich die Sitzposition des grünen ein. «Verdunkeln!», rief er schließlich. Ich schritt zur Tat, knipste das Licht aus und lauschte. Ein leises Kratzen. «Licht!», zischte mein Vater, schon triumphierend.

Wir blickten auf den leeren Kescher, dann auf die Gardinenstange. Der Vogel war rund einen Meter auf der Stange nach links gekraxelt. Aber er war nicht geflogen. Der Trick funktionierte also.

«Verdunkeln!»

Ich verdunkelte. Wieder ein leises Kratzen, dann knallte der Kescher gegen die Gardinenstange. Ich riss unsinnigerweise meine Augen weit auf und lauschte. Plötzlich ein Flattern und Piepsen. Ich schaltete das Licht wieder an. Der grüne war in die Falle getappt. Zwanzig Sekunden später saß er wild atmend neben seinem stutzenden Gefährten. Willkommen bei den Werners!

Ich nannte meinen gelben Bubi.

Bubi ist ein dämlicher Name. Denn er ist einer der beiden Einheitsnamen für Wellensittiche. (Der andere lautet Hansi.) Das wusste ich damals noch nicht. Aber der Wellensittich meines Opas hieß auch Bubi, und meiner sollte eben genauso heißen.

Meine Schwester ging eigene Wege. Wenn sie schon keinen Hund bekommen konnte, sollte ihr langweiliger Sittich wenigstens einen stolzen Hundenamen tragen. Melanie nannte den grünen Bluto – nach dem Hund von Micky Maus, von dem sie dachte, er heiße Bluto, weil er ein Bluthund sei.

Die ersten Stunden in ihrem neuen Zuhause sollten zum Aufregendsten gehören, was Bubi und Bluto bei uns erleben durften. Denn nach einigen Tagen stellten Melanie und ich enttäuscht fest, dass die Tiere weniger konnten, als wir von ihnen erwarteten. Bubi, zum Beispiel, wollte das Fliegen einfach nicht lernen, sooft ich ihn auch aus Brusthöhe fallen ließ. Zwar plumpste er jedes Mal unverletzt zu Boden, aber es sah einfach lächerlich aus. Heute bin ich mir sicher, dass Bubi niemals den Wunsch hegte zu fliegen, geschweige denn mit mir gemeinsam zu üben. Er wollte seine Ruhe und Hirse.

Bluto flog umso agiler, aber nie freiwillig in den Käfig zurück. Meine Schwester wollte ihn deshalb am liebsten überhaupt nicht mehr rauslassen. Doch ich überzeugte sie, dass es lebensnotwendig für Bluto war, ab und zu seine Flugmuskeln zu trainieren. Außerdem war es jedes Mal wieder verdammt aufregend, das Tier in tiefster Dunkelheit mit dem Kescher einzufangen.

Da dies alles nicht gerade dazu beitrug, dass Bluto und der Hopser uns in Liebe verfielen, reduzierten wir unsere Manöver auf Hinwirken meiner Mutter auf ein Minimum. Und als Bluto schließlich bei einem unserer Fangversuche vor Schreck auf einen Schlag sämtliche Schwanzfedern abstieß, saß der Schock auch bei uns so tief, dass wir den Kescher vorerst in die feuchteste Ecke des Kellers verbannten.

Ab sofort öffneten wir nur noch den Käfig, verließen den Raum, hängten von außen ein Schild «Vorsicht, Bubi und Bluto unterwegs!» an die Zimmertür – und ließen die beiden tun, was sie wollten. Und siehe da: Bluto fand nach einer Weile alleine in den Käfig zurück, und Bubi turnte ohnehin nur außen am Gitter herum, bevor er wieder zurück ins süße Heim schnabelte.

Vielleicht haben Bluto und Bubi den Käfig auch gar nie

verlassen, wir konnten ja nicht durch Türen sehen – und können es bis heute nicht, außer bei Glastüren natürlich. Aber unsere Türen waren damals aus braun furnierter Spanplatte.

Da die Wellensittiche ihr eigenes Leben an unserem Familienleben vorbeilebten und meine Schwester und mich langweilten, traf es sich gut, dass uns anderthalb Jahre später eine Katze zulief. Das war so toll!

Die Katze streunte in der Nachbarschaft herum, und da sie uns ja nicht gehörte, brauchte sich auch niemand regelmäßig um sie zu kümmern. Mal war sie da, dann wieder für mehrere Tage verschwunden.

An den Tagen, an denen sie da war, schwollen meine Augen komplett zu. Und an Stellen, an denen die Katze mich kratzte – wenn ich sie zum Beispiel liebevoll über einen kleinen Bach heben wollte, weil sie sich die Überquerung allein nicht zutraute –, bildeten sich dicke Quaddeln und juckende Pusteln.

Ach ja, Kinder! Mich störten die Allergiesymptome nicht. Heute würde ich darüber wahnsinnig. Damals wollte ich die Katze um jeden Preis um mich haben. Sie sollte in meinem Bett schlafen. Es war mir egal, dass ich mich stundenlang mit brennenden Augäpfeln hin und her wälzte und vor Schmerzen keinen Schlaf fand. Von mir aus hätte es ewig so weitergehen können.

Ging es aber nicht. Eines Tages zählte meine Mutter eins und eins (oder vielmehr feuerrote Klüsen, Ausschlag am Hals und Katze im Arm) zusammen – und machte einen Termin beim Kinderarzt.

Doch noch vor dem Allergietest kam alles zusammen. Als ich den Vögeln in unserem Spielzimmer ihren täglichen Ausflug gönnte, stand die Tragödie unmittelbar bevor. Und ich ahnte nichts Böses. Bei meiner Rückkehr saß Bluto aufgeplustert und zufrieden im Käfig. Aber Bubi fehlte.

Wie konnte Bluto da bloß so entspannt in seinem verkackten Käfig den Feierabend genießen? Ich fand ihn schamlos, insbesondere, weil ich eigentlich den Eindruck hatte, die beiden seien sich in den letzten Monaten um einiges nähergekommen und richtige Kumpel oder sogar ein Liebespaar geworden – wenn auch ein kinderloses.

Die Fenster waren geschlossen, meine Schwester war bei einer Freundin und hatte genau wie meine Mutter das Zimmer zwischendurch nicht betreten. Mein Vater war noch bei der Arbeit. Und dass ich selber nicht im Kinderzimmer gewesen war, wusste ich genau. Der Vogel musste also noch im Raum sein.

Ich durchsuchte jeden Winkel, selbst das Innere des Spielzeugschranks. Ich schaute unters Gästebett, das uns von Zeit zu Zeit als Hüpfmatratze diente, kramte sämtliche Kuscheltiere aus ihren dunklen Winkeln. Und es versetzte meinem noch nicht einmal vollentwickelten Gehirn einen fast tödlichen Schlag, als ich zwei Katzenaugen in der Ecke aufleuchten sah.

Die hatte meinen Bubi gefressen! Ich zog das Biest unter dem Bett hervor und sah ihm prüfend in die arrogante Raubtiervisage. Verräterische Federn konnte ich keine entdecken, sie rieb sich auch nicht den Bauch oder rülpste oder wischte sich mit einer Serviette die Schnauze ab mit den Worten: «Das war gut. Darf ich hier rauchen?» Wie sieht denn nun eine Katze aus, die gerade einen Hopser gefressen hat? Anders gefragt: Können Katzen gucken, als hätten sie ein schlechtes Gewissen? Und wenn ja, reicht ein Blick als Beweis?

Ich organisierte eine Taschenlampe und leuchtete unters Bett. Nicht eine einzige gelbe Daune. Was nun?

Mit den Worten «Wenn du es warst, kriege ich dich!» öffnete ich zögerlich die Zimmertür. Die Katze schlich hinaus und verschwand in aller Seelenruhe durch die Terrassentür und zwischen den blühenden Rhododendronsträuchern.

Mit Tränen in den Augen, Verzweiflung im Bauch und Pusteln am Hals trottete ich durchs Haus. Wie oft hatte mich das phantasielose Gezwitscher der Wellensittiche während der Hausaufgaben terrorisiert?

Jetzt spürte ich schlagartig, wie sehr mir der kleine Piepser trotz allem ans Herz gewachsen war, und ich beschloss, die Nachbarschaft mit dem Fahrrad abzusuchen. Ich schaffte es bis ins nahe gelegene Wäldchen, fuhr über die Forstwege und rief verzweifelt nach meinem Bubi. Dabei hatte er nie auf seinen Namen gehört.

Nach einer Stunde gab ich entmutigt auf, ließ mein Fahrrad kraftlos auf den Rasen vor unserem Haus fallen und schlich schluchzend an der Küche vorbei, wo meine Mutter schon das Abendessen vorbereitete. Nein, sie sollte mich nicht sehen. Ich wollte alleine sein und schloss mich im Spielzimmer ein. Der Vogelkäfig war zum Einmann-Apartment geworden. Bluto machte nicht mal Piep. Wenigstens etwas.

Bis heute weiß ich nicht, wo Bubi abgeblieben ist. Einstweilen schiebe ich der bösen Katze die ganze Schuld zu. Der Allergietest ergab nämlich – anschnallen, jetzt kommt's! – eine starke Katzenallergie. Dieses Mistvieh! Vogelkiller und Quälgeist meines verwirrten Immunsystems! Katzen sind Schweine. Punkt!

Leider ergab der Test auch eine Hausstaubmilbenallergie. Und weil Wellensittiche ebenfalls unter Milben leiden können, wie die alte Frau Stapper von gegenüber ungefragt anzumerken wusste, wurden meine Eltern skeptisch. Als ob Staubmilben und Vogelmilben dasselbe seien! Doch Frau Stapper galt als Koryphäe auf dem Gebiet der von Sittichen drohenden Gesundheitsrisiken. Sicher war sicher.

Als Frau Stapper dann auch noch *en detail* erklärte, wie sich die mikroskopisch kleinen Daunenfedern in den Lungen der Vogelhalter ablagern und todbringenden Krebs verursachen können, wurden Bluto und seine Milben unter dem tränenreichen Protest meiner Schwester samt Käfig ausgemustert. Und angeblich weitergereicht an einen Züchter mit großer Voliere. Etwa den widerlichen Züchter mit dem Schwitzgesicht? Meine Eltern haben es stets bestritten.

Übrigens: Wo wir schon einmal beim Kinderarzt waren, wurde auch Melanie einem Allergietest unterzogen. Der Befund war niederschmetternd: HUNDEALLERGIE. Die Natur hatte ihre Übel perfide unter uns aufgeteilt. Weder Katzen noch Hunde würden jemals ein Zuhause bei uns Werners finden.

Vor allem der Hundeschock saß tief. Eines schönen Sonntagmorgens ging meine Schwester am Frühstückstisch in die Offensive. Ohne vorherige Rücksprache mit mir fragte sie mit Brötchen im Mund und Eigelb am Kinn: «Wenn wir schon keinen Hund kriegen, können wir dann nicht wenigstens ein Kind haben? Ich möchte so gerne eine Schwester.»

Ich fand diese Frage ungehörig. Denn schließlich wünschte ich mir einen Bruder.

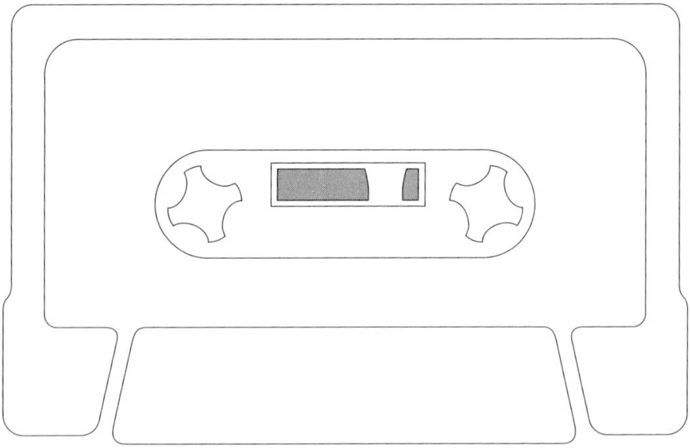

Weihnachten lässt einen früher sterben

Es gibt Menschen, die jedes Jahr im August beim Einkaufen im Supermarkt einen Nervenzusammenbruch erleiden, von dem sie sich nur langsam erholen. Und bis zur vollständigen Rekonvaleszenz (also nicht vor Juli des Folgejahres) liegen sie ihren Kollegen, Freunden, natürlich der armen Familie und, im schlimmsten Falle, gar ihrem Therapeuten damit in den Ohren. Diese Menschen, also die aus dem Supermarkt, leiden darunter, dass es bereits Monate vor Beginn der Weihnachtszeit Lebkuchen zu kaufen gibt.

Schon ab Ende Juli schleichen sie mit Puls 180 an den Regalen ihres Stammgeschäfts entlang, in panischer Angst, dieses Jahr könnten die pietätlosen Weißkittel die Fächer noch ein paar Tage früher mit Butterstollen, Printen, Zimtsternen und Pfeffernüssen verrammeln. Ihre Vorweihnachtswut wächst und wuchert immer weiter, steigert sich von Tag zu Tag. Bis zu jenem Moment, an dem der Supermarkt tatsächlich sein Sortiment erweitert.

An diesen Tagen, so ab Anfang August, sind Verkäuferinnen und Verkäufer gut beraten, Sturzhelme und Schutzanzüge zu tragen. Denn dann platzen die Halsschlagadern, es hagelt Vorwürfe, und wüste Beschimpfungen prasseln auf den nichtsahnenden Dienstleister nieder. Die ganze Stimmung sei im Dezember flöten, wenn man sie schon im Spätsommer aufgepfropft bekomme. Eine nicht zu fassende Unverschämtheit!

Diese Sommerstollen-Hasser sind zu beneiden, sie haben offenbar keine anderen Sorgen. Genauso wie die Leute, die sich schon beim Einsteigen in den Ferienflieger darüber ereifern können, dass bei der Landung garantiert wieder einige dieser Pauschaltourismus-Prolls dem Piloten applaudieren werden – aus Freude über eine sichere Ankunft am langersehnten Urlaubsort. «Der Pilot tut nur seinen Job. Dem braucht man doch nicht zu applaudieren», hört man es dann durch die Kabine zischeln.

«Warum denn nicht?», frage ich. Ein Theaterschauspieler freut sich nach getaner Arbeit schließlich auch, wenn das Publikum klatscht. Wieso dasselbe dem Piloten vorenthalten? Und wie viel mehr Tomatensaft würde an Bord getrunken, wenn auch diejenigen welchen zu ordern wagten, die Tomatensaft eigentlich furchtbar gerne trinken, sich ihn an Bord aber versagen, weil sie das Trinken von Tomatensaft für ein Ritual von Wenigfliegern halten. Das Verweigern des Tomatensaftkonsums an Bord ist für diese Leute Prestigesache – wie Business-Class-Fliegen auf Economy-Class-Sitzen. Aber ich schweife ab.

Das vorweihnachtliche Geschäftskonzept der Einzelhändler kann jedenfalls so dumm nicht sein. Denn offenbar finden sich auch im August ausreichend dankbare Käufer für die winterlichen Leckereien. Und wer nichts davon kaufen möchte, gehe einfach vorüber. So wie man ja auch an Sahneheringen vorbeigehen sollte, wenn man abnehmen möchte. Oder an Currywurst. Oder an Currywurst mit Pommes. Oder wie man Kutteln besser links liegen lässt, wenn man sich nicht an Ort und Stelle übergeben möchte.

Die folgende weihnachtliche Geschichte kann man zum Glück zu jedem Zeitpunkt des Jahres lesen: zur Weihnachtszeit vor dem geschmückten Baum sowieso, und sollte Weihnachten gerade vorbei sein, dann lässt die Geschichte das Fest einfach noch ein bisschen nachklingen. Im Hochsommer bietet sie einen thematischen Kontrast, im Herbst hingegen Anlass zu überlegen, ob man kommende Weihnachten nicht einfach ausfallen lassen sollte.

Es war Heiligabend des Jahres 1983. Ich war neun, meine Schwester Melanie war sechs Jahre alt. Der 24. Dezember fiel auf einen Samstag und war der erste Ferientag. Wir waren daher in heißestem Weihnachts- und Ferienfieber, und als ich morgens um halb sechs aufwachte, hatte ich Sonne im Herzen und nur eins im Sinn: «Heute ist der schönste Tag des Jahres. Heute bekomme ich einen Baukran, im Maßstab 1:55, exakt passend zu meinen anderen Spielzeugautos.»

Alles andere war undenkbar. Seit Jahren hatte ich jegliches Modell jenseits der 1:55 verächtlich auf Flohmärkten verschleudert – an Leute, denen selbstgesteckte Richtlinien offenbar nichts bedeuteten. Menschen, die mir noch immer Autos im falschen Maßstab schenkten, konnten mich nicht lieben. Da war ich mir sicher.

Ich sprang also aus dem Bett, trippelte barfuß zu meinem

Schoko-Adventskalender im Flur und war schon über alle Maßen gespannt. Ob sich dieses Jahr hinter dem größten Türchen wieder ein Stern zum Verzehr anbieten würde?

Während ich das Papptürchen auffummelte, sah ich, dass beim Adventskalender meiner Schwester, rechts neben meinem, bereits alle Türchen offen standen. Hinter dem größten (dem mit der Nummer 24) klaffte eine sternförmige Mulde.

Alles klar. Damit war die Überraschung flöten. Zwar trug mein Kalender ein anderes Motiv (Kinder spielend im Schnee vor einem großen Weihnachtsbaum. Bei meiner Schwester: ein großer Weihnachtsbaum, ringsherum im Schnee spielende Kinder), aber die Türchen waren identisch angeordnet. Es musste demnach auch bei mir ein Stern sein.

War es auch. Und wenn schon. Ich war neun. Das Motiv war letztlich egal, Hauptsache, Schokolade. Da war ich ganz pragmatisch.

Ich schlich schmatzend in das Zimmer meiner Schwester. Melanie lag eingemummelt unter der dicken Decke, mit dem Gesicht zur Wand. Sie hatte mich wohl trapsen gehört, drehte sich ruckartig um, grinste und flötete: «Fröhliche Weihnachten!»

Melanie musste nach ihrem ersten Frühstück nochmal eingeschlafen sein, denn vom rechten Mundwinkel zog sich eine schokoladige Speichelspur einige Zentimeter weit in Richtung Ohr.

«Fröhliche Weihnachten. Kannste auch nicht mehr schlafen?», flüsterte ich.

«Nee, bin gar nicht mehr müde. Aber Mama und Papa schlafen noch», antwortete Melanie und streckte sich mit einem Ächzen.

«Was hältst du davon, wenn wir Mama und Papa mit einem Frühstück überraschen? Schließlich ist heute Weihnachten. Da können wir ruhig mal lieb sein, finde ich.»

Das fand Melanie auch. Sie hüpfte aus dem Bett, schlüpfte in ihre Löwenkopf-Kuschelpuschen und folgte mir über die Treppe ins Erdgeschoss, hinunter in die Küche. Dort war es eiskalt, denn die Heizung lief noch auf Nachtbetrieb. Ich schaltete den Wandthermostat im Wohnzimmer auf mollige 28 Grad und drehte die Heizung in der Küche auf Stufe 5, damit es schön schnell schön warm würde. Dann gingen wir ans Werk.

Ich übernahm als großer Bruder den schwersten Job und machte mich daran, das Brot zu schneiden, während Melanie Käse und Marmelade aus dem Kühlschrank kramte. Um nicht allzu viele Scheiben schneiden zu müssen, entschied ich mich dafür, sie recht dick zu machen. Zu meinem Verdruss wurde die erste Scheibe oben zwar wie geplant rund anderthalb Zentimeter stark, aber unten franste sie aus. Das Messer kam schon im unteren Drittel auf der Vorderseite des Brotes wieder zum Vorschein.

Bei der nächsten Scheibe achtete ich daher penibel darauf, wann das Messer auszutreten drohte. Sobald ich den Klingenstahl durch das Brot schimmern sah, drehte ich den Griff des Messers kräftig gegen den Uhrzeigersinn. Das Glitzern verschwand wieder im Laib. Oben maß die Scheibe jetzt 1,5 Zentimeter, in der Mitte zwei Millimeter und unten rund drei Zentimeter. Ich konnte nicht zufrieden sein und kontrollierte, ob meine Schwester mein Versagen beobachtet hatte. Nein? Gut. Nächste Chance.

Ich entschied mich für folgende Methode: Da die Klinge immer erst in der unteren Hälfte des Brotes aus der Spur geriet, schnitt ich die Scheibe nur bis zur Hälfte herunter, zog das Messer heraus, drehte das Brot 180 Grad um die waagrechte Drehachse und schnitt von der Unterseite dem ersten Schnitt entgegen. Ich biss die Kiefer zusammen. So musste es klappen.

Leider verfehlten sich die beiden Schnitte irgendwo im Innern des Laibs, und als ich merkte, dass ich gerade eine fünf Zentimeter dicke Brotscheibe mit Seitenschlitz absäbelte, fluchte ich kurz, legte das Messer beiseite und riss die Brotscheibe wild mit den Händen ab. Dann zerteilte ich den Brocken unter Anspannung in vier praktische, individuelle Brotsticks zum Dippen von Was-weiß-ich-was und ging erst mal aufs Klo.

Meine Schwester hatte zwischenzeitlich ganze Arbeit geleistet. Sie hatte im Kühlschrank zwei angebrochene Gläser mit Erdbeermarmelade und den Becher mit der Margarine gefunden. Außerdem die Nutella, die dort gar nicht hingehörte – aber das war dieser Familie einfach nicht beizubringen.

Als ich zurückkehrte, hatte Melanie alles in der Mitte des Küchentisches zusammengeschoben. Der Anblick war alles andere als festlich. Dabei stand das ruinierte Brot noch nicht einmal dabei.

«Wir brauchen noch was Besonderes. Wie wäre es mit Frühstückseiern?», schlug ich vor. «Weißt du, wie das geht?»

«Ja, die Eier kochen, in Eierbecher tun und die Osterhasen-Eierwärmer drübermachen, die du in der Vorschule gebastelt hast», sagte Melanie stolz.

«Ja, aber wie lange kochen, Mensch?»

Wir wussten es leider beide nicht und ließen die Finger davon.

Um dem Frühstück trotzdem einen besonderen Flair zu verpassen, wollten wir ausnahmsweise am Bett servieren. Ich setzte noch Kaffee und Teewasser auf, holte Schmierkäse mit Schinkengeschmack aus dem Kühlschrank und begann, den Warentransfer in den ersten Stock zu organisieren.

Und so stand das Frühstück schließlich vor der Schlafzimmertür: ein Korb mit Brotstücken diversen Formats, zwei Gläser Erdbeermarmelade, Schinkenschmierkäse, knallharte Nutella, Zwieback, drei Tassen Pfefferminztee und eine Tasse dünnen Kaffees (irgendwie war der Filter während des Durchlaufvorgangs umgeknickt).

Melanie klopfte an die Schlafzimmertür unserer Eltern. Wir traten ein, säuselten im Chor «Fröhliche Weihnachten!», und Melanie knipste die Deckenbeleuchtung an.

Nichts regte sich. Ich hörte meine Mutter gleichmäßig und leise schnarrend atmen, von meinem Vater sah man nur den reglosen Hinterkopf. Der Rest lag unter einem Berg Decke.

Melanie sprang aufs Bett und drehte auf: «Fröhliche Weihnachten!»

Meine Mutter sagte: «Mmmh?»

Mein Vater sagte: «Hä?», dann einige Sekunden nichts und dann: «Was ist denn los? Wie spät ist es überhaupt?»

«Es ist 6 Uhr 11. Und hier ist euer Weihnachtsfrühstück», dröhnte ich stolz im Ton eines Showmasters.

Mein Vater bäumte sich schlagartig auf und guckte umher, den Hals gereckt, die Augen zusammengekniffen. Auch meine Mutter schoss hoch und blinzelte blind aus dem Fenster. Draußen war es stockdunkel, und der Regen nieselte gegen die Scheibe.

«Fröhliche Weihnachten», hustete sie und ließ den Kopf wieder in ihr Kissen sinken. Mein Vater verfolgte aus zugeschwollenen Augen, wie wir das Geschirr und die Lebensmittel beschwingt aus dem Flur hereinschleppten und fröhlich zwischen den Decken, Laken und Kopfkissen verteilten.

Da saßen wir nun: Melanie und ich, stolz wie die Pfadfinder, jeweils zwei Tassen mit Heißgetränken in Händen und mit erwartungsvollen Blicken gen Eltern. Mama und Papa, beide fröstelnd, müde lächelnd, guckten aus knitterigen Schlitzaugen zurück und griffen nach Tee und Kaffee.

«Das ist wirklich lieb von euch. Jetzt kann Weihnachten ja kommen», sagte unsere Mutter und schlürfte den mit Liebe vermurksten Kaffee. Ihr Lächeln schwand momentweise, die Mundwinkel zuckten blitzartig Richtung Hals, sie sagte kaum hörbar etwas wie «gnnn» und schob die Tasse ans hinterste Ende ihres Nachttisches. Dann räusperte sie sich und lobte uns. «Da hat sich aber jemand richtig viel Mühe gegeben.» Und zu meinem Vater gewandt: «Wir können die Sachen, die wir eigentlich für heute eingeplant hatten, ja auch noch morgen zum Frühstück essen, oder?»

Mein Vater nickte und zerbrach seinen Zwieback an der Nutella. «Und den Rest frieren wir eben ein.»

Melanie und ich fanden: Das Frühstück war ein voller Erfolg. Bis auf die Marmelade, den Käse und die Nutella, das Brot und den Zwieback ging alles ratzeputz weg. Und nachdem meine Eltern sich zu einem kurzen Verdauungsschläfchen bis zehn Uhr zurückgelehnt hatten, ging Heiligabend endlich los.

Ich als Erwachsener beneide mich selbst um diese Erlebnisse in jungen Jahren. Früher brachte Weihnachten unschlagbare Hochgefühle. Feierlichkeit plus Gemütlichkeit plus Vorfreude erzeugten ein so unvergleichlich kribbelndes Wohlbehagen, das sich heute selbst nach kräftigen Extraportionen Rum im vierten Glühwein nicht mehr einstellen will.

Vielen meiner Bekannten geht es ähnlich. Ich glaube, das ist auch der Grund, aus dem heutige Eltern die Bescherung seltener in glücklicher Ergriffenheit erwarten, sondern vielmehr mit dem Druck auf der Kehle, ihr Nachwuchs möge, ja *müsse* die Advents- und Weihnachtszeit als die schönste Zeit des Jahres erleben – noch nicht einmal zu toppen vom eigenen Geburtstag. Ahnungslose Profiteure sind natürlich die Kinder. Ihre Eltern haben erst dann alles aus Weihnachten herausgeholt, wenn die Augen des Nachwuchses unter dem Weihnachtsbaum genauso hell leuchten wie der Weihnachtsstern über Bethlehem. (Sollten meine Eltern damals diesen Leistungsdruck verspürt haben: Glückwunsch, es hat sich voll gelohnt.)

Als meine Eltern gegen zehn Uhr aufstanden und langsam in die Gänge kamen, waren Melanie und ich bereits seit viereinhalb Stunden auf den Beinen und immer noch auf Hochtouren. Wir mussten Dampf ablassen. Am liebsten draußen. Wenn auch kein Schnee lag und es am Morgen geregnet hatte, so war es doch seit Tagen klirrend kalt und die Wussel zugefroren.

Die Wussel war ein kleines fließendes Gewässer, das sich durch Aurich schlängelte. Aurich. Das grüne Herz Ostfrieslands. Das Herz wohlgemerkt. Nicht der Allerwerteste. Das hervorzuheben war dem Auricher Fremdenverkehrsbüro ein Herzensanliegen. Dagegen lästerte die primitive Spottzeile, die offenbar jedermann aus Jever, Emden und Wilhelmshaven bis zur mittleren Reife auswendig draufhaben musste: «In Aurich ist es traurig.» Haa! Haa! Haa! Für mich war Aurich genAURICHtig. Auch wegen der Wussel.

Die Wussel war eindeutig mehr als ein Bach. Eher ein kleiner natürlicher Kanal, der an einigen Stellen von Menschenhand begradigt worden war, um den Landwirten die bequeme Ableitung von Kuhdung zu ermöglichen. Wir liebten die Wussel, allein des Namens wegen. Eigentlich hieß das Flüsschen ja Ehe. Aber der Name Ehe war ja wohl ganz klar unter aller Sau. Also hatten wir das Flüsschen eines Tages in Wussel umbenannt, das klang weniger nach Vater, Mutter, Kind und war einfach der absolute Brüller. Im Sommer stauten wir unsere Wussel mit Dämmen aus Unrat und träumten davon, ganz Aurich mit ihrem stinkigen Wasser zu überfluten. Und in kalten Wintern diente sie uns als kilometerlange Eislaufpiste.

Genau das wollten wir heute ausnutzen. Meine Schwester hatte gerade ihre ersten Schlittschuhe bekommen. Sie waren weiß und bewusst aus zweiter Hand und eine Nummer zu groß gekauft. So konnten sie in der ersten Saison mit zwei Paar dicken Socken getragen werden und hielten mindestens zwei Jahre.

Meine Füße hingegen schienen im ablaufenden Jahr einen raketenartigen Wachstumsschub erlebt zu haben. Die Schlittschuhe waren, wie ich soeben beim Probetragen feststellte, selbst mit nur einem Paar Socken ein winziges bisschen zu klein. Na ja, für ein bis zwei Stunden konnte ich wohl auf die Durchblutung meiner Zehen verzichten.

Bereits am Vortag hatte ich mich in der Schule mit unserem Nachbarjungen Jan verabredet. Anfang November hatte er zum Geburtstag ein nagelneues Paar Schlittschuhe bekommen, die er dank der kalten Witterung an Heiligabend endlich würde einweihen können.

Jan ging in meine Parallelklasse und war ein Mädchenschwarm. Das hätte zwar kein Mädchen je unterschrieben, aber wenn es darum ging, wie doof Jungs im Allgemeinen waren, ging es im Speziellen immer um Jan. Das war Beweis genug. Außerdem war er der beste Fußballer der ganzen Stufe, und das musste doch auch die Mädels beeindrucken. Jedenfalls hatte man immer vorsichtig zu sein, wenn man mit Jan nach der Schule auf Klassenkameradinnen und andere Mädchen aus der Nachbarschaft traf. Innerhalb weniger Augenblicke schwenkte jedes Gespräch auf «blöde Jungs» und «Weiber» um.

Auch ich wurde dann meistens irgendwann gefragt,

welche Mädchen in unserer Klasse ich am liebsten küssen wolle und welche auf gar keinen Fall. Aber eigentlich wollten es die Mädchen nur von Jan wissen. Und er wollte es dann auch von den Mädchen wissen, die sich aber immer kichernd aus der Affäre zogen und jegliches romantisches Interesse leugneten. Bloß die anderen – Birgit Soundso und Meike Duweißtschonwelche –, die hätten vor kurzem doch echt und wirklich zugegeben, Jan abknutschen zu wollen. Genau, es hieß immer «abknutschen».

«Und, Marcus, hast du schon mal ein Mädchen abgeknutscht?», wurde ich dann dankenswerterweise auch mal gefragt, wenn Jan dabei war.

«Nö», sagte ich dann.

Damit war die Angelegenheit für mich erledigt. Erst einige Monate später kam ich auf die Idee, etwas hintersinniger zu antworten: «Noch nicht.»

Dies ließ mir alle Optionen offen, zeigte, dass ich nichts überstürzen wollte und ließ mich irgendwie verwegen wirken. Hoffte ich.

Hatte ich Jan aber für mich alleine, war alles gut. Wir spielten mit unseren Spielzeugautos, die vom Maßstab perfekt zueinanderpassten, oder hörten TKKG-Kassetten, von denen entweder er oder ich immer die neueste Folge in petto hatte. Und wir konnten nach Herzenslust über die Weiber lästern, ohne peinliche Fragen beantworten zu müssen.

Von meiner kleinen Schwester ging nach meiner festen Überzeugung beim Schlittschuhfahren aber keine Gefahr aus. Sie war und ist bis heute drei Jahre jünger als ich und hätte sich davor gehütet, in meiner Gegenwart über Abknutschen zu reden oder Jan mit sonst wie verfänglichen Fragen zu löchern. Wir konnten die Tour auf der Wussel also gefahrlos zu dritt antreten.

Melanie stand bereits in voller Montur drinnen vor der Haustür, die Schlittschuhe mit ihren Fäustlingen an den Kufen gepackt, Gummistiefel an den Füßen und eine braune Mütze mit Klappohren um den Kopf geschnürt. Diese Mütze hatte ich Melanie in diesem Winter zu meiner großen Erleichterung offiziell und mit mütterlichem Segen vererbt. Es war eine Unisex-Mütze, das heißt, sie verhunzte die Optik ihrer Träger unabhängig vom Geschlecht. Sie machte einfach jeden, der sie trug, zur winterlichen Witzfigur. Und meine Schwester stülpte sie nur deshalb auf, weil meine Mutter sagte: «Entweder du ziehst die Mütze an, oder du bleibst zu Hause. Das ist mein letztes Wort.»

Melanie gab also nach. Ich selbst setzte meine neue Mütze auf, die ich allerdings auch nicht sonderlich schätzte, da ich kein Mützentyp bin. Der Grund liegt auf der Hand: Mützen kratzen. Aber wenigstens hatte die neue keine Schlappohren und war blau.

«Ich ruf eben Jan an. Damit er weiß, dass wir loswollen.»

«Äh? Welchen Jan?», fragte meine Schwester erschrocken.

«Jan Voss natürlich», sagte ich, und meine Schwester jaulte prompt: «Mama, ich will die Scheißmütze nicht aufsetzen!»

Aha.

Aus dem Wohnzimmer schallte meine Mutter zurück: «Was ist denn jetzt los? Fängst du schon wieder an?»

«Aber die ist hässlich», greinte Melanie.

«Keine Diskussion, Melanie. Du liegst sonst die ganzen Weihnachtsferien erkältet im Bett.»

«Mir doch egal.»

Meine Mutter trat zu uns, in den Händen einen Stapel vom guten Geschirr aus Schweden.

«Melanie, wenn du schon nicht vernünftig bist – ich bin es. Mütze oder zu Hause bleiben. Kannst wählen.»

«Manno, du bist gemein», pampte Melanie und schmollte, während ich Jan Bescheid gab. Er versprach, in fünf Minuten vorbeizukommen.

Fünfzehn schmollige Minuten später klingelte es an der Tür, und Melanie riss hektisch die Mütze herunter.

«Was machst du denn?», rief ich genervt. «Wir gehen genau jetzt los. Das ist doch Jan.»

«Ich setze sie gleich wieder auf», flüsterte Melanie.

«Hi, na? Woll'n wa?» Jan stand in der Tür, seine nagelneuen Eishockey-Flitzer baumelten lässig über der Schulter – dunkelblau, mit weißer Kappe und weißen Schnürsenkeln.

Geil, dachte ich. Dabei war der Ausdruck «geil» damals erst im Kommen und stand in den Köpfen aller Eltern noch für sexuelle Erregbarkeit. Deshalb sagte ich es ja auch nicht, sondern dachte es nur. Heimlich, wenn auch mit voller Überzeugung, jawohl! Und das zu Recht: Neben diesen Superschuhen sahen meine Eislaufschuhe aus wie Ballerina-Schläppchen neben coolen, bulligen Sneakers.

«Boa, deine Schuhe sind ja schön. Voll blau. Nicht schlecht», lobte ich.

«Geil, oder?», posaunte Jan. Dann entdeckte er meine Schwester. «Kommt die Kleine auch mit?»

«Ja, klar. Siehste doch. Ist doch okay, oder?», antwortete ich.

Meine Schwester blickte Jan für eine Sekunde in die Augen, sagte verschüchtert «Hallo», guckte wieder zu Boden und hatte plötzlich leuchtend rote Bäckchen.

Au Kacke. Melanie ist verknallt in Jan!, schoss es mir durch den Kopf. Meine babykleine Minischwester ist verknallt in meinen Kumpel Jan! Nein, das geht nicht. Mein

Kumpel ist *mein* Kumpel und wird niemals von meiner Schwester abgeknutscht.

Ich tätschelte meiner Schwester herablassend die Schulter und sagte: «Okay, dann setz mal deine Mütze auf.» Denn jetzt war mir klar, warum sie die partout nicht anziehen wollte.

Dass ich meine Schwester so schadenfroh in die Blamage trieb, hatte natürlich einen Grund. Ich gebe zu: Ich war eifersüchtig. Meine Schwester sollte sich gefälligst in ihre eigenen Klassenkameraden verknallen. In der 1b rannten genügend Typen herum, die noch Single waren. Und eine Partnerschaft zwischen einer Sechsjährigen und einem Neunjährigen wäre ganz bestimmt zum Scheitern verurteilt gewesen. Der Altersunterschied hätte alles überschattet. Mit achtzig hätte Melanie einen 83 Jahre alten Gatten in der Bude sitzen gehabt. Was hätte sie mit dem alten Knacker anfangen sollen? Nein, das wäre nicht gutgegangen. Ich musste sie vor sich selber schützen.

Melanie stülpte mit versteinerter Miene die ungeheuerliche Mütze auf ihren Schädel, zog an den Kordeln, bis das Ding den Großteil ihres Kopfes verschlungen hatte, und versuchte dann, die Bänder unterm Kinn zu verknoten. Ihre Hände steckten noch immer in den Fausthandschuhen. Jeder Erwachsene hätte laut aufgeschrien: «Handschuhe aus!»

Aber es gelang schließlich auch so. Meine kleine Schwester zog zu, bis ihr Gesicht in Falten lag. Jetzt sah sie wieder so dämlich aus wie wenige Minuten zuvor – und wie ich zwei elend lange Winter vor ihr. Ich wartete auf Jans Reaktion und hoffte insgeheim auf einen für ihn typischen, expliziten Kommentar. Der würde den kleinen Amor, der über den beiden mit Pfeil und Bogen flatterte, bestimmt verschrecken und auf Nimmerwiedersehen vertreiben.

Aber Jan sagte ganz in Gedanken versunken: «So ’ne

Mütze hatte ich auch mal.» Er kramte in seiner Anoraktasche. «Jetzt muss ich diese hier ohne Ohrenklappen anziehen. Und dazu noch Ohrenschützer. Find ich echt scheiße, aber Papa macht sonst Theater. Nicht lachen, o.k.?» Dann sagte er noch, offenbar an seine Ohrenschützer gerichtet: «Na, kommt schon raus.»

Jan zog grüne Puschel-Ohrenschützer hervor und setzte sie sich zusammen mit der Mütze auf den Kopf. Ich glotzte ihn an und dann Melanie und konnte mich trotz sorgfältiger Abwägung nicht entscheiden, welcher von beiden verachtungswürdiger aussah. Meine Schwester mit bepelztem Wasserkopf neben einem daunenbejackten Marsmenschen mit grünen Ohren. In dieser Sekunde fehlte mir irgendwie die gebotene Portion Sarkasmus, um kühl anzumerken: «Was für ein hübsches Pärchen ihr seid!»

Stattdessen sagte ich, um Fassung bemüht: «Fertig? Dann los.»

Der Weg zur Wussel war nicht lang, dafür aber streckenweise spiegelglatt, denn der frühmorgendliche Regen war auf dem eiskalten Boden zu Glatteis erstarrt. Jan und ich nutzten den schlitterigen Fußmarsch, um meiner Schwester in aller Ausführlichkeit einzubläuen, dass es den Weihnachtsmann nicht gab und auch kein Christkind, das die Geschenke bringt. Die Geschenke würden (logisch!) von unseren Eltern gekauft, und der alljährlich bei uns aufkreuzende Weihnachtsmann sei (selbstredend!) unser Nachbar Herr Jarusel. Wer an den Weihnachtsmann glaube, sei ja entweder verrückt oder noch klein.

Meine Schwester hörte aufmerksam zu und reagierte gefasst. «Hab ich mir schon gedacht. Weil ich vorgestern ganz viele Päckchen hinten im Kleiderschrank von Mama und Papa gesehen habe.»

«Echt?» Ich war entzückt. «War da auch eins dabei, das ungefähr so groß war?»

Ich zeigte mit den Händen die Höhe, Breite und Tiefe der Umverpackung meines Herzenswunsches, Maßstab 1:55.

«Kann sein. Kann aber auch nicht sein», antwortete Melanie listig.

«Quatsch. Entweder kann es sein oder nicht. Beides geht nicht», belehrte ich sie. Ich konnte es mir leisten, meine Informantin vor Jan zu düpieren. Sie wusste offenbar nichts, was für mich von Relevanz sein konnte.

An der Wussel angekommen, verstauten wir unsere Straßenstiefel in einer Nische unter der kleinen Brücke, schnürten die Schlittschuhe und schlitterten los. Man sah sofort: Diese drei sind keine Anfänger.

Leider war keiner weit und breit, der uns hätte bewundern können. Dafür hatten wir freie Bahn. Jan flitzte sofort los. Ich behielt als großer Bruder stets meine kleine Schwester im Blick, die sich aber weit weniger dumm anstellte, als ich erwartet hatte.

Nach rund zwanzig Minuten wurde Jan und mir langweilig, und wir beschlossen, dem ganzen Unternehmen einen abenteuerlicheren Charakter zu verpassen. Aber wie?

Uns war natürlich bekannt, was die Bauern über kleine Seitenbäche in die Wussel leiteten. Ich hatte eine großartige Idee: «Kommt, wir zapfen Kuhkacke aus einem Abflussrohr und schreiben damit aufs Eis.»

«Iiiih!» Meine Schwester kicherte euphorisch. Und Jan rief: «Geil!»

Alle fünfzig Meter fanden sich vergammelte Getränkedosen und Flaschen, die unsere Zeitgenossen damals noch achtlos und pfandfrei in der Umwelt verklappten. Die konnten wir gut gebrauchen! Jeder von uns klaubte eine Dose vom

Eis, und wir machten uns auf die Suche nach einer aktiven Fäkalienquelle.

Zu unserer Enttäuschung schienen jedoch sämtliche Abflussrohre und Seitenbäche versiegt. Offenbar pinkelten Kühe an Wochenenden und Feiertagen weniger oder waren bereits alle Braten geworden.

Plötzlich kreischte meine Schwester mit ausgestrecktem Arm: «Dahinten kommt was Gelbes raus!» Sie war außer sich, als hätte sie einen neuen Kontinent entdeckt.

Wir düsten hin. Da wir einen gehörigen Gestank erwarteten, hielten wir in respektvollem Abstand von rund drei Metern. Kein Zweifel, meine Schwester hatte eine Goldgrube ausgemacht: Ein klares dunkelgelbes Rinnsal bahnte sich lieblich plätschernd seinen nach Ammoniak stinkenden Weg über gefrorene Erde und bereiftes Gras. Wir grinsten uns an.

«Was schreiben wir denn jetzt?», fragte Jan.

«Fröhliche Weihnachten!», schlug meine Schwester vor.

«Böh, langweilig.» Jan winkte ab.

«Immerhin wäre es mit Kuhpipi geschrieben», warf ich ein. «Aber was haltet ihr von ‹Es gibt keinen Weihnachtsmann›?»

Ich fand meine Idee super.

«Zu lang», sagte Jan.

«Mann, dann schlag du halt was vor», pampte Melanie.

Verpuffte da etwa schon die große Liebe?

Jan grübelte und sagte: «Scheiß auf Eis!»

Das war gut, aber das konnten Melanie und ich auf keinen Fall zugeben. Wo doch Jan unsere Ideen gnadenlos verworfen hatte.

«Na ja, das ist schön kurz, dann sind wir wenigstens schneller fertig», räumte ich schließlich ein.

Jan fragte: «Und wie soll das jetzt gehen? Mach mal vor.»

«Hast wohl Schiss, deine neuen Schlittschuhe schmutzig zu machen, hä?», frotzelte ich.

Drei Sekunden Stille. Dann Jan: «Hähähä. Sehr witzig.»

Um zu zeigen, wie simpel das Ganze war, entschloss ich mich, mit gutem Beispiel voranzugehen. Zwar war auch für mich die Fäkalkunst ein ganz neues Gebiet, aber das wollte ich nicht langatmig thematisieren. Ich stieß mich mit dem rechten Fuß ab und suchte eine Stelle, von wo ich das gelbe Nass abzapfen konnte. Zu spät bemerkte ich, dass das Eis rund um mich herum viel gelber war als jenes, auf dem wir in der vergangenen Stunde unsere Bahnen gezogen hatten. Zudem knackte es beängstigend. Noch bevor ich den Satz «Au, die warme Pisse hat das Eis ganz dünn gemacht» beenden konnte, sackte mein linker Fuß knöcheltief ins Eis, und eine Sekunde später – mir blieb nur Zeit für einen kurzen Schrei ohne tieferen Inhalt, aber mit schrecklicher Bedeutung – krachte ich vor den Augen meiner Begleiter in das Halbgefrorene aus Kanalwasser und Kuh-Urin.

Gelbbraunes Wasser spritzte in einer Fontäne hoch und ergoss sich über meinen Körper. Hysterisch keuchend schlug ich um mich, bis ich bemerkte, dass ich Grund unter den Füßen hatte. Da sich die Stelle direkt am Ufer befand, war das Wasser glücklicherweise nicht tief. Die Kufen meiner Schlittschuhe blieben im Morast stecken, und ich hing bis zum Bauchnabel im eiskalten Wasser. In Windeseile hatte es meine Klamotten durchdrungen und überraschte meinen Unterleib mit nassforschen Stichen.

«Marcus!», schrie meine Schwester voller Angst. Und ich: «So eine Scheiße! So eine Scheiße! Hilfe!»

Jan kam sofort heran, ekelbedingte Berührungsängste hemmten aber seine Rettungsbemühungen. Ich stemmte die Ellenbogen aufs Eis und versuchte, mich aus der stinkenden Brühe zu ziehen.

Hinter meinem Rücken plätscherte der Ekelcocktail munter weiter. Während ich versuchte, mich mit den Füßen abzustoßen und gleichzeitig mit der linken Hand Jans ausgestreckten Arm zu packen, wühlte sich in meinem Innern ein ziemlich überzeugender Brechreiz hoch, und ich begann zu würgen.

Dann erwischte Jan meine Hand und zog mich mit aller Kraft auf die Eisfläche zurück. Zu meiner gleißend hellen Freude war das Eis jenseits der Einleitungsstelle dick genug und hielt stand. Ich rappelte mich auf, würgend, wimmernd, bibbernd.

«So eine Scheiße, echt. Scheiße! Es ist saukalt, und ich stinke», schluchzte ich. Mehr fiel mir nicht ein.

«Du hast ja auch gerade in Kuhscheiße gebadet», erklärte mir Jan grinsend.

Ich raste frustriert los. Schnell zur Brücke und ab dort in Stiefeln weiter in Richtung Straße. Meine Füße quietschten in den nassen Socken. Ich fand mich wirklich ganz schön schnell. So müsste ich im Schulsport rennen können. Aber diese Motivationsmethode war auch wirklich außergewöhnlich. Jeder Lehrer, der sie anwenden würde, käme ins Gefängnis.

Jan nahm meine Schwester an der Hand und düste mir nach. Jan und Melanie Hand in Hand! So hatte mein Schlamassel zumindest für meine Schwester sein Gutes.

Nachdem ich bestimmt zehn Stunden gesprintet war, erreichte ich endlich die Auffahrt unseres Hauses. Die anderen hatte ich abgehängt. Die konnten sich von mir aus Zeit lassen und sich abknutschen oder so.

Ich bog also in die Auffahrt ein und sah: eine kleine Maus. Sie saß in der Ecke des rechten Winkels zwischen Haus und angrenzender Garage (und somit in der Klemme) und guckte mich versteinert aus schwarzen Knopfaugen an. Ich bremste ab und glotzte fasziniert zurück. Tja, mit so einem schnellen Jungen hatte sie wohl nicht gerechnet. Oder stutzte sie eher ob meines unfeinen Aufzugs?

Was müssen wir beiden für ein Bild abgegeben haben: ein Neunjähriger, klatschnass und stinkend wie eine Jauchegrube, in der Eiseskälte fasziniert von einer kleinen Maus, die ihrerseits gebannt auf ihr triefendes Gegenüber glotzt. Ich weiß nicht mehr, wie viel Zeit verging, bis meine Mutter mich vor dem Küchenfenster entdeckte, mit den Worten «Jesses. Komm schnell rein!» die Tür aufriss und dabei unwissentlich die Maus verjagte. In Mausezeit gerechnet wahrscheinlich eine Ewigkeit.

Während ich meinen Eltern die weihnachtstauglich herabgemilderte Version meiner Tragödie erzählte, dabei dreist den Teil unter den Tisch fallen ließ, in dem ich meine Begleiter zu Fäkalspielereien anstiftete, und dafür jene Passage dehnte, in der ich in Windeseile über gefrorenen Stock und eiskalten Stein nach Hause gerannt kam, schlüpfte ich aus meinen nassen Klamotten und ließ mich von meiner Mutter ins Bad schubsen.

«Menschenskind, da kannste echt froh sein, dass das Wasser an der Stelle nicht tief gewesen ist. Das ist ja unverantwortlich! Da geben die die Ehe zum Betreten frei …»

«Wussel!»

«Ja, von mir aus die Wussel – und sagen: ‹Los, Leute, habt euren Spaß, an uns soll's nicht liegen›, und dann vergessen sie diese verdammten Kühe. Das darf doch nicht wahr sein! Wer rechnet denn mit Kuhdung auf der Piste? Die kriegen was zu hören. Gleich am Mittwoch. Oder wann haben die wieder auf? Nee, Dienstag. Egal, direkt nach Weihnachten, da werden die mich kennenlernen!»

Als einfühlsamer Leser werden Sie nach dieser Tirade

nachvollziehen können, wie wichtig es war, dass meine Mutter nie erfuhr, wie viel Herzblut und wertvolle Weihnachtszeit wir auf der Suche nach einer hochwertigen Dungquelle verschwendet hatten. Und dass wir, anstatt mit artig auf dem Rücken verschränkten Armen unsere Pirouetten zu drehen, lieber Güllegraffiti aufs Eis setzen wollten. Noch dazu eins, das den vorbeipromenierenden Familien die nachweihnachtliche Schamesröte in die vom Festtagsschmaus aufgedunsenen Visagen getrieben hätte.

Meine Mutter schüttelte immer noch den Kopf, als sie die Mischbatterie an der Badewanne auf ein Drittel Blau, zwei Drittel Rot einstellte. Dann ließ sie mich mit meinen Gewissensnöten allein. Mein Vater steckte seinen Kopf durch die Badezimmertür und empfahl mir – ganz technikverliebter Praktiker –, mich mit dem Föhn zu wärmen, bis die Wanne ausreichend gefüllt sei. Die Idee fand ich klasse.

Ich schnappte mir den elektrischen Haartrockner. So nannte ich den Föhn gerne, wenn ich viel Zeit übrig hatte. Denn wie ich damals schon aufgeschnappt hatte, stammt die Bezeichnung Föhn ja eigentlich von der Firma AEG und ist nichts anderes als ein Markenname, so wie UHU ein Synonym für nichts klebenden Alleskleber oder VIDEOTEXT ein von ARD und ZDF entwickelter Begriff für den eigenen Teletext.

An dieser Stelle sei mir ein kleiner Abstecher zum begrifflichen Ursprung vom Föhn als Synonym für den elektrischen Haartrockner erlaubt. Denn so einfach ist das alles nicht: Vor den diversen Rechtschreibreformen der letzten Jahre föhnten wir uns nicht das Haar mit h, sondern wir fönten uns das Haar ohne h. Denn bereits 1908 hatte sich die unlängst vom schwedischen Elektroriesen Elektrolux geschluckte Firma AEG die Rechte an dem Namen «Fön» für ihre elektrischen Haartrockner gesichert, abgeleitet vom uns aus dem südlichen Bayern bekannten Fallwind Föhn.

Dieser Föhn tritt allerdings mitnichten nur in Bayern auf. Er ist vielmehr eine von Meteorologen jedweder Herkunft verwendete Bezeichnung für diese Art von Winden. Das Typische am Föhn ist, dass er warme Luft mit sich bringt. Daher eignete er sich hervorragend als Namenspate für einen elektrischen Haartrockner, der schließlich genau dasselbe können sollte.

Um den Haartrockner besser vom Wind unterscheiden zu können, ließ die AEG das h einfach weg. Vielleicht musste sie das aus markenrechtlichen Gründen, ich weiß es nicht. Rama wurde früher ja auch Rahma geschrieben, was die Erfinder irgendwann nicht mehr guten Gewissens tun konnten, weil sich in Pflanzenfett nun mal partout kein Rahm aus der Milch nachweisen ließ. Das h ist ein im deutschen Markenrecht augenscheinlich diskriminierter Buchstabe. Aber irgendwie kann es sich auch was darauf einbilden: Es macht aus Margarine Butter und schlägt den Bogen von der Meteorologie zur Haushaltsgeräteindustrie. Aber das führt jetzt wirklich zu weit.

Zurück zum Fön beziehungsweise Föhn. Im Gegensatz zum warmen Fallwind Föhn bringt der sogenannte Fallwind Bora kalte Luft mit sich. Es fällt auf: Auch für diesen Wind gibt es ein Pendant in der deutschen Industriegeschichte – den VW Bora. Denn der Volkswagenkonzern hat seit jeher einen Hang zu windigen Produktbezeichnungen wie Passat (VW und Wind in tropischen Seegebieten rund um den Globus), Scirocco (VW und heißer, aus der Sahara in Richtung Mittelmeer wehender Wind) und schließlich den VW Bora, der von unserem kalten Fallwind abgeleitet wurde. Achtung, ich stelle folgende These auf: Kein Mensch nennt freiwillig ein Auto nach einem fiesen kalten Wind, wenn er es auch nach einem heißen benennen kann. Ergo: Wäre der Föhn nicht seit Anfang des letzten Jahrhunderts ein Haartrockner, er wäre heute mit Sicherheit ein Volkswagen – der VW Föhn. Und wir würden uns nicht die Haare, sondern durch die Straßen föhnen.

Am Heiligabend 1983 föhnte ich mir also mit dem Föhn den ganzen eiskalten, nach Kuh riechenden Körper. Als die Wanne endlich zu einem Drittel gefüllt war, stieg ich langsam in das knallheiße Wasser. Zunächst hockte ich mich hin und wartete, bis der Schmerz an Unterschenkeln und Hintern nachließ. Dann senkte ich mich weiter ab und heizte Nieren und Bauch ein. Mit einem «A, a, a, a, a a, ahhhh!» ließ ich mich ganz in das heiße blaue Schaumbad sinken und drehte den Wasserhahn zu. Ich war erleichtert, dass mich meine Eltern nicht zu den peinlichen Details meines Unfalls löcherten.

Zwischen einzeln nachploppenden Tropfen glaubte ich zu hören, wie Jan und meine Schwester, endlich im Hausflur angekommen, aufgeregt schilderten, was vorgefallen war. Jan schwärmte offenbar gerade von seinem Heldenmut:

«... meine Hand hingehalten ... gefährlich ... zum Glück gutgegangen. Von oben bis unten voller Kacke ... hab ihn rausgezogen ... echt ganz schön schwer ...»

Dann hörte ich meinen Vater irgendwas sagen wie «Glück im Unglück ... kräftiger Junge ... gut gemacht».

Dann meine Mutter laut und deutlich hörbar: «Wie ist das denn jetzt genau passiert?»

Ich spitzte entsetzt die Ohren und dachte schlicht: Schnauze, Melanie!

Meine Schwester unerbittlich: «Marcus ... Kuh-Aa ... Witze auf das Eis schreiben.» Lachen von Jan.

Mama (mehr als deutlich): «Was ist denn das für eine

Schnapsidee? Wie alt ist unser Sohn? Neun Jahre oder neun Monate?»

Danach Stille. Ich war untergetaucht und hörte nur noch den Schaum in meinen Ohren knisternd zerplatzen. Das war schön. Ich hätte ewig da unten bleiben können. Zehn Minuten mindestens. Na gut, zum Atmen kam ich zwischendurch mehrfach hoch.

Offenbar nicht oft genug. Denn irgendwie wurde mir nach einer Weile schwarz vor Augen, und ich musste zum zweiten Mal an diesem Tag gegen einen aufdringlichen Würgereiz ankämpfen. Ich beschloss, dass meine Körpertemperatur wieder normale Werte angenommen hatte, und verließ schleunigst die Wanne. Meine Haut dampfte in der kühlen Luft, als ich mich, ein paar Liter Badewasser mit mir auf den Fußboden reißend, aus der Wanne schwang und nach dem Handtuch griff.

Das Betriebsgeräusch des Föhns lockte schließlich meine Mutter ins Badezimmer. Jetzt geht es los, dachte ich und hoffte, dass das Frühstück am Bett noch beschwichtigend nachwirken würde. Meine Mutter betrachtete mich über den Spiegel. Ich versuchte, ihren Gesichtsausdruck zu entschlüsseln. Er sagte mir:

1. Ich bewundere meinen Sohn für diese beknackte Idee.
2. Als fürsorgliche Mutter kann ich sie aber nicht gutheißen. Basta!
3. Spinner!

«Marcus, Marcus», sagte sie kopfschüttelnd, «ich dachte, aus der analen Phase wärst du inzwischen raus.» Ihre Mundwinkel zuckten. Dann schob sie mit ruhiger, weihnachtlich warmer Stimme hinterher: «Spinner!»

Und ich – zu alt für «Scheiß auf Eis» und zu jung für solche entwicklungspsychologischen Überlegungen – kicherte ratlos, aber erleichtert. Puh. Zum Glück war Weihnachten.

«Kinners! In einer halben Stunde müssen wir los!» Mein Vater machte mir vom Erdgeschoss aus im Badezimmer Dampf. Dass wir heute in die Kirche fahren wollten, war keine Selbstverständlichkeit. Unsere Familie zählte nicht zu denen, die jeden Sonntag und an jedem Feiertag den Gottesdienst besuchten. Genauer gesagt war ich bisher genau viermal gemeinsam mit meinen Eltern in einer Kirche gewesen: bei meiner Taufe, bei der Taufe meiner Schwester, bei der Hochzeit meiner Tante Alina und im Zuge einer Stadtbesichtigung bei einem Rundgang durch den Kölner Dom. Wenn wir also in diesem Jahr gemeinsam den Weihnachtsgottesdienst besuchten, dann deshalb, weil unsere Mutter sozusagen kurzfristig erleuchtet worden war. Sie hatte uns einen Tag vor Heiligabend vom Schulgottesdienst in der evangelischen Kirche abgeholt, der – wie jedes Jahr – die Weihnachtsferien einläuten sollte.

Der Gottesdienst zog sich wegen eines nicht verstummen wollenden Kinderchores, dem auch ich angehörte, in die Länge. So versammelten sich am Eingang der Kirche die wartenden Eltern und lugten durch die offenen Flügeltüren. Und dabei hatte unsere Mutter ihre Erleuchtung: Auge in Auge mit einem etwa fünf Meter hohen Weihnachtsbaum, der ganz nach ihrem Geschmack mit Strohsternen und roten Bändern verziert war, dazu Dutzende von echten Kerzen trug und die Kirche in ein weihevolles Licht tauchte.

Davon konnten wir zu Hause nur träumen! Denn aus der berechtigten Angst vor einem Hausbrand, in dem unsere Eltern womöglich ihre über Jahre gehegten und gepflegten Kinder den gierigen Flammen hätten opfern müssen, hatten sie einfach keinen Bock auf echte Kerzen am Baum daheim. Außerdem hätte Wachs auf den Teppich tropfen können.

So kam alljährlich die elektrische Lichterkette *God Jul* an den Baum, die je nach Stimmungslage und Lichtverhältnissen per Drehknopf gedimmt werden konnte. Ich fand das sehr gemütlich und praktisch zugleich. Aber meiner Mutter fehlte offenbar etwas, und das wollte sie heute in der Kirche kompensieren.

Mein Vater schmollte: «Wenn Pfarrer Kurz predigt, fällt einem automatisch ein, was man in derselben Zeit alles hätte erledigen können.» Aber nach kurzer Abwägung entschied er, dass er besser damit leben könne, sich zu langweilen, als seine Frau beleidigt zu ertragen. Darum galt als vereinbart: Wir Werners würden in diesem Jahr geschlossen zur Christmette antreten – und uns andächtig unter fünf Metern Echtnadel mit echt brennendem Paraffin versammeln.

Als ich die Treppe hinunterhüpfte und in die Küche schlenderte, saßen meine Mutter und meine Schwester am Küchentisch und dekorierten Maronenpastete mit Mandeln, wobei für meine Schwester die größte Herausforderung darin bestand, sich gerade so fest auf die Zungenspitze zu beißen, dass diese noch nicht abfiel. Mein Vater wischte indessen die Arbeitsplatte unter den Hängeschränken trocken. Die Küche sah aus, als wären die Vorbereitungen zum perfekten Dinner praktisch abgeschlossen.

Als mein Vater mich sah, wuschelte er mir durch die zum Glück ungegelten Haare und sagte amüsiert: «Na, hat sich der Aktionskünstler wieder aufgewärmt?»

Ich konnte die Anerkennung in seiner Stimme hören, und das machte mich ziemlich stolz. Dann setzte sich Familie Werner in Bewegung Richtung Kirche.

Unterwegs im Auto, das dadurch nicht schneller warm

wurde, dass meine Eltern abwechselnd alle zehn Sekunden ihre Hände zur Kontrolle vor die Warmluftdüsen hielten, beschrieb meine Mutter den herrlichen Baum noch einmal in aller Ausführlichkeit und brachte ihre Bewunderung für die offenbar schwindelfreien Kirchenbediensteten zum Ausdruck, welche die vielen Kerzen in luftiger Höhe zum Brennen bringen mussten.

Meine Schwester bemerkte: «Vielleicht zünden die die Kerzen ja schon unten an und bringen sie dann nacheinander rauf. Dann müssen die nicht immer mit dem Streichholz hochklettern.»

«Jaaa, ganz sicher», erwiderte ich, «und wenn sie oben angekommen sind, ist die Kerze winzig klein und zu Ende gebrannt.»

«Quatsch. So schnell brennen die Kerzen ja gar nicht zu Ende», quakte Melanie.

«Woher willst du das denn wissen, Frau Doktor?», konterte ich.

«Woher willst du denn das wissen, Herr Doktor Professor?», knatschte Melanie zurück.

«Oje! Professor Doktor heißt das. Gott, ist die doof!» Ich war ganz klar in Kampfeslaune.

«Kommt, Leute, Ruhe dahinten. Kein Streit jetzt, sonst kommt Knecht Ruprecht wieder nicht pünktlich in den Feierabend», witzelte mein Vater, sichtlich eingenommen von der eigenen Schlagfertigkeit.

«Der hat schon seit Nikolaus Urlaub», entgegnete ich in gereiztem Ton, spürte aber erregt: eins zu null für mich.

«Ja, ja, Herr Doktor Professor», lachte meine Mutter, die schließlich auch was zum Ganzen beitragen wollte.

Meine Schwester grinste frech. Und ich beschloss, den Disput vollends ins Unsachliche abgleiten zu lassen: «Ich finde den Baum in der Kirche zum Kotzen.»

Der Kotzbaum schien allerdings nicht bloß meine Mutter zur Sechzig-Minuten-Frömmigkeit bekehrt zu haben. Jedenfalls fanden wir einfach keinen Parkplatz in einer für laufunlustige Kinder zumutbaren Entfernung vom Gotteshaus. Daher schlug mein Vater ganz pragmatisch vor: «Springt ihr schon mal rein. Ich suche einen Parkplatz und komme dann nach.»

Dabei hatten wir alle vier vergessen, dass es damals noch keine Handys gab und daher auch keine Chance auf einen erlösenden SMS-Verkehr wie «bin jetzt da, wo seid ihr» – «endlich☺bei krippe bei esel». Deshalb sagte meine Mutter: «Der findet uns doch nie.»

Mama, Mützen-Melanie und ich bildeten eine Dreierkette und ließen uns von den Menschenmassen ins Innere der Kirche schieben, wo meine Mutter fünf Meter Echtwachskerzen und weihevolles Licht zu sehen erwartete. Ansonsten war die Kirche weder von außen noch von innen besonders sehenswert: ein zweckmäßiger Backsteinbau aus den siebziger Jahren, mit abseitsstehendem Glockenturm und einem winzig kleinen bunten Glasfenster. Drinnen der Altar aus Beton und Klinker, dazu tonnenweise Kiefernholz – ein Musterbeispiel protestantischer Genügsamkeit. Umso mehr musste meine Mutter davon angetan gewesen sein, was allein der Kerzenschein diesem Gebäude an Atmosphäre entlocken konnte.

Als wir im dichten Gedränge hinein und um die Ecke gestoßen wurden, hörte ich meine Mutter leise japsen. Sie starrte mit entsetztem Blick in Richtung Baum. Meine Schwester und ich stellten uns auf die Zehenspitzen und versuchten, unter Achselhöhlen hindurch-, über Schultern hinweg- und an Hüten vorbeizuspähen.

Wir sahen: fünf Meter Tanne im gleißendem Licht Hunderter Elektrobirnchen, auf strahlend weißen Kerzenimitaten aus Plastik, die in alle Himmelsrichtungen von den Ästen fortstrebten.

Obwohl ich gleich wieder weg- und Melanie anschaute, fühlte ich mich wie bei der Kinderuntersuchung im Gesundheitsamt, kurz nachdem der Arzt mit der Stabtaschenlampe auf brutalstmögliche Weise den Irisreflex überprüft hat. Grelle Lichtpunkte schwirrten vor meinen Augen.

«Der Baum sieht ja bescheuerter aus als der bei Komet», sagte Melanie und meinte damit den altersschwachen Kunststoffweihnachtsbaum von rund drei Meter Höhe, den die Dekorateure unseres Stammsupermarkts unlängst ganz unmotiviert neben die Leergutannahmestelle geknallt hatten. Man konnte den Eindruck bekommen, Komet hasse nichts so sehr wie Weihnachten und seine Dekorateure nichts mehr, als zu dekorieren, so jämmerlich sah der Kometbaum aus, mit seinen krummen und schiefen Elektrobirnen. Zudem versperrte er den Zugang zu dem motorbetriebenen Pferdchen, in das meine Schwester jedes Mal zwanzig Pfennig werfen durfte, um eine kurze Minute lang ihren Kleinmädchenalltag auf einem imaginären Ausritt zu vergessen. Das war nun nicht mehr möglich, und Schuld hatte das Ungetüm von Baum. Deshalb hatte sich der Kometbaum Melanie von Gummifuß bis Plastikkrone eingebrannt. Und sie hatte ihn aus vollem Herzen verachten gelernt.

Meine Mutter schnappte sich die Küsterin, die mit gefalteten Händen an einer Wand lehnte und zufrieden das Menschengewimmel betrachtete.

«Wo sind denn die ganzen schönen Kerzen geblieben? Die echten? Wo?»

Die Kirchenfrau war von der Kritik an der Inneneinrichtung sichtlich getroffen und sagte: «Wir haben heute drei Gottesdienste direkt hintereinander. Das stehen die richtigen Kerzen im Leben nicht durch.»

Meine Mutter stand eindeutig unter Schock. Ihre Augen tränten. Ihr Blick sagte:

1. Typisch.
2. Das Kirchenmarketing funktioniert nicht. (Dieser Aspekt blieb mir damals als Neunjährigem zugegeben verborgen. Er wird mir erst jetzt klar.)
3. Ich trete aus dem Laden aus!

Dann – langsam – klärte sich ihr Blick. Er verriet: «Jetzt sind wir hier. Jetzt ziehen wir's durch.»

Wir suchten uns eine Kirchenbank, auf der vier Personen nebeneinander Platz finden würden, setzten uns und hielten einen Platz für Papa frei. Glücklicherweise saßen wir nun weit hinten und somit näher am Eingang, sodass wir die hereinkommenden Leute rechtzeitig durch wildes Winken auf uns aufmerksam machen konnten, so sie unser Vater wären.

Kurz bevor die Türen geschlossen wurden, kam dieser schließlich hereinspaziert und ließ seinen Blick systematisch durch alle Reihen wandern. Früher oder später musste er uns finden. Da wir aber wie wild mit unseren Mützen fuchtelten, sah er uns direkt und drängelte sich zu uns in die Bank.

Meine Mutter beobachtete ihn gespannt. Wann würde er den Baum begutachten? Verraten wollte sie nichts. Mal sehen, wie lange er brauchen würde, um den unheiligen Schein zu entdecken.

Der Gottesdienst begann, wir standen auf, wir sangen, wir beteten, wir hörten einen Kirchenchor, bestehend aus allen Generationen (Schwerpunkt Großelterngeneration), und dann begann die Predigt. Ich weiß noch, Pfarrer Kurz sprach von Weihnachten und so. Meine Schwester und ich vertrieben uns die Zeit mit Piksspielchen. Mein Zeigefinger war ein Raumgleiter, dessen Angriff ich mit den geflüsterten Worten «Kitzelattacke» ankündigte. Dann konnte meine Schwester mit Abwehrraketen in Form eines ihrer Zeigefinger versuchen, den Angriff abzuwenden.

Sie war chancenlos. Das hatte nichts mit dem Altersunterschied zu tun. Der Angreifer ist immer im Vorteil, insbesondere wenn er derjenige ist, der die Regeln vorgibt. Sobald mein Gleiter Melanies Flanke erreicht hatte, konnte es für sie nur noch darum gehen, ein Aufkreischen zu verhindern. Das gelang nicht immer und rief schließlich meine Mutter auf den Plan.

«Hört mal auf da. Ich versteh nix.» Das Spiel war zu Ende. Aber wir mussten immer noch kichern.

Plötzlich brachte ausgerechnet meine Mutter das Spiel wieder in Gang. Sie pikste mir mit dem Finger in die Seite, allerdings nicht fest genug. Ihrem Raumgleiter war unterwegs wohl die Energie ausgegangen.

«Marcus, rüttel mal den Papa. Der soll aufhören, hier im Sitzen zu schlafen. Menschenskinder!»

Ich schaute meinen Vater an. Seine Augen waren fest geschlossen, aber seine Kaumuskulatur schien völlig entspannt. Der Mund stand offen. Nicht weit, das nicht. Aber unser Vater sah nicht gerade elegant und keinesfalls aufmerksam aus.

Ich rüttelte an seinem Oberschenkel. Im wahrsten Sinne augenblicklich schossen seine Lider hoch, und einen Sekundenbruchteil später klappte auch der Unterkiefer zu. Aber dieser Moment dazwischen, in dem mein Vater da saß, mit weitaufgerissenen Augen und offenstehendem Mund – dieses Bild wird mir nie wieder aus dem Kopf gehen. In dieser Sekunde ein Foto geschossen und dem Pfarrer einen Abzug geschenkt – der Mann hätte das Bild sicherlich voller Stolz in den Schaukasten an der Straße vor der Kirche gepinnt, um für die Qualität seiner Andachten zu werben: «Seht her! So hellauf begeistert sitzen meine Schäfchen da, wenn ich, Pfarrer Kurz, die Predigt halte.»

Wieder schade, dass es Weihnachen 1983 noch keine Handys gab, geschweige denn solche mit integrierter Kamera.

Der Anblick von drei Zehntelsekunden Dauer reichte aus, um mein Zwerchfell total zu erschüttern. Ich prustete mit lautem Geknatter los, warf mich unwillkürlich nach vorn und presste beide Hände mit aller Kraft vor den Mund. Hilfe! Ich lachte während der Predigt in der Kirche ungehemmt meinen eigenen Vater aus. Aber ich konnte nicht anders. Das blanke Entsetzen in seinen Augen, gepaart mit dem herunterhängenden Kinn, das war einfach zu viel! Ich konnte nicht aufhören zu lachen.

Mein Vater guckte mich verstört an, hielt sich aber mit Kritik zurück. Schließlich hatte *er* gerade im Gottesdienst geschlafen und sich von seinem Sohn wecken lassen müssen. Von seinem Sohn, der nun verzweifelte Tränen vergoss vor Vergnügen.

Ich atmete tief durch, nahm die Hand weg und zischelte: «Entschuldigung.» Und prustete wieder los.

Ganz klar, dass kleine Schwestern von Lachanfällen dieses Ausmaßes nicht unberührt bleiben. Geradezu selig, dass die Attacke nun auch sie übermannen sollte, stimmte Melanie mit ein. Wir gackerten, als gäbe es kein Morgen.

Meine Mutter drehte sich entschuldigend zu den Umsitzenden um, die unseren Humor augenscheinlich nicht teilten und auf keinen Fall mitlachen wollten, uns dafür aber mit mahnenden Blicken abstraften. Dann flüsterte sie druckvoll: «Wie benehmt ihr euch denn? Seid ihr verrückt geworden? Wir machen uns hier doch komplett lächerlich.

Der Vater pennt, und die Kinder lachen sich kaputt. Raus mit euch!»

Mit roten Köpfen und nassen Augen schnappten Melanie und ich unsere Jacken und Mützen, quetschten uns aus der Bank und dann vor die Tür. Prompt war der Lachanfall vorbei. Na, toll!

Wir setzten uns auf einen Heizkörper und beobachteten, wie blasenschwache Senioren ein und aus gingen. Manchmal kamen auch Mütter und Väter mit weinenden Babys heraus und wiegten sie hektisch auf dem Arm. «Pschschschschsch! Ist ja guuut. Pschschschschsch!»

Dann erklangen die Glocken, kurz darauf öffneten sich die Flügeltüren, und unter den ersten fünfzig Leuten waren schon unsere Eltern, die es offenbar ziemlich eilig hatten, ihre peinlichen Kinder heimzubringen.

«Ich habe übrigens gar nicht richtig geschlafen eben», sagte mein Vater auf dem Weg zu Komet.

Wir anderen grinsten. Dann fragte meine Mutter: «Sag mal, wie hat dir eigentlich der Weihnachtsbaum gefallen?»

«Och, so weit ganz gut. Wir saßen ja leider recht weit hinten. Aber was ich sehen konnte, alle Achtung!»

Mama blinzelte uns zu.

Heute frage ich mich, ob sie ihn trotz seiner Gleichgültigkeit in Sachen Ästhetik liebt oder gerade deswegen. Denn so hatte sie bei der Inneneinrichtung immer freie Hand.

Die spontane Idee, an Heiligabend in die Kirche zu gehen, hatte den Tagesablauf empfindlich durcheinandergebracht. Zwar war das Weihnachtsessen fertig, aber der Weihnachtsbaum noch immer nicht geschmückt. Und dabei hatten wir schon kurz vor fünf am Nachmittag!

Da meine Eltern von meiner Schwester im Laufe des Tages immer wieder neue, bestechende Beweise aufgetischt bekommen hatten, warum es den Weihnachtsmann nicht geben konnte, feilten sie an einer neuen Strategie für den Ablauf der Bescherung. Eigentlich hätte unser Nachbar Herr Jarusel als Weihnachtsmann verkleidet um Punkt 18 Uhr 15 um die Ecke humpeln, einen großen Jutesack mit Päckchen vor die Haustür stellen und die Türklingel betätigen sollen. Meine Mutter hätte ganz überrascht ausgerufen: «Welch drollig Habenichts mag das sein zu solch später Stund'?» (Oder: «Wer rennt denn jetzt noch da draußen rum?», je nach Lust und Laune.) Woraufhin mein Vater die Haustür aufgerissen und gebrüllt hätte: «Das gibt's doch nicht. Guten Abend, lieber Weihnachtsmann. Kinder, kommt mal her!»

Wir beide – das war absehbar – wären wie jedes Jahr hergekommen. Und an der Tür hätten wir gerade noch die rotberockte Hinterseite des Weihnachtsmanndarstellers sehen können, der, ohne sich umzudrehen, winkend um die Ecke verschwunden wäre. Zu Fuß, versteht sich. Angeblich wurden die Rentiere um die Ecke geparkt, der Anwohner wegen. Das Argument mit dem Parkproblem hatten meine Eltern sich ausgedacht, um den kritischen Fragen meiner Schwester auszuweichen: «Wo ist denn immer der Schlitten? Der Weihnachtsmann kann doch nicht alles alleine schleppen!»

In diesem Jahr mussten meine Eltern vor Melanies Universalskepsis endlich die Waffen strecken. Mein Klartext während unseres Schlittschuhausfluges hatte Melanie von ihren kindischen Illusionen befreit.

Weihnachtsmanndarsteller Jarusel würde also nicht länger in die Pflicht genommen. Stattdessen wollten unsere Eltern uns mit einem prächtig geschmückten, von Kugeln und Kerzen strotzenden und mit Geschenken umringten Weihnachtsbaum faszinieren. Auf diese Weise würde sich, so das Kalkül, der feierliche Glanz in unseren Augen garantiert einstellen.

Wenn ich «einstellen» schreibe, dann meine ich übrigens «einstellen» im Sinne von «aufbauen», nicht im Sinne von «beenden». Schon bei meiner ersten Flugreise, im zarten Alter von sechs Jahren, hatte ich mich gefragt, warum man kurz vor dem Start das Rauchen einstellen sollte. Ich fragte meine Mutter entsetzt, ob denn Kinder jetzt auch rauchen müssten – und erfuhr, dass *ein*stellen nicht im Sinne von *an*stellen zu verstehen sei, sondern gerade im gegenteiligen. Bis heute werde ich mit dem Begriff nicht richtig warm. Wahrscheinlich liegt es an der Vermischung der Wörter «anstellen» und «einschalten», die beide die Inbetriebnahme eines Gerätes beschreiben können.

Zu meiner Befriedigung ist die Formulierung «das Rauchen einstellen» heute praktisch ausgestorben. Dass das Rauchen an Bord heute ganz verboten ist, zeigt, dass auch die Fluggesellschaften unterschwellig immer spürten, dass da irgendetwas nicht stimmte.

Meine Eltern wollten also den Glanz in unseren Augen herbeiführen, erzeugen, bewirken. Um den Vorher-Nachher-Effekt (kein Weihnachtsbaum / sehr wohl ein Weihnachtsbaum) zu maximieren, schickten sie uns ins Spielzimmer. Wir sollten nicht sehen, wie aus der abgehackten Nordmanntanne, die eben noch in ihrer Netzwurstpelle im Garten rumvegetiert hatte, unser Prachtbaum wurde.

Nach dreißig Minuten begannen wir uns zu langweilen. Was sollten wir mit unseren ollen Spielsachen anfangen, wenn es in wenigen Augenblicken einen Haufen neue gäbe? Zum Glück fiel mir ein, Melanie noch ein bisschen zum Thema «Verknallt in Jan» auszuquetschen. Dass ich damit ins Schwarze getroffen hatte, konnte ich sofort an ihrer knallroten Gesichtsfärbung erkennen.

«Seid ihr heute Mittag die ganze Strecke Hand in Hand

gelaufen?», fragte ich hämisch, hoffte aber, sie würde verneinen.

«Nicht die ganze Strecke, aber fast», antwortete Melanie. Wie bitte? Was sollte das denn heißen? War Jan jetzt völlig durchgeknallt?

«Ach, von wo bis wo denn?», fragte ich und besann mich darauf, ab jetzt nur noch mäßig interessiert zu wirken.

«Auf der glatten Straße, weil ich einmal hingefallen bin», antwortete Melanie.

Das wusch sie rein. Jan war ein netter Kerl. Natürlich hatte er sie nach dem Sturz an die Hand genommen. Das hatte sicher nichts mit Turtelei zu tun gehabt. Trotzdem ging ich in die Offensive: «Biste verknallt in den, oder was?»

«Quatsch», sagte Melanie. Dann krachte es. Nicht etwa weil sie vor peinlicher Rührung in Ohnmacht gefallen wäre. Der Lärm kam aus dem Wohnzimmer.

«Ich werd noch wahnsinnig. Wenn dieser Tag vorbei ist, bin ich zehn Jahre gealtert!»

Was war denn mit unserer guten Mutter los? Wir klopften vorsichtig von innen gegen die Tür. «Wann dürfen wir rauskommen?», rief meine Schwester – wohl auch in der Hoffnung, den Fragen ihres Bruders bald zu entkommen.

«Glaheich!» Mein Vater klang irgendwie abgehetzt. Danach Staubsaugergeräusche und Klirren. Da wurde eindeutig Glas zusammengekehrt.

Nach insgesamt siebzig Minuten erklang ein Glöckchen, und wir durften endlich ins Wohnzimmer. Der Baum sah aus, als sei er aus dem zehnten Stock eines Hochhauses auf die Autobahn geworfen worden.

Mein Vater setzte an: «Die Äste sind leider noch nicht ganz aufgetaut und …»

Das konnte man gut sehen. Der Baum hatte auf der linken Seite noch annähernd die Form, die ihm seine einstige Verpackung aufgezwungen hatte.

Meine Mutter ergänzte: «Ja, und darum hatte er rechts wohl etwas Übergewicht und ist umgekippt, als er gerade fertig geschmückt war.»

Das erklärte auch, warum von den vielen prächtigen Glaskugeln nur noch vier übrig waren. Der Rest weihnachtete wohl friedlich im Staubsaugerbeutel.

Mein Vater fuhr bedröppelt fort: «Leider ist durch den Sturz auf den Fliesenboden ein Birnchen kaputtgegangen. Deshalb ist jetzt alles dunkel. Du weißt ja, Marcus, Reihenschaltung. Ersatzbirnchen leider Fehlanzeige.»

Meine Schwester starrte den Baum an und holte Luft. Ich kam ihr zuvor: «Wie bei Komet.»

«Bloß ohne Lampen», kicherte sie.

Aber die Geschenke waren spitze. Neben meinem genialen Kranwagen bekam ich coole neue Eishockey-Schlittschuhe. Das setzte dem Tag aus meiner Sicht die perfekte Pointe auf. Meine Schwester bekam unter anderem eine neue Mütze, lila mit mintgrünen Streifen, was sie sichtlich erleichterte und das Feingefühl unserer Eltern bewies.

Noch am selben Abend warf Melanie die alte Mütze mit den albernen Ohrenklappen zu den Christbaumkugelscherben in den Müll. Und ich rief Jan an, um zu checken, wer die besseren Geschenke bekommen hatte, und um ihn vor der Liebe meiner Schwester zu warnen.

«Was? Die Kleene? Ich steh doch nicht auf Babys», lachte er.

Und ich dachte: Geil.

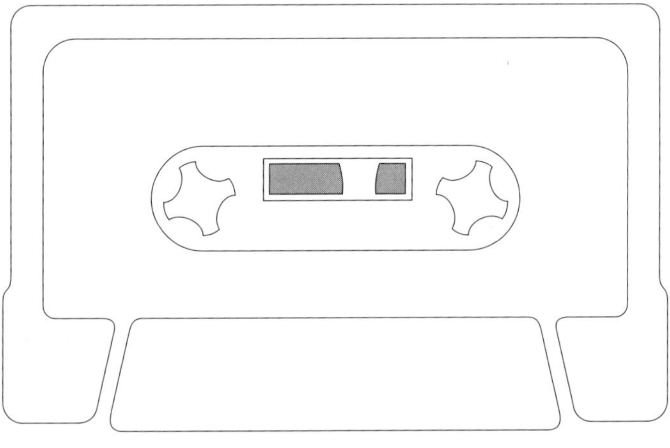

00:076

Klassenfahrt auf dem Liebeskarussell

Wenn man in der weltweit bekanntesten Internet-Suchmaschine (der mit den lustigen bunten Kreisen im Logo) nach dem Begriff Schullandheim googelt, dann finden sich ungefähr 416000 Treffer. Gibt man Landschulheim ein, erhält man 107000. Erstaunlich! Während meiner Schulzeit wurden diese Begriffe stets synonym verwendet. Mal fuhren wir in ein Landschulheim, dann ins Schullandheim, und immer war so etwas wie eine Jugendherberge gemeint.

Inzwischen habe ich herausgefunden: Kenner wissen diese Begriffe ganz klar zu unterscheiden. Im Gegensatz zu Schullandheimen, die wahrhaftig nichts anderes sind als Massenunterkünfte für aufgedrehte Schulklassen auf Achse, sind Landschulheime ganz feine Internate, also das genaue Gegenteil: Massenunterkünfte für artige Schüler, die nicht wegdürfen.

Das wissen aber nur Schüler und Lehrer von Landschulheimen. Lehrer und Schüler von normalen Schulen, die ihre Zöglinge nachmittags rausschmeißen, interessiert es einen Schmutz. Meine Schwester, zum Beispiel, hatte ein Buch von Enid Blyton (damals gesprochen Ehnit Blühton), das hieß «Hanni und Nanni im Landschulheim». Es handelte zum Glück nicht davon, wie die zwei albernen Gören von morgens bis abends in ungeheizten Sälen Sachkunde büffelten und abends Teewurst aufs Graubrot gedrückt bekamen, sondern von einem tollen Abenteuer in der Natur mit Ponyreiten und allem Pipapo.

Im Folgenden geht es also um Klassenfahrten, Art der Unterkunft zweitrangig.

Klassenfahrten sind mehr als eine gemeinsame Unternehmung jenseits des täglichen Unterrichts. Auf Klassenfahrten offenbaren sich die wahren Gesichter der anderen – oder besser: die zweiten Gesichter. Dort werden aus den angeberischsten Schwätzern kleinlaute Muttersöhnchen. Dort schleppt der introvertierte Streber nach einer halben Flasche Apfelkorn plötzlich vor den Augen der Supersportler das hübscheste Mädchen der Klasse in seine Koje.

Auch für die Lehrer birgt eine Klassenfahrt riesiges Potenzial zur persönlichen Image-Korrektur. Die unbeliebten Weicheier unter den Lehrkörpern, vor denen keiner so wirklich Achtung haben und ihnen einen guten Morgen wünschen will, haben einige Tage Zeit zu beweisen, dass sie trotz mangelnder Autorität dufte Leutchen sind. Nette Menschen, mit denen man eigentlich Pferde stehlen könnte.

Klassenfahrten werden von diesem Schlag Lehrer gerne

dazu genutzt, bei einem Glas Cola in einem zünftigen Wirtshaus oder bei einer Berliner Weiße auf dem Ku'damm den Schülern ganz unkompliziert das Du anzubieten. So soll der Makel der seit Jahren eingerissenen Duzerei rückwirkend kaschiert werden. Künftig auf dem Schulhof mit «Ej, Horst, ich hab meine Hausaufgaben nicht gemacht» angeblökt, können die Weichei-Pädagogen vor den anderen aufsichtführenden Kollegen parieren: «Seit der Klassenfahrt dürfen die mich so nennen.»

Noch besser als diese haben es jene Lehrer, die als Drachen und Menschenschinder (oder meist schlicht als Ärsche) verrufen sind. Sobald unter den Schülern der Frust abgeebbt ist, dass ausgerechnet sie mit den Fieslingen auf Tour gehen müssen, bietet sich den Lehrern mannigfach Gelegenheit, in der Beliebtheitsskala aufzusteigen.

Dabei müssen sie meistens gar nicht selbst aktiv werden. Unwillkürlich schlagen sich viele Schüler zum Selbstschutz auf die Seite der ihnen vormals Verhassten. Aus reinem Überlebenstrieb wird das Böse plötzlich salonfähig. Nicht selten verlieben sich Schüler gar in ihre Peiniger, so wie 1973 die Geiseln eines Banküberfalls in Stockholm, weshalb dieses Phänomen seitdem als Stockholm-Syndrom bekannt ist. Hätte es 1985 noch keinen Namen dafür gegeben, man hätte es auch das Frau-Thiele-Wagner-Syndrom nennen können (kurz: FTWS), frei nach meiner damaligen Klassenlehrerin. Belassen wir es an dieser Stelle dabei. Aber sie war eine böse, verbiesterte alte Ziege. So!

Ausgerechnet solche Lehrer haben es meinen Erfahrungen zufolge auf Klassenfahrten besonders leicht. Erzählen sie langweilige Anekdoten aus jungen Jahren (Motto «*Wir* haben ja damals noch richtige Streiche gemacht»), dann bleibt kein Auge trocken. Alle lachen befreit mit, weil sie es wirklich und wahrhaftig als witzig empfinden. Das ist leichter, als die Angst zu ertragen, vom Lehrer beim Verachten erwischt zu werden.

Und wenn die fiesen Lehrer zur Abwechslung mal keinen Scherz auf Kosten Wehrloser machen (Beispiel: «Achtung, geht weg vom Lutz, der guckt gerade, als würde er sich in die Hose machen.» Nur weil es Lutz am Vorabend im ersten Vollrausch seines Lebens im Nachtbus vor versammelter Mannschaft einfach hatte laufen lassen), sondern zur Abwechslung nett sind – wie es sich gehört –, dann finden das alle so außergewöhnlich, dass dieser Lehrer auf der Beliebtheitsskala unverhältnismäßig stark punktet. Es ist ein Trauerspiel.

Wie komme ich auf all das? Also, ich war insgesamt auf fünf Klassenfahrten. Das sind recht viele, finde ich. Die erste Klassenfahrt fand in der fünften Klasse statt, und ich war zehn. Die eigentliche Herausforderung für unsere Lehrer und Eltern bestand darin, uns Kinder davon zu überzeugen, dass Klassenfahrten eine gute Sache sind, dass man nicht weinen müsse und dass fünf Tage wie nix vorübergehen.

Die meisten meiner Mitschülerinnen und Mitschüler sollten damals zum ersten Mal allein verreisen – so auch ich. Eine Elternabend-Extraausgabe wurde anberaumt, das Reglement diskutiert und abgestimmt. Man schwor sich auf Zeiten für den Zapfenstreich ein (22 Uhr), definierte ein Taschengeld in Höhe von acht Mark für jeden Schüler und bat alle Eltern, mit ihren Kindern zu klären, wie die Anruferei aus dem Urlaubsort zu handhaben wäre.

Erfahrungsgemäß lag in unklaren Absprachen bezüglich der Telefonzeiten die Hauptursache für kindliches Heimweh. Die Eltern einmal nicht erreicht, schon war die Sorge riesengroß. Völlig unvorbereitet musste man über den Tod der Daheimgebliebenen sinnieren. Dabei hatten die sich vielleicht nur, glücklich über die sturmfreie Bude, vom Acker gemacht, um sich «Otto – Der Film» im Kino anzusehen. Und sich dabei unter die Jacken zu kuscheln wie damals, bevor deswegen das Baby kam.

Meine Mutter und ich vereinbarten, gar nicht zu telefonieren. Ich war alt genug, und meine Eltern hatten die Nummer der Jugendherberge, konnten also im Notfall anrufen. Dann suchte meine Mutter meinen Hello-Kitty-Brustbeutel heraus, der nicht pink war, sondern rot und auch nur männliche Katzen mit kurzen Wimpern auf BMX-Rädern sitzend als Aufdruck trug. (Um es klar zu sagen: Es war ein Jungen-Brustbeutel.) Da hinein steckte sie ein Fünfmarkstück sowie je ein Zwei- und ein Einmarkstück. Das war mein Budget für die nächsten fünf Tage. Noch einmal schlafen, dann ging es los.

Das mit dem Schlafen war leichter gesagt als umgesetzt. Denn die Vorstellung, nach dem Aufstehen direkt mit dem Bus in die Fremde aufzubrechen, machte mich putzmunter. Sie kratzte mich regelrecht auf.

Um 23 Uhr 30 zuckte meine Mutter schnappatmend vor dem Fernseher zusammen, weil ich mich von hinten angeschlichen hatte, um das Offensichtliche mitzuteilen: «Ich kann nicht einschlafen.»

Das erschreckte wiederum meinen Vater. Denn meine Mutter hatte in ihrer Überraschung ein Glas Rotwein umgestoßen, und der ergoss sich gerade auf den Teppich unter dem Couchtisch. Auf diesem hätte meine Mutter, nach Meinung meines Vaters, die Füße ohnehin nicht ablegen sollen. Die Hektik war umso größer, als meinem Vater einfiel, dass Reinigungsprodukte mit Oxi-Energie erst zwanzig Jahre später erfunden werden würden, weshalb Rotweinflecken auf Textilien noch als endgültig und unwiderruflich zu gelten hatten.

Er stürzte in die Küche zur Salzdose und streute deren Inhalt verschwenderisch (wie ich fand) auf dem Teppich aus. Meine Mutter wischte mit etwa fünf Papiertaschentüchern einer heute ausgestorbenen Marke über die Tischplatte und sagte: «Jetzt kann ich auch nicht mehr schlafen, so wie du mich erschreckt hast.» Sie lächelte. «Komm, flitz mal wieder ins Bett. Morgen wecken wir dich um kurz vor sieben.»

Ich fand: Gut, dass ich meine Eltern ins Vertrauen gezogen hatte. Das hatte sich richtig gelohnt. Dann zog ich wieder ab, ließ meine Eltern wischend und streuend zurück und schlüpfte unter meine luftige Sommerdecke. Ich knipste das Licht aus und wartete auf den Schlaf.

Einen Augenblick später hörte ich meinen Vater ins Zimmer stürmen und rufen: «Auf, auf, auf, es geht auf Klassenfahrt.»

Ich musste wohl doch eingeschlafen sein, denn draußen blinzelte schon die Maisonne durch die Zweige. Ich konnte noch nicht klar denken, aber eines wusste ich ganz genau: Ich hatte keine Lust auf die blöde Klassenfahrt und wollte krank sein. Aber ich war kerngesund. Und weil der Bus um acht Uhr starten sollte und es schon kurz vor sieben war, litt ich nicht länger unter der Qual der Wahl, sondern schlicht unter der Qual, aufstehen zu müssen.

Man konnte nach Auskunft meines damals besten Freundes Kai noch die Falten meines Kopfkissens in meiner Gesichtshaut erkennen, als mich mein Vater um zwanzig vor acht an der Schule absetzte. Jaaaaa, ich hätte auch zwanzig Minuten länger schlafen können. Aber ich wollte schließlich einen guten Sitzplatz im Bus ergattern. Deshalb hatten Kai und ich besprochen, nach Möglichkeit vor acht anzutanzen, um den anderen zuvorzukommen. Das hatte also geklappt. Dumm war nur, dass der Bus fehlte.

Als er um kurz vor halb neun um die Ecke bog, standen die anderen auch schon parat. Das Gedrängel ging los. Kai und ich waren drauf und dran, unsere Ellenbogen zum Einsteigen auszufahren, als die Referendarin Frau Herzig an uns alle appellierte: «Leute, keine Hektik. Wir sind 18 Personen, und der Bus hat 49 Sitzplätze.»

Sie hatte recht. Wir waren acht Jungs und acht Mädchen. Dazu kamen Frau Herzig selber und die Ziege, also unsere Klassenlehrerin Frau Thiele-Wagner. Mehr war nicht. Der Bus würde zur Hälfte leer bleiben. Unsere Mission «Früher Vogel» war zum peinlichen Blindgänger geworden. Das Gute: Wir hatten ein Geheimnis mehr zu wahren und fanden außerdem problemlos eine Sitzreihe für uns.

Nachdem wir durchs Busfenster mit angesehen hatten, wie Herr Dr. Schmeding seinen André ohrfeigte, weil er als Letzter an den Gepäckfächern stand und seine Reisetabletten einfach nicht finden konnte, ging es los. André war ohne Tabletten eingestiegen und hing die ganze Fahrt leise weinend über seinem Spuckbeutel.

Frau Thiele-Wagner hatte ihre Gramesfalten aufgeworfen und döste. Frau Herzig hangelte sich immer mal wieder durch die Sitzreihen, um nach dem Rechten zu sehen. Frau Herzig war kein Weichei und auch kein Drache. Sie war geduldig, nett, hilfsbereit und konnte noch viel lächeln. Sie war schließlich neu im Geschäft. Wir mochten Frau Herzig alle sehr und fanden: Ihr Name war Programm.

Und dann war da noch der Busfahrer, denn so ein Bus fährt nicht von alleine – höchstens eine Böschung hinunter, und das wollte das Schulamt nicht wegen der Presse und die Busgesellschaft nicht wegen des Busses. Also wurde ein Fahrer engagiert. Er hieß Enno Focken, trug eine Schiffermütze, war Ostfriese und redete auch so: platt und wenig.

Auf jeder meiner Klassenfahrten nahm der Busfahrer

eine besondere soziale Stellung ein (außer auf einer, da waren wir mit der Bahn unterwegs):

1. Er war kein Lehrer, hatte uns also nichts zu sagen, und war rhetorisch meist nicht auf der Höhe unserer Lehrer, was uns zumindest so vorkam, weil er nie herumbrüllte.
2. Er war erwachsen, saß während der Mahlzeiten bei den Lehrern am Tisch und gehörte nicht zu uns Schülern.
3. Er konnte einen Bus fahren, was sonst keiner konnte.

Das alles machte auch Enno Focken einzigartig. Am Ende unserer ersten Pause, zu der wir auf der Raststätte Dammer Berge als gesunde Zwischenmahlzeit ein YES-Torty Nuss und ein 0,2 l-Päckchen Orangen-Fruchtsaftgetränk verabreicht bekamen, wurden wir angehalten, uns körperlich zu betätigen.

Unsere Lehrerinnen meinten: Hüpfen, Knie beugen und mit den Armen kreisen. Wir verstanden «Hau den Enno» und stürzten uns mit sechzehn Mann und Frau auf den armen Friesen. Natürlich ohne Fausthiebe und Tritte – aber seine unbeholfen knuffige Art, sich zu wehren, indem er erst in gespielter Angst davonlief, dann immer schneller und schließlich atemlos in einem Anflug echter Panik darum bat, man möge etwas vorsichtiger an seinem Hals herumdrücken, wiesen ihn als ideales Opfer zum Rumtoben aus. Enno war ein bisschen wie Samson aus der Sesamstraße. Enno war super.

Frau Thiele-Wagner sagte: «Der Mann heißt nicht Enno, sondern He*rrrr* Focken.»

Die Fahrt ging übrigens nach Oerlinghausen im Teutoburger Wald, nur rund viereinhalb Stunden Busfahrt von Aurich entfernt. Von Oerlinghausen aus wollten wir unbedingt, dringend und endlich einmal das Hermannsdenkmal im Detmolder Umland besichtigen, denn das hatte uns bislang nicht die Bohne interessiert (aus gutem Grund, wie sich später herausstellen sollte).

In der Jugendherberge angekommen, bezogen wir erst einmal unsere Zimmer. Es gab einen Mädchen-Gang und einen parallel dazu verlaufenden Jungen-Gang. Ich teilte das Zimmer mit Kai, Andi und Christian. Kai und ich schliefen im einen, die anderen beiden im gegenüberliegenden Stockbett. Neben der Tür hing ein kleines fleckiges Waschbecken mit einem Kaltwasserhahn.

Die Jugendherberge lieferte somit einen wertvollen Beitrag zur Heimatliebe: Vom ersten Tag an freuten wir uns wieder auf zu Hause, auf das eigene Zimmer, das eigene Bett. Das lag an vielerlei Unkomfortabilität: Unsere Zimmer lagen im Erdgeschoss, und vor den Fenstern wucherten riesige Büsche, deren Äste so dicht und dunkelgrün bewachsen waren, dass kaum Sonnenlicht den Weg auf den grauen Linoleumboden fand. Darum blieb die Deckenbeleuchtung auch tagsüber eingeschaltet.

Die Funzel, die wohl kurz nach Kriegsende in aller Eile an die Deckenpaneele gekloppt worden war, bestand im Wesentlichen aus einem milchig weißen gläsernen Lampenschirm, der eigentlich bündig an die Decke gehörte, allerdings auf einer Seite rund drei Zentimeter abstand. Durch diese Lücke waren in den vergangenen Jahrzehnten Hunderte kleiner Insekten geschlüpft, wohl auf ihrer nächtlichen Suche nach dem Mond – ein vergebliches, ja tödliches Unterfangen!

Das konnte jeder sehen, der sich zum Ausruhen auf sein quietschendes Bett legte und nach oben starrte. Unter Generationen schwarzer Chitinleichen befanden sich augenscheinlich einige Untote. Denn von Zeit zu Zeit bewegte sich das makabere Muster. Da wir natürlich – aber trotzdem leider – keinen Fernseher auf dem Zimmer hatten, kam uns die Abwechslung zugegeben ganz recht. Jedes Mal wenn es hinter dem Lampenschirm zuckte, brüllte einer von uns: «Jetzt wieder!» Nach wenigen Minuten wurde das Spiel dann aber doch langweilig.

Die Lampen in den Toilettenräumen waren hingegen sauber und insektenfrei. Die Lampenschirme waren entfernt worden, und die nackten Glühbirnen boten schlicht keine Ablagefläche für tote Tiere. Vielleicht fanden die Fliegen auch einfach die Klobürsten spannender. Wahrlich keine Augenweide, aber eine Sensation! In den folgenden Jahren erzählte ich bei Tisch immer wieder gerne davon. Die Bürsten standen in der hintersten Ecke der Kabinen neben dem Spülkasten, und keine von ihnen hätte mit ihren Borsten noch irgendetwas ausrichten können. (In jedem Fall wäre die Not nach der Anwendung eine noch größere gewesen.) Wenn man sich auf die mit meterlangen Klopapierbahnen abgedeckte Klobrille setzte, fühlte man das schauderhafte Dreckvieh immer hinter dem nackten Po lauern. Die Folge: Der Darm verriegelte sich von selbst und ließ sich zu nichts mehr erweichen.

Dazu kam, dass die Türen und Trennwände der Kabinen rund fünfzehn Zentimeter über dem Boden endeten. Genug Platz für einen durchschnittlichen Zehn- bis Elfjährigen, um überraschend die Visage durchzustecken und einen beim Pressen auszulachen.

Ich beschloss daher, meine natürlichen Bedürfnisse, zumindest die der unteren Körperhälfte, in den kommenden Tagen ganz zurückzustellen.

Oben reingeschaufelt wurde aber munter weiter. Am ersten Tag gab es zum Beispiel zu unserem großen Vergnügen als

Hauptgericht – ich wiederhole: als Hauptgericht! – Schokoladensuppe. Nach meiner heutigen Einschätzung handelte es sich dabei um Schokoladenpudding aus der Tüte, der zur Verlängerung nicht nur mit Milch, sondern mit der dreifachen Menge Wasser aufgekocht worden war. Aber es war halt Schokolade als Mittagessen. Die Klassenfahrt ließ sich großartig an.

Als es dann noch einen süßen Nachtisch gab, nämlich für jeden einen halben Pfirsich aus der Dose, konnten wir unser Glück kaum fassen. Wir hatten kaum unser Geschirr auf den Wagen geräumt, da stürmten die Ersten schon zum Münzfernsprecher im Eingangsbereich, um praktisch live nach Hause zu berichten.

Pummelchen Karin sirente in den Hörer: «Mama, hier ist es viel leckerer als zu Hause.»

Auch Kai warf zwei Groschen in den Schlitz und berichtete seinem Vater, dass er gut angekommen sei: «Und ej, Papa, die Klobürsten sind hier voller Kacke. Und wir haben Schokosuppe gegessen. Ich habe gleich zwei Teller weggeschlabbert.»

Wie gerne hätte ich meiner Mutter dasselbe berichtet, aber ich wollte ja nicht anrufen. So war es vereinbart. Ach egal, dachte ich. Ich kann doch kurz Bescheid geben, dass ich angekommen bin und so.

Als ich nach einer halben Ewigkeit an der Reihe war, fummelte ich aus meinem roten Brustbeutel, der ein Jungen-Brustbeutel war, Kleingeld heraus. Meine Mutter hatte mir das Geld in großen Münzen mitgegeben. So hielt ich jetzt ein Zweimarkstück und den Fünfer in der Hand. Das Einmarkstück hatte ich zuvor in Dammer Berge nach dem Pinkeln wie alle anderen in ein Eis investiert.

Ich beschloss, den Fünfer einzuwerfen. Zwar wollte ich meiner Mutter nur kurze Liebesgrüße aus dem Teutoburger

Wald senden, aber das Wechselgeld konnte ich gut für kleine Investitionen wie Kaugummi oder Lollis gebrauchen. Die Münze verschwand mit lautem Klackern in den Eingeweiden des grauen Apparates. Dann drehte ich die Nummer, die ich natürlich auswendig konnte, in die Wählscheibe. Hoffentlich ist die jetzt da, dachte ich und hörte das Freizeichen. Es tutete ewig. Wo war die denn?

Endlich, meine Mutter nahm den Hörer ab. Es schepperte laut, dann kurz nichts, dann sagte sie mit der heiseren Stimme eines alten Mannes: «Stratmann.»

Ich zögerte und sagte: «Mama?»

Ruppig: «Strat-mann!»

Scheiße. «Oh, Entschuldigung. Ich habe mich verwählt.»

Das musste ich erst mal verdauen. Ich nahm mir ein paar Sekunden Zeit zum Stutzen, hängte den Hörer ein und wartete auf das Wechselgeld. Der Apparat begann zu rappeln, dann hörte ich mein schönes Fünfmarkstück auf einen Berg anderer Münzen purzeln. Danach Ruhe.

Hatte ich soeben zu stutzen begonnen, so stutzte ich jetzt doppelt intensiv. Hallo? Mein Geld? Ich klappte den Deckel des Münzrückgabefaches nach innen und sah und fühlte – Leere. Ich drehte mich um. Hinter mir warteten Antje und Sabbel, die ihre Groschen zwischen den Fingern rieben und mich anstutzten. Ich stutzte zurück. Ein einziges Stutzen im ganzen Raum.

Ich drehte mich wieder dem geldgierigen, gefräßigen Kasten aus kaltem dunklem Stahl zu und hörte mich mit gefährlich bebender Stimme sagen: «Das Telefon wechselt nicht.» Jetzt hatte ich noch zwei Mark. Ich drehte mich wieder um: «Kann mir jemand von euch beiden ein Zweimarkstück klein machen?»

«Nee, tut mir leid, ich hab nur diese Groschen, und die brauche ich selber», sagte Sabbel. Und nachdem Antje ihren

Koala-Mädchen-Brustbeutel durchsucht hatte, musste auch sie verneinen.

Gut, dann muss der Zweier weg, dachte ich, warf ihn dem Fünfer hinterher und wählte erneut. Mein Puls klopfte in meinem Hals. Freizeichen.

«Werner.»

«Mama, hallo, ich bin's.»

«Marcus, na, rufst du doch an? Wie geht's denn?»

«Gut, aber ich habe nicht mehr so viel Geld, das rappelt hier gerade durch, weil's ein Ferngespräch ist. Ich habe gerade mein Fünfmarkstück reingeworfen, und dann habe ich mich verwählt, und dann war das ganze Geld weg.»

«Aha, und wie war die Fahrt?»

«Gut.»

«Und was macht ihr jetzt noch?»

«Eine Waldwanderung.»

«Aha. Das ist doch schön.»

Dann Schweigen.

«Und wir haben Schokoladensuppe gegessen.»

«Was für eine Suppe?»

«Schokoladensuppe. Echt!»

«Na, euch geht's ja gut.»

Es piepte im Hörer. «Mama, das Geld ist gleich weg. Sag den anderen schöne Grüße, ja?»

«Mach ich.»

«Tschü-hüs, Mama. Tschü-hüs.»

«Tschüs.»

Ich legte auf, mein Geld polterte in sein dunkles Grab, und mir rutschte das Herz in die Hose. Wieso hatte meine Mama tschüs gesagt? Warum hatte sie nicht wie ich tschü-hüs gesagt? Wir sagten doch immer tschü-hüs, niemals nur tschüs. Da stimmte doch etwas nicht. Was war bloß zu Hause los?

Ich konnte nicht nachhaken. Ich war pleite. Und ich

wollte nach Hause. Dabei war sonnenklar, dass ich das vergessen konnte. Zum Glück musste ich fast nicht heulen.

Mit hängendem Kopf schlich ich in unser Zimmer, die bebende Unterlippe fest an die obere gepresst. Ich öffnete die Tür zu unserer Bude und betrat einen Tränenpalast: Christian lag oben auf dem Stockbett und weinte bitterlich in sein Kissen. Neben ihm stand Andi und versuchte ihn zu trösten: «Ej, Chrissi, wird schon wieder. Komm, wir spielen eine Runde Tischfußball.»

Christian schluchzte noch lauter und trat mit dem linken Fuß kräftig gegen die Matratze. Das hieß wohl: «Lass mich in Ruhe.»

Kai saß oben auf unserem Bett und sah aus wie einer, der im Fernsehen bei einer Pleitenvideo-Show das Unglück kommen sieht und durch zusammengebissene Zähne Luft ansaugt. Er blieb aber stumm. Jeder Laut hätte Christian noch weiter in die Depression reiten können.

Ich zog sachte die Tür hinter mir ins Schloss. Dann guckte ich Kai an, riss meine Augen für einen kurzen Moment groß auf und bewegte meinen Kopf gleichzeitig kaum merklich nach vorne, was so viel hieß wie: «Verdammt, sag schon: Was ist hier los?»

Kai kniff die Augen zu und schüttelte den Kopf. Das hieß so viel wie: «Ich weiß es zwar, aber es wäre einfach nicht gut, es dir jetzt zu sagen.»

Ich konterte stumm, riss die Augen weit auf, spreizte die durchgestreckten Arme leicht vom Oberkörper ab und öffnete dabei blitzartig die Hände. Die Handflächen zeigten nach vorne. Das hieß: «Was soll der Scheiß? Wird's bald? Raus mit der Sprache, Kameradenschwein.»

Kai spitzte die Lippen und versiegelte seinen Mund mit dem ausgestreckten Zeigefinger. Das hieß so viel wie: «Halt die Klappe.» Dabei hatte ich keinen Mucks gesagt.

Ich vergaß mich und tippte mit dem rechten Zeigefinger an meine Schläfe, dann zeigte ich mit demselben Finger am ausgestreckten Arm auf Kai. Der verdrehte die Augen. Er hob den Zeigefinger, als wolle er mich auffordern, genau aufzupassen. Dann begann er wild zu hecheln, warf sich wie tot auf den Rücken und blieb reglos liegen. Ich verstand noch nicht einmal Bahnhof. Was war bloß in meiner Abwesenheit mit meinen Freunden geschehen?

Ich schlich auf Zehenspitzen zu Kai hinüber, den Blick sicherheitshalber auf Christian und seinen Bettkameraden Andi gerichtet. Andi schaute Christian hilflos beim Tränenvergießen zu, seine Hand lag auf dessen Schulter.

Kai atmete nicht mehr. Ich zischte ihm aus zwei Millimeter Entfernung ins Ohr: «Also, was ist hier los?»

Kai schnappte nach Luft und flüsterte zurück: «Christians Dackel Wolli ist heute Morgen gestorben. Er hat es gerade am Telefon erfahren. Wolli war ja schon lange krank. Heute Morgen nach unserer Abfahrt lag er tot in seinem Körbchen.»

Dass Christian gerade vom Tod seines Hundes erfahren hatte, tat mir total leid. Ich wagte es, die Stille zu durchbrechen und sagte: «Hej, Chrissi, ich hatte mal einen Wellensittich …» Es folgte die bis heute unaufgeklärte Tragödie seines Verschwindens.

Christian drehte sein klatschnasses rotes Gesicht zu mir, guckte mich aus verquollenen Augen an und sagte, von hektischen Zwerchfellzuckungen unterbrochen: «Und ich hab Wolli noch nicht einmal tschüs gesagt …»

Das erinnerte mich an mein eigenes Tschüs-Problem. Christians Fall beunruhigte mich noch zusätzlich. Schließlich verdeutlichte er nur, wie schnell die Dinge außer Kontrolle geraten konnten, wenn man mal einen Tag nicht zu Hause war. Und wenn – wie bei uns Werners – kein Haustier zur Hand war, konnte sich das Unglück mangels Alternative ganz schnell an Menschen vergreifen. Mir wurde immer mulmiger.

Christian jammerte: «Ich will nach Hause. Wegen der blöden Klassenfahrt verpasse ich Wollis Beerdigung.»

Ich legte mich auf mein Bett, starrte auf die Insektenleichen in der Deckenlampe und dachte: Ich will auch nach Hause. So komisch, wie Mama eben tschüs gesagt hatte, kann ich die Reise nicht genießen.

In diesem Moment klopfte es an der Tür, und als wir alle gleichzeitig einatmeten, um «Wer ist da?» zu rufen, sprang sie auch schon auf. Herein kamen: zwei Weiber. Super. Die hatten uns gerade noch gefehlt!

Christian fuhr hoch, wischte sich hektisch die Tränen aus dem Gesicht und brüllte: «Raus hier!»

Britta und Uta kicherten, eine von ihnen sagte: «Nö», dann fingen sie an zu plappern: «Ej, die Silvia ist total verknallt in Andi. Hat sie eben gesagt. Und jetzt sitzt sie in unserem Zimmer und will einen Liebesbrief schreiben.»

Andi guckte geschmeichelt zu Boden, schaute mir dann in die Augen und brummelte: «Oh Gott. Ausgerechnet Silvia.» Aber ich merkte, dass er gar nicht so abgeneigt war.

«Raus hier!», bellte Christian erneut und schniefte.

«Heulst du?», fragte Uta und sprang zum Fenster, um Christians Gesicht begutachten zu können.

«Raus hier, Weiber raus», kreischte Christian zurück.

«Ej, Chrissis Hund Wolli ist heute Morgen gestorben», warb ich um Verständnis für Christians Lage.

«Oh, das ist ja traurig. Herzliches Beileid», sagte Britta.

«Ja, von mir auch», ergänzte Uta.

Andi (lässig): «Und jetzt zischt bitte ab. Wir kommen nachher mal rüber.» Dabei wusste er genau, dass das Betreten des anderen Gangs streng verboten war.

Auch Uta und Britta standen gerade mutig auf verbotenem Terrain. Denn Frau Thiele-Wagner hatte uns im Bus per Mikrophon eingeschärft, dass Mädchen und Jungs einander schön in Ruhe zu lassen hatten auf ihren Zimmern. Keine Ahnung, ob sie das absichtlich tat, um das herrliche Nervenknistern noch zu erhöhen. Zumindest war diese Vorschrift das Aufregendste an der ganzen Klassenfahrt.

Im Folgenden werde ich den Schwerpunkt deshalb genau darauf legen und unsere Exkursionen kurzerhand unter den Tisch fallen lassen. Es würde bestimmt keinen Spaß machen, darüber zu lesen, wenn ich schon keine Lust aufbringen kann, darüber zu schreiben. Atemberaubende Informationen zu unseren damaligen Ausflugszielen finden sich ohnehin zuhauf im Internet unter den Stichwörtern Oerlinghausen, Hermannsdenkmal, Externsteine, Lönsstein, Kumstonne. Insbesondere der Lönsstein veranschaulicht schön, warum ich mich weiterer Ausführungen enthalte. Wir mussten das Ding seinerzeit übrigens abmalen.

Das mit dem Gleich-mal-rüber-Kommen, das Andi großspurig angekündigt hatte, verzögerte sich wegen der bereits erwähnten Waldwanderung allerdings um ein paar Stunden. Unterwegs zeigte Silvia – ganz Frau – ihrer Flamme professionell die kalte Schulter. Deshalb ignorierte Andi sie ebenfalls.

Nachdem wir uns direkt nach der Rückkehr eine Predigt zum Thema Naturschutz hatten anhören müssen, weil Patrick unterwegs mit einem Stock in einem Ameisenhaufen gerührt und tierischen Katastrophenalarm ausgelöst hatte, blieb nur noch eine Stunde bis zum Abendessen.

Das bunte Programm am Nachmittag hatte mich meine Befürchtung, zu Hause herrsche das blanke Chaos, leicht verdrängen lassen. Und auch Christian schien den Tod seines Wolli fast verkraftet zu haben. Er brauchte seinen Kopf jetzt zum Pläneschmieden. Mit den Worten «Los, Schwarze Fliegen, wir treffen uns in der Zentrale» trommelte er Kai, Andi und mich in unser Zimmer.

«Schwarze Fliegen» nannten wir uns in Referenz auf unsere Deckenlampe. Die Jungs nebenan hießen zunächst «Die Besten», dann aber boxte Tierschänder Patrick eine Namensänderung zu «Die Roten Ameisen» durch und setzte sich so selber ein Denkmal.

Die Schwarzen Fliegen trafen sich also in ihrer Zentrale. Mission: Weibergang betreten. Damit das Ganze eine strategische Note bekam, überlegten wir, wer welches Mädchen am tollsten fand. Diese Mädchen würden wir dann heimlich in ihren Zimmern besuchen. Andi sagte: «Ich nehme Silvia.» Damit machte er es sich natürlich leicht. Mit allzu viel Widerstand würde er nicht rechnen müssen.

Wenn das mal kein Liebespärchen wird, dachte ich. Dann überlegte ich, wer für mich infrage käme. Silvia war schon weg, sonst hätte ich die auch nicht schlecht gefunden. Sonja war eigentlich ganz nett, aber leider zu dick. Manchmal guckte ihr Bauch unter ihrem zu kurzen T-Shirt hervor. Nee, das ging nicht. Da hätte ich mich blamiert. Uta war einfach nervig und immer zu laut. Außerdem hatte sie manchmal Mundgeruch.

Britta wiederum war nett, aber wenn man mit ihr anbandeln wollte, hatte man automatisch auch Uta an der Backe. Blieb noch – Antje!

Antje war eigentlich süß. Sie hatte lange blonde Haare. Außerdem war sie gut in der Schule. Aber ein bisschen schüchtern war sie. Ihre Freundin Sabbel war auch gut. Aber ich fand Antje besser.

Kai sagte: «Ich nehme Antje.»

«Toll, die wollte ich auch gerade sagen», schmollte ich.

Kai zuckte lachend mit den Schultern: «Zu spät. Nimm doch Sonja.» Die anderen lachten.

«Haha, dann nehm ich halt Sabbel. Ist mir doch egal», konterte ich.

«Stimmt, die kann man gut nehmen, die ist okay.»

Jetzt musste sich Christian aus den Resten bedienen. Er überlegte kurz: «Ich nehme Carolin.»

Scheiße, die hatte ich vergessen! Carolin war ein niedliches Mädchen; sie konnte sogar Englisch, weil ihr Vater Amerikaner war, und spielte großartig Klavier und Fußball. Heute kann ich offen zugeben: Sie spielte besser Klavier als ich – na gut, und Fußball auch.

Die Liste stand:

Andi → Silvia
Kai → Antje
Christian → Carolin
Marcus → Sabbel

Das Gute war, dass unsere Traumfrauen alle im selben Zimmer einquartiert waren. Sie hätten ihre Gruppe ohne zu übertreiben «Die Superweiber» nennen können. Aber die Mädels fanden solchen Jungskram total peinlich.

Wir hüpften von unseren Betten und gelangten tatsächlich unbehelligt in den parallelgelegenen Mädchengang, der fensterlos war und nur vom mattgrünen Schein der Notausgangsschilder erleuchtet. Hinter der ersten Tür wohnten die Mädchen, die wir links liegenlassen wollten: die dicke Sonja, die laute Uta, die gute Britta – und Imke, die eigentlich lieb und nett war, aber so leise und in sich gekehrt.

Imke tat mir immer ein bisschen leid, eben weil sie so lieb

und nett und in sich gekehrt war. Dennoch: Um mich für eine Frau aus Mitleid aufzuopfern, fühlte ich mich zu jung. Fürs Erste wollte ich Sabbel. Alles Weitere würde ich vom Zeitgeist abhängig machen. Wenn die anderen Schwarzen Fliegen Nägel mit Köpfen machten, so mein Kalkül, würde ich mich halt auch verknallen und eine Freundin haben. Aber solange dies nicht zwingend erforderlich war, wollte ich gerne Single bleiben.

Auf die zweite Tür im Gang kam es an. Dahinter mussten sie sitzen, unsere Auserwählten, die Glücklichen. Andi ging voraus. Doch als wir vor der Tür angekommen waren, reihte er sich plötzlich ganz hinten ein.

«Was ist? Klopf schon!», flüsterte ich.

«Mach du doch!»

«Mann, traust du dich nicht?», fragte ich und trat drei Schritte von der Tür weg, um Kai den Vortritt zu lassen. Der ließ sich nicht lumpen, schlurfte mit den Worten «Ihr Memmen!» nach vorn, streckte die Heldenbrust raus und klopfte energisch ans graulackierte Furnier.

Von innen erschallte ein erstaunlich vielstimmiger Chor: «Ja?», «Nein!», «Herein», «Wer ist da?», «Haut ab» und «Besetzt.» Dann Gekicher.

Wir blickten uns an. Da waren auch Jungenstimmen dabei! Und «Haut ab» kam ziemlich sicher aus dem Mund von Ameisen-Patrick. Verdammt! Wir kamen zu spät. Die Idioten von den Roten Ameisen hatten schon zugegriffen.

«Wir gehen rein», sagte Kai mit fester Stimme und ließ die Tür auffliegen.

Der Anblick war deprimierend. Da saßen unsere vier Frauen auf den oberen Betten, und auf den unteren saßen – die vier Jungs aus unserem Nachbarzimmer. Ekelhaft!

Und damit nicht genug. Sonja, Uta, Britta und Imke aus dem anderen Zimmer waren auch noch da. Die ganze Klasse versammelte sich zum ersten Jugendherbergsgelage unseres Lebens, und wir wussten nichts davon. Aus dem Zimmer waberte ein warmer Schwall verbrauchter Luft.

Ameisen-Patrick brach auf ungehobeltste Art und Weise das Schweigen: «Na, die haben uns ja gerade noch gefehlt.» Die treulosen zwölf fingen an zu lachen, und uns vieren standen die Kinnladen weit nach unten weg.

Alle da, nur wir nicht, dachte ich. Die Schwarzen Fliegen brechen auf zum großen Eroberungszug und dürfen am Ende froh sein, dass sich die übrigen zwölf überhaupt noch an sie erinnern. Ich fühlte mich als Teil eines frisch gelieferten Viererpacks von Klassendeppen. Bloß nichts anmerken lassen, dachte ich, den Ball irgendwie zurückspielen.

Ich sagte müde lächelnd: «Ej, Silvia. Ich hab gehört, du schreibst gerade einen Liebesbrief an Andi. Wenn du Tipps brauchst, sag Bescheid.»

Die Klasse lachte spöttisch auf, und mir fiel ein Stein vom Herzen. Der schwarze Peter steckte nicht länger bei uns.

Unsere Informantinnen Uta und Britta gaben mir mit geballten Fäusten und wilden Blicken zu verstehen: «Keine Namen.» Ich zwinkerte zurück und meinte damit: «Keine Angst, ich halte dicht.»

Wir suchten uns Platz auf den Matratzen und dem Fußboden. Zwischen den Betten kursierten eine BRAVO und eine POPCORN, die Uta von ihrem großen Bruder ausgeliehen hatte. Wir lasen uns gegenseitig die Tipps vom «Sexperten» vor, und wenn man mal nicht wusste, warum die anderen lachten, lachte man munter mit.

Nach einigen Minuten begann ich mich zu fragen, was aus unserem Plan geworden war, uns nach abgesprochenem Muster an die vier Mädchen heranzumachen. Offenbar war ich mit dieser Frage nicht allein. Kurz darauf stupste mich Christian mit dem Fuß an.

«Was ist denn jetzt? Machen wir's oder nicht?»

Aus einem Pulk von sechzehn Leuten gezielt vier Damen herauszupicken, um sie für je einen von uns einzunehmen, war mit Gebalze der üblichen Intensität und Machart nicht zu stemmen. Alle saßen verstreut. Meine Traumpartnerin Sabbel zum Beispiel lehnte auf der unteren Etage ihres Stockbettes mit dem Rücken an der Wand, während ich auf der oberen Matratze desselben Bettes Platz gefunden hatte. So konnte ich sie höchstens und mit etwas Glück von Zeit zu Zeit kichern hören. Sehen konnte ich sie nicht. Eine denkbar miese Position, um ein Herz zu erobern.

Den anderen dreien ging es nicht viel besser. Einzig Andi saß mit seiner Silvia auf demselben Bett, dazwischen quetschten sich allerdings Uta und Patrick, kitzelten einander und strampelten und schlugen dabei wild um sich. Selbst der zaghafteste Annäherungsversuch von Andi hätte mit Schmerzen enden, ein Kussversuch sogar seine und Silvias Vorderzähne kosten können.

Plötzlich hörte ich Kai von gegenüber/unten rufen: «Kennt ihr eigentlich das Spiel Damenwahl?»

Schlagartig herrschte Ruhe. Dann Durcheinandergebrabbel. Alle spürten: Jetzt ging es um etwas mit Kribbelfaktor.

Nach kurzer Zeit kristallisierte sich heraus, dass Kai der Einzige war, der das Spiel kannte. Das lag daran, dass er es sich eben erst ausgedacht hatte. Die Regeln waren bestechend einfach: Jeder Junge musste sich sein Lieblingsmädchen aussuchen. Und ganz zufällig würde das in unserer Klasse hervorragend funktionieren. Sie bestand zu gleichen Teilen aus Mädchen und Jungen.

Keinem von uns fiel auf, dass das Spiel eigentlich Herrenwahl hätte heißen müssen. Für gewöhnlich steht ja das bei der Wahl aktive Geschlecht Pate für den Namen. Zumindest wenn man sich an den Gepflogenheiten landläufiger

Tanzveranstaltungen orientiert. Aber das ist ja das Gute an der Kindheit: Weder hat man sich an Konventionen zu orientieren, noch weiß man, was Konventionen überhaupt sind. Und gerade bei der Formulierung «Gepflogenheiten landläufiger Tanzveranstaltungen» wird mir wieder der unschätzbare Wert unserer jugendlichen Unbekümmertheit bewusst.

Kai benannte sein Spiel also nach dem bei der Wahl passiven Part: Damenwahl, weil die Damen gewählt werden sollten. Neben mir fragte Britta in die Runde: «Und dann?»

Ich spürte genau, wir waren live dabei, wie sich just in diesem Moment die Spielregeln in Kais Kopf formten.

«Dann», erläuterte Kai bedächtig, «dann, äh, müssen die ausgewählten Mädchen den Jungs, die sie ausgewählt haben, einen Kuss geben.»

Alle murmelten durcheinander. Kai ließ seinen Blick forschend in alle Richtungen wandern und wartete ab, welche Wirkung sein Exposé auf die Leute haben würde. Es klang, als ob die Anwesenden die Idee einerseits als aufregend, andererseits aber auch als irgendwie abstoßend interpretierten.

«Nö!», krähte Sabbel. «Da mache ich nicht mit.» Toll, ausgerechnet meine machte Zicken!

Kai feilte weiter an seinem Konzept: «Moment! Und, und wenn ein Mädchen diesem Jungen keinen Kuss geben will, dann muss sie einen Joker setzen und darf selber einen anderen Jungen aussuchen.»

Wir kalkulierten alle kurz durch, welche Konsequenzen das für den Spielverlauf und für jeden Einzelnen von uns haben würde. Dann fragte Andi: «Und wenn sich das Mädchen einen Jungen aussucht, der keinen Kuss von dem Mädchen kriegen will?»

Kai ärgerte sich über den Querschuss aus dem eigenen

Lager und pladderte: «Dann muss der schnell wegrennen. So. Habt ihr Lust?»

Es kam kein Widerspruch. Das Spiel versprach zu viel Aufregung, als dass sich jemand davor drücken wollte. Alle waren dabei.

«Okay», sagte Kai und übernahm die Spielführerschaft. «Alle Mädchen müssen auf dieses Bett, alle Jungs auf das andere.»

Wir sprangen herum und auf das zu unserem Geschlecht passende Bett. Dann ging es los. Kai verkündete: «So, ich fang mal an, um zu zeigen, wie das gehen soll. Ich muss jetzt also ein Mädchen aussuchen. Und ich nehme …», Kai machte es spannend. Wir drei übrigen Schwarzen Fliegen erwarteten ganz klar Antjes Namen. Alles andere wäre ein schwerwiegender Vertrauensbruch gewesen.

Kai sagte: «Antje», und grinste uns an. Ein Raunen ging durch die Menge, und Patrick kiekste: «Ei, ei, ei, was seh ich da, ein verliebtes Ehepaar.»

Das fand ich doof. Doch leider werden solche Kindersprüche von Generation zu Generation weitergegeben – wie eine Erbkrankheit, sinnlos und unausrottbar:

– Angeschmiert, mit Butter lackiert.
– Selber, selber, lachen ja die Kälber.
– Tat ja gar nicht weh, eine Tasse Tee.
– Fang mich doch, du altes Loch.
– Hinter dir, Klopapier, eine Rolle schenk ich dir.

«Ei, ei, ei, was seh ich da, ein verliebtes Ehepaar» passte, wie ich fand, irgendwie nicht mehr in den Zitatenschatz eines modernen Fünftklässlers. Vielleicht sah ich das zu eng, vielleicht lag es daran, dass ich Patrick nicht so richtig leiden konnte und Kai ein guter Kumpel war.

Wie auch immer: Jetzt schauten alle zu Antje. Die Mädchen auf dem untersten Stockwerk reckten ihre Hälse zum oberen Bett, Uta und Carolin mussten sogar aufstehen, um alles genau sehen zu können. Ich glaubte, Antje erröten zu sehen. Aber das Wichtigste war: Noch widersprach sie nicht. Sie fragte nur lächelnd: «Wann muss man nochmal den Joker setzen?»

Das Mädchenbett lachte laut auf. Kai erklärte eilig: «Du *musst* ihn nicht setzen.»

«Aber falls ich will?»

«Dann, wenn alle Mädchen verteilt sind», improvisierte Kai.

Die nächste Spielrunde offenbarte eine weitere Regelungslücke. «Wer kommt jetzt?», hatte Imke gefragt. Und Kai musste erneut basteln: «Ich darf jetzt den nächsten aussuchen, und derjenige darf dann wieder den nächsten aussuchen und so weiter.» Das traf sich gut. Ich nahm nämlich fest an, er würde mich wählen.

«Das ist ja voll ungerecht», beschwerten sich die Jungs von den Roten Ameisen. Zu Recht. Sie würden als Letzte zum Zuge kommen. Das war uns allen klar.

Andi mischte sich ein: «Mensch, ist doch jetzt egal. Ist doch bloß ein Spiel.»

Der hatte gut reden. Auch er würde nach diesem System zu seiner Silvia kommen. Aber sein Hinweis, alles nicht so ernst zu nehmen, zeigte Wirkung. Die Roten Ameisen schmollten jetzt leiser.

Kai wählte mich aus. Ich zauderte nicht lange und sagte sofort: «Sabbel.» Ich hätte ruhig ein bisschen länger zaudern konnen, um meiner Wahl den Anstrich des Spontanen zu geben. Sabbel sagte: «Echt?», und danach nichts mehr. Das verbuchte ich als Erfolg.

Danach wählte ich Andi, der nach gekonnt gespieltem

Zögern Silvia auswählte. Die Klasse applaudierte. Keiner hatte etwas anderes erwartet. Silvia freute sich sichtlich. Die beiden gehörten einfach zusammen. Das merkten alle.

Andi gab an Christian weiter. Dieser schnappte sich Carolin, die gelangweilt zu Boden schaute und sagte: «Hab ich mir gedacht.»

Das war selbstbewusst. Trotzdem: Die Schwarzen Fliegen hatten ihre Auswahl wie geplant treffen können. Wir gratulierten einander heimlich, indem wir uns nach und nach versteckt die Hände schüttelten.

Die vier anderen Jungs wussten, dass wir sie übers Ohr gehauen hatten, und trafen ihre Wahl jeweils mit den einleitenden Worten: «Dann nehm ich halt ...», was jedes der vier übriggebliebenen Mädchen im Gegenzug mit einem «Igitt!» quittierte.

Am Ende waren alle Jungs versorgt, wenn auch nur zur Hälfte zufrieden. Jetzt war es an den acht Mädchen. Würden sie ihren Joker ausspielen?

Es folgte ein Trauerspiel. Die zuletzt gewählten Mädchen aus Zimmer Nummer eins setzten aus Protest gegen ihren offensichtlichen Restpostenstatus alle ihren Joker und wollten sich nun einen anderen Jungen aussuchen. Die dicke Sonja wählte Kai. Mundgeruch-Uta und ihre Freundin Britta wählten Christian. Die leise Imke suchte mich aus. An Andi traute sich keiner mehr ran. Da war Silvia vor.

Christian rief als Erster: «Abgelehnt!» Ein Kuss von Uta und Britta war offenbar nicht nach seinem Geschmack. Was, wenn Uta heute wieder Mundgeruch hatte? Ich konnte das verstehen.

«Das ist ja voll fies, jetzt nein zu sagen», rief Sabbel, der das Spiel ohnehin am meisten gegen den Strich zu gehen schien.

Ich bat sie: «Jetzt warte doch mal. So ist doch die Regel.»

Christians tolle Carolin pampte: «Die Regeln hat sich Kai doch eben erst ausgedacht. Ich hab null Bock mehr. Ich küsse hier gar keinen.»

Christian erschrak und guckte hilfesuchend zu Andi, der aber nur noch Augen für Silvia auf dem Bett gegenüber hatte.

«Ich mache auch nicht mehr mit», sagte Sabbel plötzlich und sprang vom Bett auf, um sich ihre Schuhe anzuziehen.

Kai musste hilflos zusehen, wie sein sorgsam gewebtes Netz von zwei beleidigten Leberwürsten zerrissen wurde. «Jetzt seid doch keine Spielverderber!», rief er verzweifelt.

Doch Carolin erhob sich und sagte bloß trocken: «Ich habe sowieso seit einer Woche einen Freund. Ingo Schillmann aus der 6b. Und da will ich treu sein.» Gemeinsam mit Sabbel verließ sie das Zimmer.

Die herrliche Knisterstimmung von vor wenigen Augenblicken war mit einem Schlag verpufft, und es war äußerst ungewiss, ob hier überhaupt jemals irgendjemand irgendjemanden küssen würde.

Sonja sagte: «Kommt, wir gehen wieder rüber», und die vier Mädels von nebenan zischten ab.

«Hier ist sowieso der Mädchengang», blökte Kais Kandidatin Antje auf einmal.

Das kam einem Rausschmiss gleich. Kai verdrehte die Augen, und ich dachte: Blöde Kuh!

Dann rappelten wir uns auf und schlichen zur Tür.

«Andi darf bleiben», sagte Silvia, lächelte ihren Schatz verstohlen an und boxte ihn damit förmlich zwischen die Stühle. Bleiben oder mit den Jungs weg? Er schaute uns geniert an. Christian klopfte ihm auf die Schulter und grinste: «Bis gleich.»

Nunmehr sieben Jungs trotteten zurück in den Jungenflur. Kai musste sich von den Roten Ameisen noch mehrfach anhören, wie blöde sein Spiel «Damenwahl» war. Dabei wusste er das mittlerweile genauso gut wie wir anderen auch.

In unserer Dunkelkammer angekommen, wurden wir einsamen Herzen uns der Niederlage erst voll bewusst. Und wir gestanden uns ein, dass wir Andi beneideten.

«Der sitzt jetzt bestimmt da drüben auf dem Bett und knutscht Silvia so richtig ab», dachte ich laut.

«Meint ihr, dass die beiden sich auch ausziehen?», warf Christian zur Diskussion in die Runde.

«Quatsch!», zischte Kai. «Meine Antje ist ja noch da drin.» *Meine Antje.* Wie das klang! Als ob er auch nur einen Schritt weiter war als zwei Stunden zuvor.

«Was ist jetzt? Starten wir noch einen Anlauf?», fragte ich die beiden.

«Ich hab echt keine Böcke mehr auf 'ne Freundin», maulte Christian. «Außerdem muss ich erst mal darüber wegkommen, dass mein Hund Wolli tot ist, glaub ich.»

Da fiel mir wieder ein, dass meine Mutter am Telefon so einsilbig tschüs gesagt hatte, und es durchzog meinen Bauch mit kneifendem Heimweh.

Genau in diesem Moment sprang die Tür auf, und Andi stakste breitbeinig herein, die Daumen in die Hosentaschen gehängt.

«Und?»

«Tja, wir sind jetzt zusammen, ne?» Andi war stolz.

«Echt? Wie hast du das denn gemacht?», fragte ich. Mein Bauch, der eben noch eine Portion Heimweh verdauen musste, platzte jetzt fast vor Neugier.

«Ich hab mir meinen Kuss abgeholt. Silvia wollte nur auf die Backe. Aber dann hab ich schnell meinen Kopf gedreht, und sie hat meinen Mund getroffen. Der Trick ist geil, oder? Hab ich mal in einem Film gesehen.» Andi glühte vor Glück.

«Und wie kommste drauf, dass ihr jetzt zusammen seid?», wollte Kai wissen.

Andi verstand die Frage nicht: «Mensch, wir haben uns doch geküsst. Danach nochmal. Dann hat Silvia Antje rausgeschmissen, und dann haben wir uns noch dreimal geküsst.»

«Und wie lange?», fragte Christian neidisch.

Andi stutzte: «Na, bis eben jetzt natürlich.»

«Nee, ich mein, wie lange ging so ein Kuss immer?», hakte Christian nach.

«Ungefähr so.» Andi küsste seinen eigenen Handrücken kräftig und nass. Das dauerte ungefähr zwei Sekunden. Dann schnalzten seine Lippen zurück.

«Aha, das ist ja nicht so lange», bemerkte ich.

Andi kapierte die Welt nicht mehr. «Seid ihr bescheuert? Ich finde das lange. Macht ihr das erst mal selber. Also mit euren eigenen Weibern, mein ich.»

Christian sagte: «Ich muss erst mal das mit Wolli vergessen.»

Ich sagte: «Ich war gar nicht richtig verliebt in Sabbel, glaub ich.»

Und Kai: «Die Antje ist ’ne blöde Sau.»

Wir lachten. Dann gab es Essen.

Eigentlich hätte ich gute Lust, an dieser Stelle abzubrechen und zum nächsten Kapitel überzugehen. Wozu sich länger in Misserfolg und frühem Leid suhlen? Ich möchte aber noch erzählen, was mich erwartete, als ich nach Abendessen und mückenreicher Nachtwanderung in unser Zimmer zurückkam, um mir panisch den Mund auszuspülen. Draußen war mir nämlich ein Nachfalter hineingeflogen, und ich ekelte mich wirklich sehr. Vor allem weil mir die anderen detailliert geschildert hatten, wie die tote Ratte aussah, auf der das Ding eben noch seine Eier abgelegt hatte.

Als ich eintrat, sah ich auf meinem Kopfkissen einen Brief liegen. «Von wem ist der denn?», sagte ich laut, denn ich war alleine im Zimmer. Die anderen spielten Tischfußball im Aufenthaltsraum.

Der Bogen kam ohne Umschlag und war zweimal gefaltet. Ich faltete ihn auseinander. Er war leer. Ich schaute auf die andere Seite. Da stand:

Lieber Markus,

ich wollte dir nur sagen, dass du süß bist. Ich finde dich wirklich nett.
Ich wollte dich eben gerne küssen, aber dann war das Spiel schon aus.
Warst du froh, als das Spiel aus war?

Deine Imke

Das Blut schoss mir in den Kopf, und sämtliche Mückenstiche an meinem Körper begannen zu jucken. Ich spürte meinen Puls an Hals und Schläfen. Mein Gott, ein Liebesbrief. *Mein* Liebesbrief!

War ich alleine? Ich drehte mich zur Tür. Die war zu. Gut. Ich setzte mich aufs Bett und las den Brief noch einmal durch: Markus mit k, na ja. Egal. Ein Brief von Imke. Ausgerechnet von der leisen Imke, die sich sonst nie was traut. Süß ist die ja, mit ihren blonden Haaren und den Haarspangen. Und gut in Sport isse auch. Und dick isse auch nicht. Aber was soll ich überhaupt mit einer Freundin?

Bestimmt muss ich mich dauernd nach der Schule mit der

treffen. Und meine Autos findet sie als Mädchen sowieso blöd. Das ist mir jetzt schon klar. Aber irgendwie wollen in letzter Zeit alle immer eine Freundin. Und nie kriegt jemand eine. Außer Andi jetzt. Ich könnte die Nummer zwei sein … Oder ist Imke blöd? Blamier ich mich mit der? Nie sagt sie groß was. Aber eigentlich ist sie gut in der Schule, und keiner findet sie scheiße. Aber irgendwie auch nicht richtig gut.

Mist! Ich wusste nicht, wie ich sie finden sollte, Imke, die sich in mich verknallt hatte. Ausgerechnet in mich. Ich war verwirrt und beschloss, heimlich meine Zähne zu putzen und einfach schon ins Bett zu gehen. Es war halb zehn ,und für zehn war sowieso Nachtruhe verordnet. Ich konnte mich unmöglich in der Öffentlichkeit blicken lassen, so unentschlossen, wie ich war.

Da kam Andi ins Zimmer geplatzt: «Los, komm! Wir spielen noch eine Runde Tischtennis, bevor die Thiele uns ins Bett schickt.» Der Glückliche. Bei ihm war alles in trockenen Tüchern.

«Ich kann kein Tischtennis», murmelte ich und kramte zerstreut nach meiner Zahnbürste.

«Dann halt nicht», sagte Andi und stakste zügigen Schrittes zur Tür.

«Ej, Andi?», rief ich ihm nach. Er drehte sich um. Ich musste mich überwinden: «Wie findest du eigentlich Imke?»

Andi kam wieder halb in den Raum zurück, überlegte und erwiderte: «Nett eigentlich. Ein bisschen schüchtern halt. Aber im Bus hatte sie voll witzige Sprüche drauf. Zum Beispiel: Alle Kinder stehen vor dem brennenden Haus. Nur nicht Klaus, der schaut raus. Oder: Allen Kindern steht das Wasser bis zum Hals. Nur nicht Heiner, der ist kleiner. Oder, warte mal, irgendwas mit 'nem Unfall. Warte mal. Alle Kinder … Nee. Oder was mit 'nem Krankenhaus. Ach, keine Ahnung mehr. War aber witzig. Bis später.»

Rums! Die Tür schlug zu.

Ich glotzte mir im Spiegel tief in die Augen: «Na gut, die nehm ich!»

Es dauerte noch ein paar Tage, bis unsere Beziehung in Schwung kam. Die Klassenfahrt war vorbei, mein Darm entleert, und meine Mutter hatte mir längst versprochen, künftig immer tschü-hüs zu sagen, damit ich mir nicht unnötig Sorgen um das Leben meiner Familie machen musste. Da verabredeten Imke und ich uns nach der Schule, um gemeinsam in der Nachmittagsvorstellung den Otto-Film zu gucken. Aber vorher wollten wir noch auf ein Eis essen.

Auf dem Weg von der Eisdiele zum Kino fanden wir eine heimelige Ecke hinter dem Reiterdenkmal, einem Sockel, auf dem ein mit Möwenkot verdreckter grüner Mann auf einem mit Möwenkot verdreckten grünen Pferd saß. Ich kratzte meinen ganzen Mut zusammen und sagte: «Ich krieg seit der Klassenfahrt noch einen Kuss von dir.»

Das war Imke noch geläufig.

Es wurde ein erbärmlicher Kuss, was im Wesentlichen meine Schuld war. Ich wollte Imke mit einem leidenschaftlichen Ruck an mich ziehen (das hatte ich mal in einem Western gesehen), um sie dann mit einem saftigen Riesenkuss zu betören. Imke war wohl etwas erschrocken, sagte: «Huch!», und schmeckte nach Zitroneneis, eine Sorte, die ich niemals ausgesucht hätte. Ich ließ sie wieder los, spürte, dass ich es versaut hatte, und dann guckten wir Otto.

Imke und ich. Wir waren ewig, bestimmt drei Wochen, richtig zusammen. Wir küssten uns jeden Tag heimlich (und ziemlich trocken) und waren stolz, wenn andere uns als verliebtes Ehepaar titulierten. Doch irgendwie zerplätscherte unsere Liaison mit der Zeit. Es gab nie Streit oder eine offizielle Trennung, keine Tränen, keine bösen Worte, keine öffentlichen Verleumdungen. Wir hörten nur irgendwann auf mit dem Trockenküssen und sahen uns nachmittags immer seltener. Jetzt soll mal einer sagen, das hätten wir nicht professionell rückabgewickelt!

Ich habe auch sonst viel von Imke gelernt: «Alle laufen zum Krankenwagen. Nur nicht Hagen, der wird getragen.»

Nein, was haben wir gelacht.

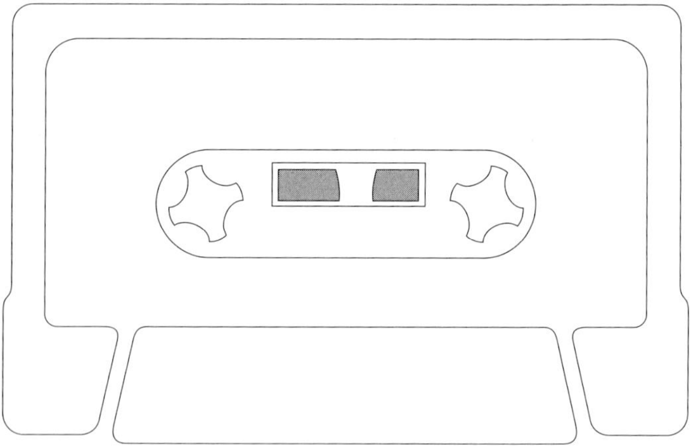

Die Sammelumkleide des Grauens

Ich hoffe, Sie sitzen, denn jetzt kommt ein Knaller: Seit ich sprechen kann, verfüge ich über die Fähigkeit, die Gedanken meiner Mitmenschen zu manipulieren. Einfach so. Das glauben Sie nicht? Ha! Ich setze noch einen drauf: Jeder besitzt diese Gabe. Wetten? Ich werde es demonstrieren: Bitte stellen Sie sich ein kleines rosa Häschen vor.

Sehen Sie? Wette gewonnen. Keiner von Ihnen, der diese Zeilen gerade gelesen hat, wird bestreiten können, dass vor seinem geistigen Auge gerade ein putziger rosa Mümmelmann lümmelte. Gestatten Sie mir, dass ich für einen Moment innerlich jubiliere. Immerhin beherrsche ich gerade Ihre Vorstellungskraft!

Nächstes Level: Stellen Sie sich bitte vor, dass das kleine rosa Häschen einen kleinen Schulranzen auf dem Rücken trägt und urplötzlich wild zu steppen anfängt. Dazu an den Hinterpfoten: zwei winzige schwarze Steppschühchen. Niedlich, oder?

Und jetzt bitte mal daran denken, wie das Häschen mit einem lauten Knall in tausend Teile zerspringt. Peng! Es reicht nämlich, das Experiment ist zu Ende.

Nun wird mir jeder beipflichten, wenn ich sage, das kann jeder. Aber es lohnt wirklich, sich darauf einzulassen. Jeden erdenklichen Unsinn können Sie mit nur wenigen müden Worten in den Kopf Ihres Gegenübers zaubern. Auf peinlichen Partys, auf denen der Gastgeber selber vor Langeweile schon ins Bett gegangen ist, kann dieses Experiment noch die Stimmung retten.

Nach entsprechender Menge Alkohol kommen natürlich auch Gedankenspiele im frivolen Themenbereich infrage. Aber treiben Sie es hier bitte nicht zu weit. Ihre Ausflucht «Das hast du dir doch in deinem eigenen Kopf vorgestellt» lässt nicht jeder gelten. Und was hilft eine gewonnene Wette, wenn anschließend ein paar Schneidezähne fehlen und Sie künftig Ihre Wochenenden allein vor der Playstation im One-Player-Modus verbringen müssen?

Genug davon. Doch wo wir uns nun schon so schön warmsuggeriert haben, möchte ich Ihre Einbildungskraft noch ein letztes Mal bemühen: Denken Sie bitte kurz an Ihren ersten Tag in der sechsten Klasse.

Und jetzt denken Sie bitte an den zweiten Tag.

Ihnen fällt dazu nichts ein? Klappt es vielleicht mit dem dritten Tag?

Offenbar geht es Ihnen nicht besser als mir. Jedenfalls beneide ich jeden, der seinem Gedächtnis noch etwas abringen kann. Bei mir herrscht nämlich Leere. Ich bin dreizehn Jahre lang fast jeden Morgen zur Schule gefahren, aber hängengeblieben sind nur wenige Fetzen. Und die haben meistens null mit dem Unterricht zu tun. Ich kann mich zum Beispiel bloß an drei Momente aus x Jahren Schwimmunterricht erinnern. Und nicht einer davon spielt im Wasser.

Meine früheste Erinnerung stammt aus der siebenten Klasse. Ein halbes Jahr zuvor waren wir aus Ostfriesland nach Baden gezogen, weil mein Vater versetzt worden war. Das bedeutete für mich, wie auch für meine Schwester, einen kompletten Austausch des sozialen Umfeldes. Heute bin ich über diese einschneidende Erfahrung froh. Denn wer es als zwölfjähriges, plattschnackendes Nordlicht schafft, im kleinbürgerlichen Bühl Fuß zu fassen, der schöpft daraus das berechtigte Selbstvertrauen, sich mit jeder Kultur dieser Erde arrangieren zu können. Aber das ist ein anderes Thema.

Nach jener Schwimmstunde, von der ich berichten will, schlich ich gemeinsam mit drei Klassenkameraden zur Umkleidekabine der Mädchen. Wir wollten nur mal gucken, was die da so machen, ob die sich auch ihre nassen Schwimmsachen ausziehen und so. Insofern waren wir Forscher.

Andreas führte die Spanner-Aktion an. Ich stand an Position vier, und noch bevor ich einen ersten Blick erhaschen konnte, erklang schon hysterisches Geschrei: «Du perverses Schwein, hau ab. Frau Haferkamp, Frau Haferkamp, Andreas spannt!»

Danach verstand ich nichts mehr, außer dass wir wegrennen mussten. Ich rannte sehr schnell, ich rannte sehr schnell barfuß über nasse Fliesen, ich rutschte sehr schnell in eine Linkskurve und sehr ungebremst mit dem rechten Schienbein gegen eine Spritzdüse gegen Fußpilz. Das tat sehr weh und blutete stark. Mir wurde schwarz vor Augen. Damit hatte ich mich blamiert, fand ich, weil das alle fanden und mir das auch sehr lange sehr oft sagten. Deshalb erinnere ich mich noch gut daran.

Mein zweiter heller Moment datiert ebenfalls aus der siebenten Klasse. Da entdeckte ich beim Duschen unter der Achsel eines Klassenkameraden eine Zecke, die bereits von einem handtellergroßen roten Fleck umrandet war. Unter uns: Ich konnte diesen Klassenkameraden einfach nicht ausstehen. Er hieß Mirko und war ein Großmaul und Sprücheklopfer. Aus meiner Sicht lag sein Problem darin, dass seine Sprüche nicht lustig waren und nur dazu dienten, ihn selber in den Vordergrund zu spielen.

Seine Freunde fanden das allerdings klasse und verachteten alle anderen, die nicht mitlachten, wenn Mirko mit den Worten «Ej, wollt ihr noch einen?» das nächste doofe Bonmot ankündigte.

Deswegen fühlte ich mich unter der Dusche einen kurzen Moment lang großartig und überlegen. Ich wusste von seiner Zecke, und der große, speckige Mirko wusste von nichts und seifte wieder und wieder seinen kleinen Parasiten ein.

Ich spülte mir lässig das Shampoo nach hinten aus den Haaren und rief zu ihm hinüber: «Ej, Mirko, du hast da eine Zecke unter dem Arm. Die ist entzündet oder so.»

«Was?», pampte Mirko ungläubig, und dann: «Ej, Scheiße, die muss ich rausdrehen.»

Wo ich mit Pinzette, Lupe und der Angst vor Hirnhautentzündung, Borreliose, Hepatitis und Krebs – kurz: mit aller gebotenen Vorsicht – zu Werke gegangen wäre, um den Körper der Zecke ja nicht von ihrem Kopf zu trennen, metzgerte Mirko einfach mit Daumen und Zeigefinger drauflos.

Also gab ich zu bedenken: «Ich würde da nicht einfach so dran rumpulen. Wenn da der Kopf stecken bleibt …»

Mirko: «Quatsch nicht rum, hilf mir lieber!» Na, wunderbar. Er streckte mir seine verzeckte Achselhöhle entgegen!

«Soll *ich* die jetzt rausziehen, oder was?», fragte ich möglichst ruppig, um auf Augenhöhe mit ihm zu kommunizieren.

«Ja, sicher, bevor da noch der Kopf stecken bleibt.»

Hätte er nicht einen seiner Kumpels fragen können, die neben uns duschten, sich bestens amüsierten und mehrfach und ausgedehnt mit Duschgel einrieben, um bloß nichts zu verpassen? Ja, hätte er tun können, tat er aber nicht. Ich griff in Mirkos Achsel und wartete auf hämische Kommentare.

«Ej, guckt mal», rief einer der Gaffer, «Mirko hat einen Affen gefunden, der ihn entlaust.»

«Halt die Fresse, oder ich batsch dir gleich eine», schnauzte Mirko und schielte dabei, so gut es ging, unter seinen Arm. Das Kinn hatte er dabei zu einer vierfaltigen Fettziehharmonika zurückgezogen.

Zum ersten Mal fühlte ich mich ihm verbunden. Immerhin hatte er für mich seine Kumpel angebrüllt. Freilich nur, weil er sich selber wie ein Idiot vorkam.

Die Zecke war noch klein und blutleer und umso schwerer mit meinen vom Schwimmbadwasser aufgedunsenen Fingerkuppen zu fassen. Ich musste zu meinem Missvergnügen mehrfach ansetzen und mit meinem Gesicht unangenehm nah an seine Achselhöhle heran. Zwar hatte er sich die Achseln gerade vor meinen Augen gründlich eingeseift, aber Achsel blieb Achsel und die Pose demütigend.

Mirko wurde ungeduldig. «Du sollst sie rausziehen und ihr nicht Deutsch beibringen.»

Kichern aus mehreren Hälsen von der Seite.

«Okay, wie rum soll ich drehen?», fragte ich zurück. «Gegen oder im Uhrzeigersinn?»

«So, wie es richtig ist.» Mirko feixte mit erhobenem Arm zu seinen Kumpels rüber, die sich gerade abtrockneten und geflissentlich mitlachten. «Jetzt mach endlich.»

Ich legte die Finger an das Mistvieh, also die Zecke, und zog. Mirkos Haut kam kurz hinterher, schnalzte dann zurück, und ich hielt die Zecke in der Hand.

«Zeig her», freute sich Mirko. «Das ist das Schwein also.»

Ich zeigte ihm das Schwein auf meiner Zeigefingerspitze. Bei genauerem Hinsehen bemerkte ich, dass es keinen Kopf mehr hatte. Scheiße. Ich musste ihm irgendwas erzählen, irgendwas, das ihn ablenken würde, irgendeine eiskalt ausgeklügelte Lüge.

«Ich glaub, der Kopf ist noch drin», sagte ich und dachte: Super, Marcus. Toll gemacht!

«Super, Marcus. Wenn sich das jetzt entzündet, Mann», schnaubte Mirko. Und ich dachte: Was dann?

Es entzündete sich in den folgenden Tagen noch richtig heftig. Mirkos tägliches medizinisches Bulletin sparte nicht das kleinste Detail aus – die Ergebnisse diverser Bluttests, dass einmal sogar ein bisschen Eiter rauskam und dass sein Vater ihm gesagt hatte, man dürfe nicht jeden x-beliebigen Deppen ranlassen. Stetes Fazit: «Aber der Herr Werner musste ja unbedingt den Kopf abreißen.»

Ich dachte mir: Hättest du bloß die Klappe gehalten. Dann hätte sich die Zeckenbrut genüsslich an Mirkos Blut nähren können. Eines Morgens wären dann Hunderte Babyzecken geschlüpft und hätten sich in den dicken, den bösen, den abscheulich großmäuligen Mirko eingegraben. In seine Mundwinkel, seine Ohren, seine Augen. Und er hätte LEIDEN müssen. Uaahgrrr. UAAAHGRRRRR. Dann sagte ich zu Mirko: «Tut mir echt total leid.»

Sonst weiß ich nur noch, dass Mirko bestimmt zwanzig Zentimeter größer war als ich und fast noch keine Achselhaare vorweisen konnte. Meine einzige Genugtuung. Ich selber hatte nämlich noch gar keine. Und so oft, wie ich mit erhobenen Armen vor dem Spiegel stand und sie erst suchte, dann herbeiflehte, hätte ich eigentlich kräftige Muskeln an den Schultern haben müssen. Die hatte ich aber auch nicht.

Ein drittes Erlebnis hat sich regelrecht in mein Hirn eingebrannt. Das siebente Schuljahr war zur Hälfte vorbei, und es war Januar, das weiß ich noch. Denn es lag ein bisschen Schnee. Ich war damals zwölf und hatte ungefähr drei Hosen, die ich gerne anzog. Meine Lieblingshose war eine karierte Bundfaltenjeans. Ja, meine Güte, sie war kariert! Mitte/Ende der Achtziger waren Bluejeans nämlich sehr out. Es mussten schon die Bundfaltenexemplare mit Streifen oder Karos sein. Modische Irrungen, das weiß ich heute und hoffe, dass keine Retro-Welle sie je wieder nach oben spült.

Damals fand ich karierte Bundfaltenjeans jedoch ungeheuer schick und war daher ungeheuer erschrocken, als ich eines Morgens die Lasche des Reißverschlusses in der Hand hielt. Abgerissen. Beim Versuch, den Hosenstall zu schließen. So ein Mist!

Zum Glück war der sogenannte Schieber noch intakt. Man konnte die Zähne des Reißverschlusses weiterhin schließen und öffnen, wenngleich es ein wenig mehr Fingerspitzengefühl erforderte. Auf dieses Fingerspitzengefühl wollte ich vertrauen.

Da ich an diesem Tag Schwimmunterricht haben würde, hatte ich statt einer Unterhose bereits meine Badehose angezogen. Das fand ich sehr komfortabel, denn so musste ich in der Gruppenumkleide einmal weniger meinen nackten Hintern vorzeigen. Nicht, dass er unansehnlich gewesen wäre.

Auch vorne herum war alles okay, nur eben ein bisschen – wie soll ich sagen – zurückgeblieben.

Bei einigen meiner Mitschüler hatte die Pubertät schon kräftig Hand angelegt – und das stellten sie gerne und lange zur Schau. Zum Beispiel, indem sie sich ewig ohne Badehose abtrockneten oder ihr T-Shirt vor der Unterhose anzogen. Angeber! Im Stillen beneidete ich die Jungs, die schon auf dem Weg zum Mann waren, was man im angezogenen Zustand an ihrer Truthahnstimme hören und im Schwimmbad an den Haaren und so sehen konnte. Klar, dass die pubertierende Avantgarde sich gerne mit dem blanken Mittelfeld messen wollte. Über jedem von uns Zurückgebliebenen schwang dieses Damoklesschwert an einem buchstäblich haarfeinen Fädchen. Daher also die Badehose unter der Jeans.

Bevor es zur Schwimmhalle ging, stand noch eine Stunde Englisch an. Und während ich gerade umständlich zu Papier brachte, which sightseeing spots in London I like most and why, flüsterte mein Banknachbar und bester Kumpel Jörg-Clemens: «Ich seh deinen Pimmel.»

Zum Glück log er. Trotzdem fuhr mir der Schreck tief in die Lenden. Denn der Blick in meinen Schritt war schockierend: Der Schieber des Reißverschlusses war bis zum Anschlag hinabgewandert und hatte auf seinem Weg alle Zähnchen auseinandergerissen, der Idiot. Weil sich der Hosenstall aufgrund meiner Sitzposition nach außen gebeult hatte, klafften die beiden Zahnreihen weit auseinander und gewährten vollkommen ungehinderte Sicht auf meine schwarz-orangene Badehose. Sogar die Bundschnur baumelte schon heraus.

Offenbar war ich seit Stunden deppenhaft mit komplett offenem Hosenstall herumspaziert. Ich will nicht wissen, wer das alles festgestellt und weitergetratscht hatte! Damals hätte ich allerdings genau das gerne gewusst und viel dafür gegeben. Dann hätte ich besser planen können, wem ich fortan nicht mehr in die Augen schauen konnte.

Meine Banknachbarin und gute Freundin Hanna warf ihre langen dunklen Haare über die Schultern zurück, lehnte sich zu mir und starrte von der Seite in meine Hose: «Also, ich kann beim besten Willen nichts erkennen.»

Ich wusste nicht, ob ich mich darüber freuen oder besser rot anlaufen sollte. Jörg-Clemens hätte mir sicherlich zum Zweiten geraten. Zumindest lachte er laut auf. Weil er aber ein Freund war, tätschelte er mir schließlich die Schulter und raunte besänftigend: «Mann, sei doch froh, dass ich es gesehen habe. Besser ich als alle anderen, ej.»

Jörg-Clemens war mir in meiner kurzen Zeit in Süddeutschland nicht nur *ein* Freund, sondern mein bester Freund geworden. Daran konnte auch sein Name nichts ändern. Allerdings nannte ich ihn auch nicht Jörg-Clemens, sondern Jöckl, klanglich abgeleitet von den jeweils ersten beiden Buchstaben seines bescheuerten Doppelnamens. Im Gegenzug nannte er mich Mackl, die ersten Buchstaben von meinem ganz normalen Vornamen abgeleitet, der Rest war eine Hommage an seinen eigenen Spitznamen.

Dank Jöckl war ich nun also gewarnt. Offenbar ließ sich der Reißverschluss ohne die abgerissene Lasche nicht mehr dauerhaft schließen. Ich musste auf der Hut sein. Meine Lieblingshose war eine Abenteuerhose geworden.

Nach Englisch stand Schwimmen an, und wir latschten geschlossen zum Schwimmbad. Es gab zwei Routen: Die kürzere führte über eine starkbefahrene Straße. Deshalb wurden wir von unserem dichtbehaarten Direktor persönlich und mittels regelmäßiger Lautsprecherdurchsagen darauf eingeschworen, den sicheren Umweg durch die Unterführung zu nehmen. «Wenn es auf der Straße kracht, zahlt das keine Versicherung», so sein Argument. Das ließ uns natürlich die Beine schlottern vor Angst. Wir wählten also stets die kürzere Route quer über die Straße – zumindest wenn unser Schwimmlehrer Herr Lullick nicht mitlief. Aber im Winter nahm der faule Sack sowieso das Auto. Und im Sommer auch.

Schwimmen war bestimmt toll, das Wasser nass, die Doppelstunde irgendwann vorbei, und es ging ans Duschen. Herr Lullick zwang uns «aus gesundheitlichen Gründen» unter die eiskalte Dusche, die im Winter dummerweise noch kälter war als sonst. Keiner kam darum herum. Denn Lullick ließ es sich nicht nehmen, persönlich zu kontrollieren, ob wir uns den Kaltwasserhorror auch wirklich angetan hatten. Wer den Kopftemperaturtest durch Handauflegen nicht bestand, musste noch einmal unter die Dusche: «Du Warmduscher, zurück. Ich lass mich nicht verarschen hier von euch.» Ich glaube, in dieser Zeit reifte in den meisten von uns die Überzeugung, sieben Jahre später den Wehrdienst zu verweigern.

Bibbernd in der Umkleide angekommen, rieb ich mich mit meinem nach Schultafellappen stinkenden Handtuch trocken. Das hatte ich schon in der vergangenen Woche verwendet und leider vergessen, es anschließend zum Trocknen aufzuhängen. Dann fummelte ich in Windeseile meine nasse Badehose herunter und suchte in der Schwimmtasche hektisch nach meiner Unterhose. Das dauerte länger als geplant. Wie dumm von mir! Jetzt stand ich da, ich Zurückgebliebener, und verplemperte wertvolle Sekunden. Wo war nur die beknackte Unterhose? Dann fiel es mir ein: Zu Hause im Kleiderschrank, wo ich sie vergessen hatte.

Mist!

Soeben machte sich die Schamhaar-Avantgarde über Nils

her. Er versuchte, das Ganze ironisch abzufedern und mitzulachen, um sich nicht noch eine zusätzliche Blöße zu geben und den Eindruck zu erwecken, ernstlich unter ihrem Spott zu leiden. Sein Pech war mein Glück: Ich blieb für heute verschont.

In der Hoffnung, dass es keiner bemerken würde, schlüpfte ich nackig in meine Jeans und wollte sie gerade zumachen, als meine Finger ins Leere griffen. Verdammt, der Reißverschluss! Ohne Unterhose war meine Lieblingshose eine Hochglanzeinladung zum Trauerspiel «Klassendepp auf Lebenszeit».

Vor meinem geistigen Auge spielte sich Entsetzliches ab. Jöckls «Ich seh deinen Pimmel» hallte in meinen Ohren. Ein böses Omen! Bald würden mir Scharen von Menschen dieselben Worte zurufen – Passanten auf dem Weg zurück zur Schule, meine Deutschlehrerin Frau Wechselmeister, die sicherlich schon mit finsterer Miene am Pult unseres Klassenraumes saß und jeden mustern würde, der mit nassen Haaren oder offener Hose hereinspazierte. Meine Mitschüler würden die Lästerei mitbekommen und nie, nie, niemals wieder davon ablassen. Bis zum Abitur würden sie mich daran erinnern; meine Lehrer würden im Lehrerzimmer diese ihre beste Anekdote hinter vorgehaltener Hand mitleidig weiterreichen. Und ich würde seelisch verkümmern, meine Noten in den Keller gehen. Meine gesamte berufliche Zukunft stand auf dem Spiel! Ich sah mich in der Gosse sitzen, mit sperrangelweit aufgerissenem Hosenstall.

«Mackl, was ist denn? Mach hinne», Jöckl rüttelte an meiner Schulter. «Die Wechselmeister kriegt einen Anfall, wenn wir nach dem Schwimmen trödeln.»

Ich flüsterte: «Ich hab keine UN-TER-HO-SE!»

Jöckl guckte mich verständnislos an: «Dann lass sie halt weg.»

Ich guckte zurück und ließ die Schultern hängen.

Jöckl: «?» Dann: «Ach du Scheiße ...» Er hatte begriffen.

«Ja, guten Morgen!» Ich war verzweifelt. Ich musste die nasse, eiskalte Badehose wieder anziehen. Ich hasste den Tag und wusste, die nächsten Stunden würden ein Albtraum werden. Meine sonst so verlässliche Tröstungsmethode – den Schuldigen an meiner Misere ausmachen und ihn innerlich wüst verwünschen – versagte hier. Ich war so derartig selber schuld, dass es wehtat.

Mirko fragte im Vorbeigehen: «Hä? Ist deine Badehose schon trocken?»

«Och, ja.» Ich lächelte zurück. Kalt und klamm kroch es mir die Beine hinab und den Rücken hoch.

Jöckl schien erleichtert. «Na, zum Glück. Und jetzt komm. Ich will wegen dir keine Strafarbeit aufgebrummt kriegen, ej.»

Schon auf halbem Weg spürte ich den eiskalten Wind durch meine Hose pfeifen und zog zum ersten Mal den Reißverschluss hoch. Diese Handbewegung wurde im Laufe des Vormittags regelrecht legendär, wandte ich sie schließlich rund zwanzigmal an, zuzüglich rund hundertdreißig Kontrollgriffen aus reiner Vorsicht.

Jöckl und ich kamen als Letzte in den Klassenraum. Alle anderen saßen schon brav mit ruinierten Frisuren in ihren Bänken und grinsten uns an. Die Wechselmeister explodierte augenblicklich.

«Zum einemillionsten Mal – und das ist eine Zahl mit sechs Nullen: Ihr sollt nach dem Schwimmen nicht trödeln. Jetzt reicht es mir!»

Jöckl schloss gerade die Klassenzimmertür und hatte damit den Raum augenscheinlich als Letzter betreten. Jetzt kam die Wechselmeister richtig in Fahrt: «Marcus, setz dich sofort hin. Und du, Jörg-Clemens – du bist jetzt einfach mal fällig!» Sie atmete asthmatisch ein und gellte weiter: «Ich will eine plausible Erklärung für diese Verspätung, oder ich donnere dir eine Strafarbeit rein, die sich gewaschen hat.»

Stille. Die Wechselmeister sammelte Kraft für ihre letzte hysterische Volte. Die schlaffe rote Haut an ihrem Hals wanderte ruckartig auf und ab. Dann schrie sie: «Ich höre!»

Jöckl stand mit gesenktem Kopf da, die eine Hand noch an der Türklinke, die andere in der rotblonden Struwwelmähne. Er setzte zum Reden an und verstummte wieder. Seine großen braunen Augen suchten meine, blickten dann wieder zu Boden.

In der Klasse herrschte betretenes Schweigen. Einen Wutausbruch dieses Ausmaßes hatte keiner erwartet und gewollt. Ein bisschen Rambazamba war ja ganz erfrischend. Aber das ging nun wirklich zu weit.

Natürlich war jeder erleichtert, dass er selbst nicht Jöckl war. Nur Jöckl nicht. Er war ja Jöckl. Und ich auch nicht. Ich hatte ihm das eingebrockt und musste einschreiten, um ihm zu helfen – und auch mich selbst zu retten. Ich nahm Mut und Speichel zusammen (bei Stress wird mein Mund immer so trocken), schob den nassen Hintern auf die Vorderkante des Stuhls, holte tief Luft und durchbrach die Stille: «Wenn ich vielleicht –»

«RUHE!», toste es in der Lautstärke eines Überschallflugzeugs. Meine Güte, konnte dieses Ungetüm brüllen! Dass ich meine Badehose vor Schreck nicht noch zusätzlich einnässte, grenzte an ein Wunder, und ich hielt lieber meine Klappe. Zumal mir gerade auffiel, dass ich gar nicht wusste, was ich hatte sagen wollen.

Jetzt war es an Jöckl. Mein Gott, saß der in der Klemme! In seiner Not literweise Adrenalin schwitzend, sagte er mit bebender Stimme: «Es tut mir echt leid, ej. Ich konnte meine Unterwäsche nicht mehr finden. Ich hab gedacht, dass sie jemand aus Witz versteckt hat und hab echt ewig alle Schränke durchsucht. Leider hat die Suche total lange gedauert. Ach ja! Und Marcus hat mir dabei geholfen.»

Ich konnte es nicht glauben – Jöckl versuchte meine Haut zu retten und nahm sogar in Kauf, sich statt meiner zum Gespött zu machen. Einige Mädchen kicherten natürlich sofort los. Und ich dachte natürlich: Typisch Weiber!

Aber Jöckl hatte so überzeugend gesprochen, dass zumindest keinem einfiel, kübelweise Häme auszuschütten. Klar, seine Unterwäsche war weg. Was hätte er tun sollen? Das alles klang nachvollziehbar. Allemal besser, als dazustehen wie jemand, der wegen eines kaputten Hosenstalls und weil er seine Unterhose zu Hause vergessen hatte, den Kopf verlor. Der im tiefsten Winter eine nasse Badehose trug, aus Angst, man könnte seinen Pillermann sehen. Perfekt! Jöckl war nicht nur ein echter Kumpel, sondern ein echt cleverer Kumpel.

Moment! Denkfehler! Die Jungs wussten doch, dass die Geschichte so nicht stimmte. Und wer die Sache mit meiner Badehose nicht mitbekommen hatte, würde in wenigen Augenblicken durch Mirko davon erfahren. So geschickt Jöckl es auch eingefädelt hatte – es blieb ein Knick in der Logik, der alles auffliegen lassen konnte. Was tun? Mein Kopf rauchte. Ich bereitete eine hirnmäßige Höchstleistung vor, für die ich glatt eine Klasse hätte überspringen dürfen sollen müssen oder so.

Der Drachen war baff ob der ehrlichen Antwort Jöckls (die ja eine glatte Lüge war) und schnaubte nun wieder ruhig und gleichmäßig. Jetzt konnte ich sprechen und die nötige Ergänzung nachschieben, die mir soeben einfiel und die plausibel machen würde, warum *ich* die nasse Badehose trug: «Und dann habe ich ihm meine Unterhose ausgeliehen und meine Badehose wieder angezogen.»

Die Wechselmeister zog überrascht die Augenbrauen hoch. Dann platzte die ganze Klasse los – Drachen inklusive. Rings um mich herum tränende Augen und bellend lachende Münder. Ich war verwirrt und blickte zu Jöckl. Der stand an der Tür und sah irgendwie verzweifelt aus. Als er sah, dass ich ihn anschaute, schüttelte er kaum merklich den Kopf und presste seine Lippen zusammen. Hätte ich meine Klappe halten sollen? Vorsorglich füllte ich meine Gesichtshaut mit Blut auf und leuchtete rot.

Die Wechselmeister gluckste: «Na, ich frage mich zwar, warum Jörg-Clemens nicht seine eigene nasse Hose wieder angezogen hat. Aber wer Freunde hat, die sogar die Unterhosen tauschen … Kompliment!»

Ach so! Mist! So konnte man das natürlich auch sehen! Jöckl nutzte die Unruhe im Raum und schlich an seinen Platz links neben mir. «Na, wunderbar, Mann. Mackl und Jöckl, die Unterhosentauscher», flüsterte er.

«Tut mir leid. Ich wollte bloß unser Alibi perfekt machen.»

Aber das Ganze hatte auch sein Gutes: Die Wechselmeister verzichtete auf die Strafarbeit. Eine derart peinliche Geschichte konnte in ihren Augen keiner freiwillig zusammenlügen. Das wiederum wusste auch Jöckl zu schätzen. So hielt sich sein Groll in Grenzen, und den verbliebenen Rest verwendete er, um über meine schon wieder offenstehende und mittlerweile sichtlich durchgesuppte Jeans zu witzeln.

Die Pein über eine nasse Hose war allerdings nichts, verglichen mit der Unterhosentausch-Demütigung, der ich uns versehentlich ausgesetzt hatte. Und die hing uns noch eine ganze Weile nach. («Marcus! Meine Nase läuft. Kannst du mir ein Tempo leihen? Du kriegst es auch sofort wieder.») Aber das war okay. Denn sonst wäre der Schwimmunterricht im meinem Gedächtnis wohl vollständig abgesoffen.

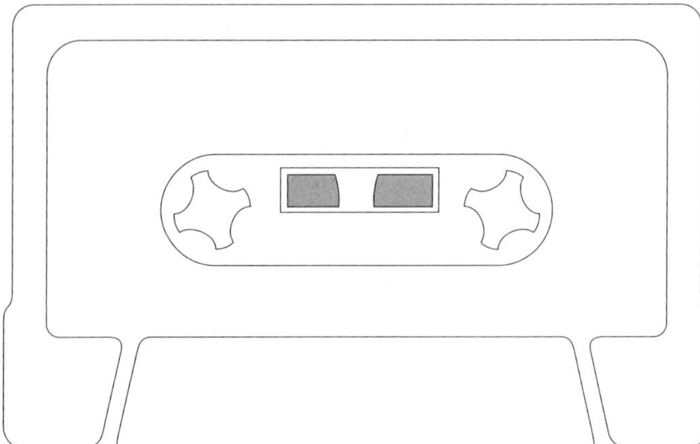

Her mit den kleinen Französinnen!

So um das Jahr 1987 herum machte ich eine Beobachtung, aus der ich hier und heute eine bahnbrechende Theorie ableiten möchte. Ich nenne sie «Die Werner'sche Doppel-Ich-Theorie». Sie lautet wie folgt: In einem bestimmten Alter zerbricht der Heranwachsende in zwei Teile. Fortan lebt er zwei Leben – eines in der Familien-Welt und eines in der Freunde-Welt. Dabei geht es nicht allein um die Frage des Zeitmanagements. Die Kluft geht tiefer. Das Freunde-Ich spaltet sich vom Familien-Ich. Es entsteht ein Doppel-Ich: Fortan zeigt der eigene Charakter zu Hause und bei Freunden jeweils ganz unterschiedliche Facetten.

Das hat folgende Ursachen: Das heimische Umfeld widersteht stoisch dem Wandel der Zeit. Die Familie – der ruhende Pol – denkt gar nicht daran, sich der rasenden Entwicklung ihrer jugendlichen Mitglieder anzuschließen. Sie bleibt lieber, wie sie ist. Der Freundeskreis hingegen macht mit. Alle wollen sich verändern, vergleichen, wollen Vorreiter sein. Mit einem Mal ist die Familien-Welt automatisch verpönt. Nicht weil die Jugendlichen sie plötzlich nicht mehr zu schätzen wüssten. Sie passt bloß nicht mehr so recht in die Welt der Freunde hinein. Ab einem bestimmten Alter muss die Familien-Welt einfach draußen bleiben.

Dabei bietet die Familien-Welt doch so vieles, was einem seit Jahren lieb und teuer ist: Leute, die sich Sorgen um einen machen, die Essen, Kleidung, Urlaube organisieren, die Bude sauber halten und bei den Hausaufgaben helfen. Der Fernseher steht da, und man ist der Einzige im Haus, der den Videorekorder programmieren kann. Und die Hamster drehen im Laufrad ihre Runden. Wenn man krank ist, bekommt man ein Glöckchen ans Bett, und wenn man gesund ist, geht es am Wochenende mit der ganzen Familie zum Großeinkauf ins Einkaufszentrum – erst zu Aldi, und der Rest, den es bei Aldi nicht gibt, wird in einem richtigen Supermarkt besorgt. Und wenn alle gemeinsam den Einkaufswagen von der Kasse zum Auto schieben, dann macht die Mama die Schachtel mit den Schokoküssen auf, und jeder bekommt den ersten direkt auf die Hand.

Wie hätten meine Eltern und meine Schwester wohl reagiert, wenn ich als Dreizehnjähriger mit klebrigem Mund durch den Zucker-Ei-Schaum geprustet hätte: «Stefans großer Bruder hat sich letzten Freitag in der Videothek einen Porno ausgeliehen»?

Genau das meine ich. In der Freunde-Welt waren solche Gespräche jederzeit möglich. Natürlich ging es auch um viele andere Dinge. Aber es war ein erhebendes, erwachsenes Gefühl, dass solche Sätze nicht länger tabu waren, auch wenn sie jedes Mal für albernes Gekicher sorgten.

In der Freunde-Welt dominierten spätestens ab der achten Klasse folgende Themen: Computerspiele, Fernsehen, Kino, Musik – und nach und nach die erste große Liebe und Sex. (Was allerdings nicht hieß, dass auch nur einer aus unserer Klasse groß verliebt war, geschweige denn routinemäßig sexuell verkehrte. Das wäre zu schön gewesen (für den Betroffenen zumindest).

Die Hauptaufgabe bestand nun darin, die beiden Welten peinlich auseinanderzuhalten. Denn Überschneidungen waren: peinlich. Waren Freunde zum Computerspielen bei mir, bedeuteten Besuche meiner Mutter in meinem Zimmer eine feindliche Invasion in die Freunde-Welt – es sei denn, sie brachte Saft und Kekse.

Andersherum schmerzte es in meinen Ohren, wenn einem meiner Kumpel in Gegenwart meiner Eltern das Wort «geil» entfuhr. Solche Wörter kamen in der Familien-Welt einfach nicht vor. Ich wäre der Einzige gewesen, der sie hätte importieren können – meine Schwester war zu klein. Und ich tat es nicht.

Modewörter wie «geil» gingen mir in den ersten Jahren ohnehin immer ein bisschen schwer über die Lippen, weil sie sich aus meinem Mund so unnatürlich und eingeübt anhörten, wie ich fand. Und in die Familien-Welt passten sie überhaupt nicht. Dabei genoss ich es, sie ab und an von meinen Klassenkameraden zu hören. Aber bitte nicht bei den Werners in der Familien-Welt.

Einige Attacken auf die Freunde-Welt seitens der Familien-Welt waren besonders perfide und von mir auch kaum zu verhindern. Typisches Beispiel: «Zieh bitte deine Mütze auf. Draußen is' kalt.» Diesen Satz zum Abschied auf den

Weg zur Schule mitbekommen, und die Faust ballte sich in der Tasche, wo sich meist auch die dämliche Mütze befand.

Mützen verunstalteten mich. Spätestens wenn ich sie in der Schule wieder auszog. Sie drückten die Haare platt, und im schlimmsten Falle wurden sie noch dazu statisch aufgeladen (was ich selber aber nicht immer merkte). So saß ich mit angeklatschtem Pony herum, während – zum Vergnügen der Klassenkameraden – meine Haare hinten um den Wirbel herum orthogonal zur Schädeldecke abstanden. Hielt dann jemand aus der hinteren Bankreihe sein Kunststofflineal darüber und schwenkte es umher, dann wippte mein Haarwipfel artig mit. Indessen grübelte ich nichtsahnend auf Geheiß des Lehrers über der Frage, wie denn nun korrekt zu zitieren sei: «7-5-3: Bei Issos Keilerei» oder «7-5-3: Rom kroch aus dem Ei».

Mir lag auf der Zunge: «7-5-3: Leck mich doch!» Gott sei Dank habe ich mir das gespart. Wie dumm hätte ich dagestanden: vorne große Klappe, hinten Idioten-Struwwel.

Das Mützenproblem ist nur ein Beispiel für die Anfechtungen meiner Persönlichkeit durch die Familien-Welt im Bereich der Freunde-Welt. Heftige innere Kämpfe waren die Folge. Doch nirgends war der Kampf der Persönlichkeiten unerbittlicher als im Familienurlaub. Dort war es schlechthin unmöglich, die beiden Welten auseinanderzuhalten. Zu eng saß man sich in fremden Ländern auf der Pelle.

Die räumliche Nähe wurde noch dadurch verstärkt, dass wir meistens mit dem Wohnwagen unterwegs waren. Ich kannte es kaum anders. Da meine Mutter Schwedin ist und meine Schwester Melanie und ich demnach Halbschweden sind, gehörte ich schon zur Gruppe der Skandinavien-Urlauber, als die meisten Deutschen Schweden noch hinterm Nordpol vermuteten und gerade eine allererste deutsche

IKEA-Filiale in der Nähe von München die Tore öffnete. Und weil sich die herrlich weite Natur Schwedens hervorragend in einem Campingurlaub erleben ließ, war ein Wohnwagen die optimale Ergänzung zur Anhängerkupplung.

Was mich allerdings nervte, war, dass wir auf der Autobahn von allen überholt wurden und es nur mit den LKWs aufnehmen konnten. Außerdem war die chemische Wohnwagentoilette menschenunwürdig, denn beim Spülen musste man eine Klappe öffnen und in die darunter schwappende, Tage alte blaue Ätzbrühe nebst Einlage starren – ob man wollte oder nicht.

Trotzdem war der Campingurlaub alles in allem ein tolles Familienabenteuer, und weil wir nun schon mal einen Wohnwagen besaßen, war es logisch, dass wir auch mal damit in den Süden fuhren. Warum gutes Geld im Hotel verpulvern?

Südfrankreich im Sommer 1987. Ich glaube, es war an der Mittelmeerküste, nahe der spanischen Grenze. Ich war dreizehn, meine Schwester zehn Jahre alt. Auch diesen Urlaub verbrachten wir Werners gemeinsam auf dem Campingplatz. Meine Eltern entschieden gerne spontan vor Ort, wo wir unser Lager aufschlagen wollten, um nicht per Telefon und allein im Vertrauen auf den ADAC-Campingführer die Katze im Sack zu reservieren. Deshalb mussten wir nach langem Suchen auf dem einzigen Campingplatz der Region einkehren, auf dem noch Plätze frei waren. Dieser Campingplatz hieß «Rousselle» und war nagelneu. Dies versprach moderne sanitäre Anlagen und Schluss mit Chemietoilette.

Mein Vater rangierte den Wohnwagen in Richtung Stellfläche. Ich wies ihn dabei ein. Auf meine Mutter war hierbei nämlich kein Verlass. Sie stellte sich immer genau dorthin, wo *sie* am besten sehen konnte, wie viel Platz zwischen Heck und dem dahinterliegenden Hindernis blieb. Und dieser

Platz lag nun mal direkt *hinter* dem Wohnwagen. Mein Vater hatte daher keine Sicht auf meine Mutter, die engagiert und im Verborgenen mit den Armen wedelte.

So konnte es passieren, dass mein Vater aus Ungeduld hupte, um meine Mutter wieder in sein Sichtfeld zu scheuchen. Meine Mutter ließ sich aber nicht gerne kritisch anhupen. Außerdem: die Nachbarn!

Danach stand sie meistens mit verbitterter Miene neben dem Wohnwagen und wies wie folgt ein:

1. War noch viel Platz hinter dem Heck, schaufelte sie wild mit den Armen rückwärts und bedeutete meinem Vater auf diese Weise, er möge rückwärtsfahren.

2. War kaum mehr Platz hinter dem Wagen, schaufelte sie wild mit den Armen rückwärts und bedeutete meinem Vater auf diese Weise, er möge rückwärtsfahren.

3. War der Platz hinter dem Wagen aufgebraucht, schlug sie die Hände über dem Kopf zusammen und schrie geschockt: «Stopp!» Das ließ meinem Vater maximal eine Zehntelsekunde, um eine Kollision zu verhindern und das Gespann zum Stehen zu bringen.

Da sich mein Vater im Urlaub erholen wollte, bat er eines Tages mich, ihn einzuweisen, dabei die Arme auseinanderzustrecken und den Spielraum hinter dem Wohnwagen mit den Händen anzuzeigen. Das kam ihm sicherer vor. War es auch.

Der Campingplatz Rousselle hatte piekfeine Klos und Duschen, die noch nicht länger als zwei Monate im Betrieb gewesen sein konnten, so neu wie die aussahen. Frisch angelegt waren auch die Rabatten auf dem Gelände. Jeder Stellplatz war von einer knöchelhohen Dornenhecke umrandet. Die einzelnen Pflänzchen standen je knapp einen Meter voneinander entfernt, um sich in den nächsten fünfzig Jahren genügend entfalten zu können. Höher als diese Hecken war keine Pflanze auf dem ganzen Platz.

Auch Gras gab es keines; der gesamte Campingplatz war von grauem Sand überzogen. Die Aufbauten unserer Nachbarn ließen erkennen, wie hart der Boden sein musste. Die Heringe lagen einfach so auf der Erde herum, über eine schlaffe Schnur mit dem Zelt verbunden. Offenbar hatten die Bewohner aufgegeben.

Leider war auch der Pool noch nicht fertig, wohl aber eine große Verbotstafel, die auf Französisch, Spanisch, Deutsch, Italienisch und Englisch aufschlüsselte, was den Bademeister irgendwann in ferner Zukunft zur Weißglut bringen würde. Wir lasen:

Benutzungreglen von Badebecken
1. Bevor den Eintreten in den Wasser, Man muss gereinigt sein.
2. Von Crème für sonnenschutz durchdrungen, su sein ist es verboten.
3. Hunden, ist verboten.
4. Konsum der speisen und Drinks ist es verboten.
5. Kinden die nicht schimmen möglich sind muss mit elteranteil antreten,
6. Laute Buttern machen ist es verboten.
7. Caoutchouc getier belasten ist es verbotten.
7. Offenstehend 11–20 uhr.

Aber der Pool war ja sowieso noch im Bau. Wir ignorierten also die Anweisungen.

Der Campingplatz protzte auch sonst mit allerlei technischem Schnickschnack auf höchstem Niveau. Direkt neben unseren Gartenstühlen stand ein Mast, an dem zwei Lautsprecher angebracht waren, die ich bislang nur auf Dächern von Polizeiautos gesehen hatte. Im lockeren Zehn-Minuten-Takt krächzte eine blecherne Frauenstimme stets die gleiche Durchsage: «Monsieur Rousselle est demandé au téléphone. Merci.» («Herr Rousselle wird am Telefon verlangt. Danke.») Danach polterte es immer ohrenbetäubend. Offenbar war es nicht so einfach, das Mikrophon in die dafür vorgesehene Halterung zurückzuführen. Meine Mutter meinte: «Noch nicht einmal im Urlaub kann man in Ruhe draußen sitzen.»

Wahrscheinlich lag es am Mistral, der hier sein Unwesen trieb. Zumindest war es auch bei strahlendem Sonnenschein sehr böig, und der graue Staub wirbelte stetig. Außerdem wehte der Wind in Richtung Meer und trieb das warme Wasser davon. Daher war dieses nur 17 Grad warm. So stand es auf der Tafel an der Rezeption.

Bei unserem ersten Mittagessen vor dem Wohnwagen in sengender Sonne – «Monsieur Rousselle est demandé au téléphone. Merci.» – beschlossen wir, den Urlaub in die Kategorie Das-Beste-draus-Machen einzuordnen. Dann gingen wir gemeinsam an den nahe gelegenen Strand.

Hinter den Dünen war es noch windiger. Über den Boden fegte eine rund zwanzig Zentimeter hohe Sandwolke. Die Sandkörner waren buchstäblich in Windeseile unterwegs und prasselten gegen unsere Schienbeine. So muss sich ein Sandstrahler anfühlen, dachte ich. Meine Schwester fing an zu jammern: «Manno, das tut weh. Das kann ich echt nicht lange aushalten.»

Letztlich hatte keiner von uns Lust, sich flunderflach an den Boden gepresst den Sand zwischen die Zähne und bis hinters Trommelfell pusten zu lassen. Daher suchten wir uns eine Mulde mitten in den Dünen. Der mitgebrachte Sonnenschirm diente als Schutzschild. In seinem Windschatten war es ziemlich heiß. Und bald auch ziemlich langweilig. Nach einiger Zeit beschloss ich, mich unverbindlich am Wasser umzusehen. Mit Badeshorts und Strandsandalen bekleidet, verließ ich die Familien-Welt.

Einige hundert Meter weiter tobten zwei Jungs mit Surfbrettern herum. Es war die Sorte, die man unter den Oberkörper klemmt, um sich dann von den Wellen an Land schieben zu lassen. Im vergangenen Sommer hatte auch ich ein solches Brett besessen, bis es von einer riesigen Atlantikwelle in zwei Teile gehauen worden war. Für den Mittelmeerurlaub hatte ich mir kein neues zugelegt, bereute es aber bereits, denn die Wellen waren dank des Windes ungewöhnlich hoch.

Ich schätzte die Jungs ungefähr auf mein Alter. Da ich seit zwei Jahren Französisch in der Schule hatte und deshalb die Standardfloskeln beherrschte, musste ich zumindest nicht fürchten, mich bis auf die Knochen zu blamieren. Obwohl diese Einheimischen ganz überwiegend bewundernswert akzentfreies Französisch sprachen. Ich ging am Strand entlang und hin zu den zweien, um mir mal genauer anzuschauen, wie gut sie ihr Hobby beherrschten.

Beim Näherkommen bemerkte ich, dass ich mich vertippt haben musste, was ihr Alter anging. Die beiden waren mindestens zwei Jahre älter als ich, den einen schätzte ich sogar auf sechzehn. Beide sprangen gerade wieder in die Wellen und brummten mit dunklen Stimmen gegen den Wind an. Der Ältere der beiden war bestimmt einen Meter siebzig groß, hatte kräftige Schulter- und Brustmuskeln und ein breites Kreuz. So was hat man nur, wenn man die Pubertät schon hinter sich hat, dachte ich.

«Salut», riefen mir die beiden vom Wasser aus zu. Sie gingen sicherlich davon aus, dass ich Tourist war. Denn anders als sie war ich blond. Ich winkte zurück und hielt den Daumen hoch, um zu signalisieren, dass ich ihre Geschicklichkeit durchaus zu beurteilen wusste.

Als eine ordentliche Welle sie wieder an den Strand katapultiert hatte, kamen die beiden auf mich zu. Der Jüngere hielt mir sein Brett hin. «Willst du auch mal?», fragte er auf Französisch.

Und ich antwortete: «Nein, danke. Es ist zu kalt.»

Die beiden lachten mich aus. Dann streckte der Große mir die Hand hin und sagte: «Salut, ich bin Marc, und das ist Lucien.»

Ich schüttelte beide Hände und stellte mich vor. Ich hatte in Südfrankreich eine Freunde-Welt entdeckt, nur wenige hundert Meter von der Familien-Welt entfernt, die arglos in den Dünen brutzelte.

«Woher kommst du?», fragte der Jüngere, also Lucien.

«Aus Deutschland, bei Straßburg», antwortete ich in der Hoffnung, es würde den beiden gefallen, wenn ich eine französische Stadt als Referenz nannte.

«Aber Straßburg gehört doch zu Frankreich!» Marc wischte sich mit dem Handrücken einen Wassertropfen von der Nase.

«Ja, aber ist direkt an Deutschland dran», rechtfertigte ich mich in halbgarem Französisch, im Namen der deutsch-französischen Freundschaft. Die beiden nickten und hatten begriffen.

Lucien fragte: «Wie alt bist du?»

Die Frage nervte. Ich gab zu, dreizehn zu sein.

«Ah, ich auch», sagte Lucien.

«Und ich bin vierzehn, in vier Monaten werde ich fünfzehn», sagte Marc.

Wie bitte? Ich erbleichte. Meine Augen scannten die beiden in Sekundenbruchteilen ab. Lucien war so alt wie ich und hatte schon eine tiefe Stimme! Und Marc hatte, von seinen Muskeln ganz abgesehen, schon einen leichten Bartwuchs, Haare am Bauchnabel und vor allem: Haare an den Beinen. Er hatte mehr Haare an den Beinen als mein eigener Vater! Das Wasser rann von seinen Schwimmshorts herab und verklebte seine Beinhaare zu richtigen Beinhaarsträhnen. Und Lucien hatte auch welche.

Ich warf einen Blick auf meine eigenen Schienbeine. Je nach Sonneneinfallswinkel konnte ich einen leichten blonden Schimmer ausmachen. Da waren Haare an meinen Beinen, das schon – aber das waren keine *Beinhaare*! Neid schoss in mir hoch. Die beiden hatten es gut – überall Haare und zu zweit am Surfen. Und ich? Mit leichtem Flaum am Körper machte ich Familienurlaub.

Es war zum Heulen. Nein, zum Kotzen!

Die beiden grinsten mich an: «Willst du es wirklich nicht ausprobieren?»

Ich wollte mich gerade herausreden, ich müsse dann mal gehen. Aber als ich dazu auf unseren Liegeplatz deuten wollte, sah ich meinen Vater aus unserem Sonnenloch kriechen und auf uns zukommen. Blitzschnell disponierte ich um. «Oui, okay», sagte ich, so männlich ich konnte, ohne dazu das Kinn an den Hals zu ziehen, und griff mir Luciens Brett.

Ich zog meine Sandalen aus, biss die Zähne zusammen und hüpfte in das eiskalte Wasser Richtung Boje, das Board unter den linken Arm geklemmt. Die Wellen klatschten an meine unbehaarten Beine und spritzten an meinen Oberkörper. Als die erste Welle meinen Bauch überflutete, riss ich unwillkürlich die Arme hoch und schnappte nach Luft. Und als ich so sprang, spürte ich plötzlich zu meinem Entsetzen am linken Schienbein einen harten Widerstand. Dieser harte Widerstand widerstand so hart, dass mein Schienbein klein beigab.

Mir stockte der Atem: Ich war gegen den Betonsockel der Boje gesprungen, der rund zehn Meter von ihr entfernt einfach auf den Grund geworfen worden und von Muscheln übersät war. Dann kam der Schmerz. Aua.

Auahaha! Ich hampelte fluchend zurück an Land. Dort offenbarte sich mir und den entsetzten Jungs meine Sportverletzung. Das Blut leuchtete hellrot auf der nassen Haut. Mir wurde schwarz vor Augen.

Das Nächste, woran ich mich erinnere: die Wachstation. Der Bademeister füllte gerade eine schmuddelige Waschschüssel mit Desinfektionsmittel, während die Jungs meinem Vater, der in seiner Jugend einige Jahre in Paris gelebt hatte und daher fließend Französisch sprach, in allen unwesentlichen Details erklärten, wie es zu dem Unfall gekommen war. Ich kam mir dämlich vor: ein Häuflein Elend auf einem Klappstuhl, und meine Kumpels in spe unterhalten sich prächtig mit meinem Vater. Drei Männer und ein Baby.

Marc imitierte gerade die Art, wie ich ins Wasser gestakst war. Er schlich auf Zehenspitzen auf der Stelle und plapperte irgendetwas vor sich hin, das mein Vater mit «Aha, mmh» kommentierte. Dann hielt Marc plötzlich inne und verzerrte sein Gesicht. Offenbar hatte er die imaginäre Bojenverankerung erreicht. Lucien musste lachen, wollte aber nicht. Mein Vater guckte mich mitleidig an, klopfte mir auf die Schulter und sagte dann wieder etwas auf Französisch, dem die Jungs eifrig und mit hochgezogenen Augenbrauen zustimmten.

«Was denn?», fragte ich genervt.

«Konnte man die Bojenverankerung denn nicht erkennen

unter Wasser?», bekam ich als Gegenfrage von meinem Vater zu hören.

«Doch, natürlich», sagte ich. «Ich wollte nur den Mückenstich an meinem Schienbein kratzen, da kam mir der kantige Klotz gerade recht.»

Dabei verdrehte ich die Augen, schnalzte mit der Zunge einen Klicklaut der Ungeduld gegen die Vorderzähne und fragte: «Wieso? Behaupten die, ich hätte das Ding sehen müssen, oder was?»

«Quoi?», erkundigte sich Lucien.

Mein Vater wechselte ein paar Sätze mit den Jungs, die sie mit einem «Ah, nooooon» abtaten, und sie begannen zu lachen, während ich da auf meinem Stühlchen saß und wartete, dass der Schmerz nachließ. Dann stupste Marc mit dem Fuß gegen meinen unverletzten Unterschenkel und fragte etwas auf Französisch. Irgendwas mit Minigolf. Jetzt, wo mein Vater dabei war, der das Französische aus dem Effeff beherrschte, verstand ich plötzlich gar nichts mehr.

«Was hat er gefragt?»

«Ob es noch wehtut oder ob du schon wieder herumlaufen kannst. Die beiden gehen gleich noch eine Runde Minigolf spielen und wollten wissen, ob du mitkommst. Da kommen auch noch zwei Mädchen dazu.»

«Aha», sagte ich.

Dann fragte mein Vater etwas, was ich nicht komplett verstehen wollte, weil ich Ungutes heraushörte. Die beiden Jungs lachten, Lucien zeigte meinem Vater zustimmend den gestreckten Daumen. Dann lachte auch mein Vater und wandte sich mir zu: «Und diese beiden Mädchen sollen echt sehr hübsch sein, wie ich gerade gehört habe.»

Ich sagte wieder: «Aha», und überlegte, meinem Vater vorzuschlagen, Marc und Lucien zu adoptieren und mich dafür beim Bademeister in Zahlung zu geben. Vielleicht wollte er ja gleich selbst mit meinen neuen Kumpels spielen gehen und die Mädchen kennenlernen, während ich mich mit meiner Mutter und meiner Schwester in der Sonne langweilte. Es war gut jetzt. Ich musste die Freunde-Welt vom Familieneinfluss befreien! Ich hatte den Unfall schließlich überlebt, jetzt würde ich wieder gut mit Marc und Lucien alleine auskommen.

«Papa», sagte ich daher, «geh ruhig zurück zu Mama und Melanie. Die machen sich bestimmt schon Sorgen. Ich komme in zwanzig Minuten nach.»

Mein Vater fand den Vorschlag gut. Dann quatschte er noch irgendetwas über mich mit den Jungs, denn alle drei schauten mich an, die Jungs grinsten, und er sagte: «Die beiden sind so nett und passen noch ein bisschen auf dich auf, damit dir nicht nochmal schwarz vor Augen wird.» Dann verabschiedete er sich vom Bademeister und ging hinaus.

Dann langes Schweigen in der Freunde-Welt. Man hatte ja bereits alles mit meinem Vater besprochen. Was sollte man mir noch groß erzählen? Ich durchbrach die Stille: «Lieber kein Minigolf. Das Bein tut noch weh», und bedauerte die Absage augenblicklich. Andererseits: Eine Stunde herumzustehen und mich auf dem Minigolfplatz zu verrenken hätte mir sicher nicht gutgetan.

Marc tätschelte meine Schulter und sagte: «Kein Problem. Heute Abend um zehn Uhr ist Disko auf dem Campingplatz. Komm doch auch, wenn es dir bis dahin bessergeht.»

Dieses Mal sagte ich zur Abwechslung mal wieder: «Oui, okay.»

Einige Minuten später entließ mich der Bademeister in die Freiheit, und Marc und Lucien verabschiedeten sich. Ich ließ die Freunde-Welt hinter mir und schlurfte vorsichtig zur Düne zurück, wo meine Familie schon auf mich wartete. Mein Vater hatte die beiden schon auf den aktuellen Stand gebracht, und so genoss ich das Mitleid, das mir von drei Seiten entgegenschwappte.

«Und, gehste jetzt Minigolf spielen?», fragte meine Schwester.

«Nee», erwiderte ich. «Aber wir haben eine Verabredung für den späten Abend. Das wird bestimmt gei– äh, genial!»

Zur Feier des Unglückstages durfte ich mir aussuchen, wo wir zu Abend essen würden. Ich preschte vor und wünschte mir großspurig eine riesige Fisch- und Meeresfrüchteplatte in der nächsten Stadt und einen Bummel über den Lunapark, der erst in der Dämmerung seine Pforten öffnen und mit seinen Achter- und Wildwasserbahnen, Karussells und dem Duft frisch gebrannter Mandeln und Zuckerwatte ein 1a-Urlaubsgefühl erzeugen würde. Als meine Eltern einwilligten, war auch meine Schwester begeistert.

In einem urigen Lokal mit mehrsprachiger Speisekarte direkt an der Promenade ließen meine Eltern die von mir gewünschte mediterrane Meeresfrüchteplatte kommen und orderten für Melanie zusätzlich und sicherheitshalber eine Kinderportion gebratener Mittelmeerfische, die zum Entzücken meiner Schwester daherkamen wie die altbewährten deutschen Fischstäbchen. Mit dem einzigen Unterschied, dass diese hier augenscheinlich vor dem Braten vierundzwanzig Stunden lang frittiert worden waren. Beim Anblick meiner Austern und Meeresschnecken war ich dennoch froh, dass Melanie mir anbot, bei ihr mitzuessen.

Danach luden unsere Eltern uns zu einer Karussellfahrt ein. Melanie und ich suchten das kriminellste Gerät aus, das wir finden konnten. Wahrscheinlich hätten wir uns einen Gefallen getan, wenn wir vorher zumindest eine Fahrt lang zugeschaut hätten. Dann wäre uns klargeworden, warum wir besser nicht mitfahren sollten. So verbrachten wir die

Fahrzeit damit zu hoffen, sie würde für den Fahrpreis von fünfzehn Franc unangemessen kurz ausfallen. Ich versuchte, den tapferen älteren Bruder zu geben. Doch als mir Fisch, Cola und Magensäure hochgesprudelt kamen, war kein Platz mehr in meinem Hals für markige Sprüche.

Nach endlosen Runden kam das Ungetüm endlich zum Stehen, und wir waren froh, die mediterranen Köstlichkeiten nun doch bei uns behalten zu können. Unsere Körper hatten dicht gehalten. Mein Diskoabend mit Lucien und Marc war gerettet!

Als wir gegen kurz vor zehn wieder bei Monsieur Rousselle ankamen, hatte ich noch kurz Zeit, mich zurechtzumachen. Das hieß: ein wenig Gel in die Haare und fertig. Die Klamotten waren okay, denn ich hatte schon für den Restaurantbesuch mein Premium-Set aus den Fächern gekramt: schwarze, hohe Turnschuhe mit weißen Streifen und roter Raubkatze, weiße Socken (kann man heute auch wieder tragen), blaue Jeans und ein dunkelblaues T-Shirt mit einem Skater drauf. Dieses Shirt versprach mehr, als ich halten konnte. Bislang hatte ich erst einmal auf einem Skateboard gestanden. Auf dem rosa Kinderskateboard meiner Schwester, um genau zu sein, auf dem sie mich freundlicherweise durch unsere Wohnsiedlung geschoben hatte.

Noch hatte ich keinem von meinem geplanten Diskobesuch erzählt, in erster Linie, um nicht mit meiner kleinen Schwester im Schlepp antanzen zu müssen. Doch Melanie hatte die glitzernden Aufbauten im Rezeptionsbereich sofort erspäht und wollte nun unbedingt mit. «Dann mach hinne», pflaumte ich sie an.

Melanie sprang aufgeregt an ihre Klamottenfächer, um die rosa Hose anzuziehen. Außerdem würde ihr neuer Plastikhaarreif aus spiralförmig aufgewickeltem Kunststoff an diesem Abend seine offizielle Premiere haben.

Um Punkt 22 Uhr standen meine spiralförmig aufgebretzelte Schwester und ich neben der Tanzfläche. Ich war heilfroh, dass sie mich begleitet hatte. So war ich wenigstens nicht der einzige Gast. Die Musikanlage schwieg vor sich hin, und die Lichtorgel blinkte müde durch ihre Farbfolien: zwei Sekunden blau und rot, zwei Sekunden gelb und grün, dann wieder von vorne. Mir fiel wieder ein: In Frankreich bedeutet «um 22 Uhr» eben «ab frühestens Viertel nach zehn».

So gegen zwanzig nach trudelten die ersten Leute ein, und die Musik dröhnte los. Endlich. Melanie und ich vertrieben uns die Zeit mit Löcher-in-die-Luft-Glotzen und damit, mit je einem Fuß zum Rhythmus zu wippen, den uns die Pet Shop Boys mit «It's A Sin» und Madonnas «Who's That Girl» vorgaben.

Wo bleiben denn Marc und Lucien?, dachte ich um exakt 22:45 Uhr und 47 Sekunden. Um kurz vor elf kreuzten die beiden schließlich auf, allerdings nicht allein. Sie hatten zwei Mädels im Schlepp, die aussahen, als wären ihre Schminkkästen explodiert.

Die vier kamen direkt auf uns zu. Die Jungs freuten sich augenscheinlich über das Wiedersehen, und die Frauen stellten sich artig vor. Sie hießen Marie und Hélène, und nach kurzem Vorgeplänkel kamen wir direkt zur wichtigsten Frage: «Wie alt seid ihr?»

Lügen war zwecklos, ich sagte: «Ich bin dreizehn, und meine Schwester ist zehn.»

So wertvoll Melanies Gesellschaft in den ruhigen Minuten des Diskoabends gewesen sein mochte, nun war sie wieder mein kleiner rosa Klotz am Bein.

«Und wie alt seid ihr?», fragte ich Hélène. Sie war die deutlich Hübschere. Als sie gerade antworten wollte, fuhr Marc ihr ins Wort. Erst verstand ich nicht, was er wollte, dann formulierte er es einfacher.

«Was glaubst du?» Okay, ich sollte schätzen. Alles klar. In Windeseile überschlug ich die relevanten Faktoren:

1. Wie ich genau sehen konnte, hatten die beiden relativ üppige Brüste (sogar in BHs!) und waren ziemlich groß – erst recht für französische Verhältnisse. Marie trug außerdem je ein Büschel dunkler Achselhaare unter den Armen.

2. Beide stolperten auf hochhackigen Schuhen umher. Fünf Zentimeter würde ich also im Geiste von der Körpergröße abziehen müssen.

Zwischenergebnis: Die beiden könnten gut fünfzehn Jahre auf dem Buckel haben. Aber Vorsicht:

3. In diesem Alter schätzt man sie am besten ein bisschen älter, das verstehen sie als Kompliment und als Beweis ihrer Fraulichkeit. Demnach würde ich sechzehn schätzen müssen.

4. Wie ich am Strand gelernt hatte, ging die biologische Uhr in Südeuropa offenbar etwas vor. Also wieder ein bis zwei Jahre abziehen.

Ich gab das offizielle Endergebnis bekannt: «Ihr seid vierzehn Jahre alt.»

Die beiden Mädels kreischten entzückt auf und klatschten sich gegenseitig ab. Dann kicherten sie und quasselten so schnell und so viel unverständliches Zeug, dass ich die Freude am Gespräch verlor und aufgab, ihm zu folgen. Ich schaute Melanie an. Sie guckte zurück und zuckte mit den Schultern.

Dann sagte Hélène: «Stimmt genau. Sehr gut.»

Fast hätte ich mich über meinen Volltreffer gefreut. Aber weil das Gekicher der beiden nicht enden wollte, war ich mir plötzlich nicht mehr sicher, ob meine Berechnungen wirklich stimmten oder Hélènes Bestätigung nicht mehr war als eine pubertäre, aber trotzdem rotzfreche Lüge.

Zur Sicherheit lachte ich mit. Und Marc und Lucien deuteten mit den Worten «Elles sont folles» an, dass auch sie nicht allzu viel auf das Gekicher der Damen gaben und sie eher für verrückt hielten. Ich nahm mir vor, das Alter der albernen Hühner schnurz zu finden.

Die Tanzfläche hatte sich mittlerweile gefüllt, die Leute tanzten gerade zu «Voyage, Voyage», da wurde Melanie auf zwei Mädchen aufmerksam, die etwa in ihrem Alter oder aber vier oder vierzig Jahre alt sein mochten. Mein angeknackstes Selbstvertrauen in puncto Altersformel ließ keine präzisere Schätzung mehr zu.

Melanie erkannte die beiden indes als ihresgleichen an, entschuldigte sich mit den Worten «Ich geh mal ein bisschen da rüber» und ließ sich im Takt der Musik von mir forttreiben, um ihre eigenen Urlaubsbekanntschaften zu schließen. Bestimmt vermisste auch sie ihre kleine Freunde-Welt von zu Hause.

Auch meine vier Bekannten begannen zu tanzen und zogen mich am Arm dazu. Was für sie einfach nur ein bisschen Herumtanzen war, war für mich eine Marcus-Premiere: Meine ersten Schritte auf einem Dancefloor. Ich tanzte und grinste. Der Urlaub war genial.

«Was wollt ihr trinken?», fragte Marc.

Oho, der wedelte tatsächlich mit einem Einhundert-Franc-Schein und wollte eine Runde schmeißen. Wir bestellten Orangina und tanzten weiter. Als Marc sich gerade von der Tanzfläche gemacht hatte, erlosch das Licht, die Musik verstummte, und der DJ machte eine Ansage, die ich nicht verstand. Die übrigen Gäste fingen sofort an zu raunen. Pärchen formierten sich.

«Oh, jetzt wird gekuschelt», erkannte ich. Aber mit wem? Darauf kam es jetzt an. Ich musste zügig unter die Haube kommen, wenn ich nicht mit dem übriggebliebenen Rest verkrampft lächelnd am Rand der Tanzfläche versauern wollte.

Ich schaute in unsere Runde. Da standen Lucien, Hélène und Marie. Ich sah Maries feucht glitzernde Achselhaare, und es schien mir vernünftig und angebracht, Hélène zu meiner Tanzpartnerin zu machen. Also tippte ich Hélène, die sich eben zu Lucien umdrehen wollte, auf die Schulter. Sie sah mich an, ich lächelte und nahm eine Körperhaltung ein, die sie unmissverständlich einlud, mir um den Hals zu fallen.

Als die ersten Takte von «Dreams Are My Reality» erklangen, spürte ich Hélènes Brüste an meiner. Heute bin ich froh, dass ich den Film «La Boum – Die Fete» zu diesem Zeitpunkt noch nicht kannte. Das entlastet mich von dem Vorwurf, dieser Stehblues mit Hélène sei ja wohl das lächerlich Kitschigste, was einem Teenager in den achtziger Jahren einfallen konnte: im Sommer in Frankreich unterm Sternenhimmel mit einer hübschen Französin seinen ersten Stehblues zu genau jenem Song zu tanzen, der als Inbegriff gilt für Stehblues in Frankreich mit einer hübschen französischen Teenagerin. Tja, Glück gehabt.

Ich darf hinzufügen, dass Hélène vorzüglich roch und mich auch nach dem Ende des Songs noch fest im Arm hielt, als alle anderen sich schon voneinander gelöst hatten und klatschten. Blond zieht halt im Süden.

Nachdem Marc mit den Getränken zurückgekommen war, steckten die vier ihre Köpfe zusammen und fragten mich dann, ob ich nicht Lust hätte, sie zum Zelt zu begleiten. Wir könnten ja auch dort unsere Limo trinken. Das klang okay, und ich sagte: «Oui, okay.»

Wir verließen die Disko, ich winkte meiner Schwester von ferne hektisch zum Abschied, und wir machten uns über die dunklen Pfade des Campingplatzes auf den Weg zum Zelt der Jungs. Lucien legte im Gehen seinen linken Arm um Maries Schultern und seinen rechten um meine, kippte seinen Kopf in den Nacken.

«Guckt euch den phantastischen Sternenhimmel an.»

Während ich meinen Blick hob, um zu staunen, legte Hélène ihren linken Arm um meine Hüfte und ihren rechten um Marcs Schultern. Als ich gerade denken wollte: Was für eine geniale Clique ich da kennengelernt hab, spürte ich eine limonadenflaschenkalte Hand unter meinem T-Shirt. Sie wanderte langsam an meiner linken Seite entlang, von der Hüfte aufwärts.

Ich erschrak und dachte: Scheiße. Das geht ja wohl schnell hier. Mir wurde mulmig. Wenigstens wurde Hélènes Hand langsam wärmer.

Unauffällig lehnte ich mich im Gehen nach hinten und sah rechts von mir, dass Marcs linker Arm bis zum Ellenbogen unter Hélènes Hemd verschwunden war. Mein Kopf schoss nach links. Was wohl Lucien und Marie anstellten? Die beiden waren dabei, sich zu küssen. Und ich mittendrin. Wahrscheinlich kennen die sich doch schon länger, hoffte ich zumindest.

Hélène streichelte meine Flanke, und ich wand mich, als sei ich dort sehr kitzelig. Offenbar bemerkte sie meine innere Unruhe, bremste unseren Fünfertrupp, zog ihre Hand aus meinem Hemd und fragte mich: «Bist du okay?»

«Oui, oui, oui. Okay. Très bien», antwortete ich und wusste, jetzt sollte ich wohl besser den Absprung wagen:

«Ich muss morgen früh aufstehen, und ich bin krank, und meine Schwester sucht mich bestimmt, und ich sollte um zwölf zu Hause sein, und ich darf nicht mit Fremden mitgehen.»

All das hätte ich in diesen Sekunden vorbringen können. Aber ich hielt den Mund. Es war einfach zu reizvoll, in einer Clique von zwei Jungs und zwei Mädchen unterwegs zu sein, die vielleicht ungefähr bummelig plusminus in meinem Alter waren und nicht nur Limo tranken und tanzten, sondern sich auch streichelten und küssten. Trotzdem war ich erleichtert, dass Hélène ihre Hand nicht länger an meinem Oberkörper wärmte.

Das Zelt der Jungs stand auf einem düsteren Platz in einem großen Rund weiterer Zelte, die bis auf zwei oder drei Ausnahmen unbeleuchtet waren. Es war groß genug für fünf Personen, sofern diese darauf verzichten konnten, aufrecht zu stehen oder sich im Liegen auszustrecken. Ich war mir sicher, das konnten wir.

Marc tastete am Boden herum, fand eine kleine Kerze und zündete sie mit einem Feuerzeug an. Lucien öffnete den Reißverschluss des Zeltes. Drinnen roch es nach Gummi und ein bisschen nach Schweiß, überall flogen Klamotten herum, und unter einer Unterhose lugte ein Päckchen Spaghetti hervor.

Wir setzten uns im Kreis eng nebeneinander auf zwei Isomatten, und Marc stellte die Kerze in die Mitte. Lucien lehnte sich nach hinten, fummelte an einem der beiden großen Rucksäcke herum und zog dann eine fast volle Flasche mit der Aufschrift Ricard hervor.

Verdammt, dachte ich. Alkohol. Die wollen sich besaufen!

Die Mädchen guckten sich begeistert mit großen, im Kerzenschein glänzenden Augen an. Lucien begann etwas zu erklären, das ich nicht verstand. Marc grinste, und Marie kicherte los. Hélène hingegen sah skeptisch aus, zog beide Augenbrauen hoch und sagte: «Meint ihr das ernst? Oh, nein. Neinneinnein!»

Was war denn jetzt schon wieder los?

«Hast du verstanden?», fragte Lucien, nickte mir zu und grinste in die Runde.

«Non», sagte ich möglichst resolut – innerlich bebte ich vor Angst und Neugier.

Lucien versuchte es nochmal, Zeichensprache gab den entscheidenden Ausschlag. Er stellte die Kerze beiseite an den Rand des Zeltes und legte die Ricard-Flasche in die Mitte. Dann ließ er sie umherwirbeln.

Flaschendrehen. Na, wunderbar. Meine Laune sackte ab. Bei diesem Spiel konnte man sich nur die Finger verbrennen!

Die Flasche verlor an Schwung, und der Flaschenhals zeigte auf Marie. Dann zeigte auch Lucien auf Marie, nahm die Flasche und tat so, als wolle er einen Schluck trinken. Okay, das Spiel funktionierte ohne viel Reden. Drehen, saufen, drehen, saufen, drehen, saufen. Systematisches Abfüllen war der Plan.

In meinem ganzen Leben hatte ich noch nie einen Schluck Alkohol getrunken. Sollte das der Anfang sein? Ich fühlte mich plötzlich wie ein zartes Pflänzchen, war doch erst dreizehn. Seit jeher hatte ich großen Respekt vor den gesundheitlichen Risiken des Alkoholkonsums gehabt. Gerade einem Körper im Wachstum drohten besondere Gefahren. Andererseits blieb das Beinhaarwachstum augenscheinlich unbeeinträchtigt. Mein Herz schlug trotzdem wie verrückt, und mein Mund wurde trocken. Ich bereute es, vorhin nicht den Absprung gemacht zu haben. Zu spät, die Flasche drehte sich bereits.

«Ich trinke keinen Alkohol», warf ich rasch in die Runde. Aber Marc klopfte mir kumpelhaft auf die Schulter und raunte etwas, das bloß heißen konnte: «Mitgefangen, mitgehangen.»

Die Flasche verlangsamte sich, und zum ersten Mal seit langer Zeit beschloss ich zu beten. Ich flehte den lieben Gott in Gedanken an: «Bitte mach, dass ich nicht betrunken werde. Und wenn doch, dass Mama und Papa nichts merken. Amen.»

Die Flasche war fast zum Stillstand gekommen, und der Flaschenhals näherte sich mir im Uhrzeigersinn. Hélène, die rechts neben mir saß, quakte: «Non, non, non», auf dass der Kelch in der ersten Runde an ihr vorüberginge. Sie hatte Glück. Auf dem Kunststoffboden des Zeltes drehte sich die Flasche besser, als mir lieb sein konnte. «Non, non, non», rief nun ich, die anderen lachten aufgeregt. Dann kam die Flasche zur Ruhe.

Ich lehnte mich nach links. Jetzt riefen wieder die anderen: «Non, non, non.» Diesmal bedeutete es: Sich nach links weglehnen widerspricht dem Reglement. Also setzte ich mich wieder aufrecht hin: Der Flaschenhals zeigte direkt auf meine Körpermitte.

Was für ein beschissenes Spiel, dachte ich frustriert auf Deutsch und sagte auf Französisch: «Ich trinke keinen Alkohol.»

Hélène griff nach der Flasche, schraubte den Verschluss ab, hielt mir das Gesöff unter die Nase und kicherte: «Das ist das Spiel.»

Beißende Anisdämpfe stiegen mir in die Nase. Ich packte die Flasche, riss sie Hélène aus der Hand und setzte an. Durch einen Spalt zwischen meinen Lippen, der so schmal war, dass man ihn höchstens unterm Elektronenmikroskop hätte nachweisen können, ließ ich mir ein oder zwei Tropfen des scharfen Zeugs auf die Zunge rinnen. Es verteilte sich augenblicklich im ganzen Mund und brannte wie Hölle. Dann setzte ich ab und schluckte trocken, aber laut, um einen kräftigen Schluck aus der Pulle vorzutäuschen.

Mein Trick versagte. Die Jungs lachten hämisch. Keiner kaufte mir das ab. «Ich trinke keinen Alkohol», wiederholte ich und ergänzte, um meinen Worten Nachdruck zu verleihen: «Merde!», denn das heißt Scheiße und war der einzige mir geläufige französische Kraftausdruck.

Die Partystimmung war am Boden. Doch dann hatte Marc eine Idee: Wer nicht trinken wollte, sollte stattdessen jeweils ein Kleidungsstück ausziehen. Lucien jubelte, und ich befand, das wäre das kleinere Übel. Und wenn Hélène ihrer kritischen Haltung gegenüber dem Alkohol treu bliebe, wäre es auch nicht schlecht. Denn die wollte ich wirklich gerne nackt sehen.

Gewieft wie ich war, begann ich mit meinen Socken und warf sie, so aufreizend, wie man schwitzig-sandige Socken nur eben werfen kann, gegen die Zeltplane.

«Ah, non!». Marc wollte die Socken nicht als Kleidungsstücke gelten lassen. Er lehnte sich zu mir herüber und zupfte an meinem T-Shirt. Der Knallkopf ging mir langsam auf die Nerven! Aber ich steckte ohnehin schon in der Rolle des Spielverderbers und wollte da wieder raus. Also zog ich mein T-Shirt ganz unprätentiös über den Kopf, und fertig. Die anderen johlten. Hélène streichelte über meinen nackten Rücken und parodierte ein erotisches Stöhnen.

Die Flasche drehte sich erneut und kam bei Marc zum Stillstand. Er schien sich zu freuen und kippte einen hörbar großen Schluck Anisschnaps runter, wischte sich den Mund mit dem Handrücken ab und gab die Flasche wieder frei fürs Spiel.

Diesmal traf es Marie, die korrekt nach den Regeln an der

Flasche nippte. Hélène blieb zu meiner Enttäuschung erneut verschont, aber zum Glück wanderte die Flasche auch an mir vorbei. Sie hielt schon wieder bei Marie, die artig schluckte und weiterdrehte.

Jetzt war Lucien der Dumme – und er wirkte dabei wie der Glückliche. Um mit Marc gleichzuziehen, saugte er gierig an der Flasche, hustete dann ein paarmal und berappelte sich schließlich mit Tränen in den Augen. Irgendwie empfand ich eine gewisse Schadenfreude. Aber die schien mir angemessen. Dann war Marc wieder dran. Ich staunte nicht schlecht, der soff doch glatt zwei Schlucke auf einmal weg. Hélène klatschte bewundernd in die Hände. Nun traf es endlich auch einmal sie. Was würde sie nun tun?

Hélène rührte die Flasche nicht an, sondern zog, ohne zu zögern, ihr Trägershirt aus und saß jetzt im BH herum. Na endlich, dachte ich. Hélène war braungebrannt und sah sehr sportlich und zart aus.

Nach einigen Runden, in denen Marie, Lucien und Marc die Flasche um ein Viertel leerten, mussten auch Hélène und ich Opfer bringen und saßen schließlich zum großen Vergnügen der anderen in Unterhosen herum. Hélène im BH, ich ohne, dafür aber mit meinem großen weißen Verband am linken Unterschenkel, der sogar eine leichte Blutspur aufwies. Das sah sicherlich nicht sexy, aber dafür bestimmt irgendwie anders männlich aus.

Doch dann schwang Marc sich zur Höchstleistung auf: Als er wieder an der Reihe war, nahm er den obligatorischen Schluck und zog sich zu allem Überfluss noch das T-Shirt aus. Wir jubelten und schütteten uns aus vor Lachen über so viel alkoholisierten Übermut. Durch unseren Zuspruch motiviert, zeigte er nun auch noch seine Armmuskeln herum. Besoffener Angeber!, dachte ich neidisch.

Als die Flasche erneut kreiselte, ging er plötzlich dazwischen, packte sie mitten in der Drehung und schraubte sie auf, um aus ihr zu trinken. Hélène wollte sie ihm gleich wieder abnehmen. Nach meinem Dafürhalten signalisierte sie ihm, er habe schon genug getrunken und sei gar nicht an der Reihe oder so ähnlich.

Marc gab die Flasche irre grinsend aus der Hand und musste seiner vom Rausch aufgeweichten Logik folgend, weil er nicht trank, halt ein Kleidungsstück ausziehen. Er öffnete seine Hose und strampelte wild mit den Beinen, um sie abzustreifen. Wir anderen mussten in Deckung gehen. Da saß er nun: mit Schaum in den Mundwinkeln und halbnackt wie ich, bloß mit Socken und mit mehr Muskeln und Haaren. Na, super! Wie lange sollte das noch so weitergehen, bevor sich Hélène endlich zwischen Alkohol und BH entscheiden müsste?

Meine Armbanduhr zeigte kurz vor eins.

Während Marie widerwillig zur Kenntnis nahm, dass die Flasche sie schon wieder zwang, aus ihr zu saufen, schreckte Marc mit einem lauten Rülpser aus seinem Delirium. Hélène und ich lachten gemeinsam. Lucien und Marie hingegen hatten ihren Humor offenbar im Pastis ertränkt.

Ich nahm die Flasche und drehte sie erneut, was leichtsinnig war, denn ich trug nur noch die Unterhose und hätte im Fall der Fälle wohl lange und in sehr schlechtem Französisch um die Anerkennung meines Wundverbands als Kleidungsstück kämpfen müssen. Aber ich wollte nun mal sehen, was die Flasche mit Hélène vorhatte, und ließ es drauf ankommen.

Offenbar war das Glück mit den Unbehaarten, denn die Flasche kam tatsächlich vor Hélène zur Ruhe. «Und jetzt?», fragte ich und war auf 180.

Auch Lucien und die mittlerweile stark zerknitterte

Marie konnten ihre Neugier nicht verhehlen. Nur Marc schien etwas abwesend. Er wischte sich den Schweiß von der Stirn und nahm lange nicht mehr so aktiv am Spiel teil wie noch vor einer Viertelstunde.

Hélène zog langsam die linke Augenbraue hoch, schob – gaaanz behutsam – die Lippen vor und legte dann die rechte Hand an den Träger ihres BHs. Ich werd nicht mehr!, dachte ich begeistert. Die zieht den aus! Damit stand ich kurz vor einer weiteren Marcus-Premiere. Jeden Moment würde ich nackte Frauenbrüste zu sehen bekommen. Die ersten, die nicht meiner Mutter gehörten.

In dieser Sekunde hörte ich eine Art brodelndes Würgen aus Marcs Ecke, und als ich hinüberblickte, schoss schon Erbrochenes zwischen seinen Fingern hindurch, die er vergeblich vor den Mund gepresst hielt. Sein Mageninhalt ergoss sich auf den Zeltboden und auf seine haarigen Beine. Schon wieder nasse Beinhaarsträhnen! Marie und Hélène kreischten laut auf, und auch Lucien und mir entlockte der Anblick Ausrufe des Entsetzens.

Marc warf sich vornüber und hastete auf Knien und Händen in Richtung Ausgang. Während er wild am Reißverschluss riss, musste er wieder würgen und kotzte direkt neben Marie auf die Isomatte und quer über einen der Schlafsäcke. Das war zu viel für die angeschlagene Marie. Sie rülpste leise und erbrach sich auf den Kleiderhaufen.

Marc hatte inzwischen den Reißverschluss aufbekommen und war in Socken und Unterhose in die Dunkelheit gestürzt. Marie lehnte sich nach draußen und rang nach Luft. Hélène suchte hektisch nach ihren Kleidern. Ich dachte: Fuck! Und dann dachte ich: Das Wort hab ich ja noch nie gedacht!

Es war 01:22 Uhr und 16 Sekunden, als ich die Freunde-Welt verließ. Erleichtert, dass es vorbei war, aber auch froh, dabei gewesen zu sein. Mit nacktem Oberkörper, das nasse T-Shirt in der Hand, kam ich am Wohnwagen an. Meine Eltern waren gerade dabei, die Gartenstühle zusammenzuklappen und beiseitezuräumen. Ein Stuhl stand noch am Tisch, und ich ging auf ihn zu, um mich zu setzen.

«Hallo», sagte ich leise.

«Meine Güte, du kommst ja ganz schön spät», sagte meine Mutter.

«Ich war noch bei Lucien und Marc. Wir haben was gespielt.»

Mein Vater fragte: «Was rennste denn halbnackt hier rum?» Wenn der wüsste, wie nackt ich eben noch war!

«Da sind Getränke drauf ausgekippt», sagte ich. Irgendwie war das nicht mal gelogen.

«Was habt ihr denn gespielt?», wollte meine Mutter wissen.

Typisch! Die Familien-Welt popelte mal wieder in der Freunde-Welt herum.

«Habt ihr den tollen Sternenhimmel gesehen?», fragte ich und legte den Kopf in den Nacken.

Okay, das war eigentlich ein Ablenkungsmanöver. Aber: So viele Sterne hatte ich wahrhaftig noch nie gesehen. Die Milchstraße sah aus wie eine riesige, lange Wolke. Verrückt, dass diese scheinbar ferne Milchstraße jene Galaxie ist, zu der auch die Erde gehört. Ich genoss den wohligen Schauer beim Gedanken, nur ein winziger Punkt auf einem winzigen Punkt zu sein.

«Was habt ihr denn gespielt?» Meine Mutter ließ nicht locker.

«Och, so ein Spiel eben. Ziemlich schwer zu erklären.» Ich guckte wieder in den Himmel hoch und dachte an Hélènes BH. Aber hier in der Familien-Welt war ich vorerst wieder in Sicherheit.

Am nächsten Tag wurde das Wetter schlechter. Es nieselte, und aus dem Strandtag wurde nichts. Da die Wetterprognose auch für die kommenden Tage nichts Gutes verhieß, entschieden wir uns, an die Atlantikküste weiterzufahren. Das war der Vorteil am Wohnwagen. Immer der Sonne nach.

Während meine Eltern den Caravan reisefertig machten, schlenderte ich rüber zu Lucien und Marc. Vielleicht hatten die Mädchen dort übernachtet?

Aber da standen bloß zwei Paar Turnschuhe für Jungs vor dem Zelt, die hochhackigen Sandalen der Mädchen waren verschwunden. Offenbar schliefen Lucien und Marc noch; der Reißverschluss am Zelt war noch zu. Ich beschloss, die beiden nicht zu wecken.

Als ich zurück zum Wohnwagen kam, wartete mein Vater schon auf seinen Rangierhelfer. Ich stellte mich in Position und streckte die Arme aus.

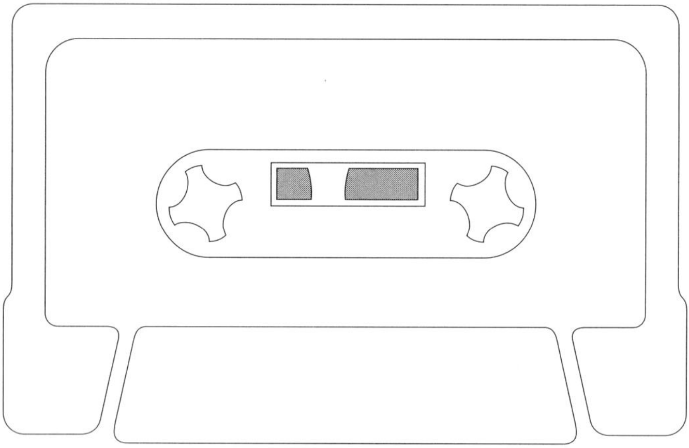

Kleine Städte, große Sorgen

Ich lebe in Köln. Und ich bin für eines dankbar: dass ich in meiner frühen Jugend die Unterschiede zwischen Großstadt- und Kleinstadtleben noch nicht kannte. Denn ich bin in insgesamt drei Kleinstädten aufgewachsen. Die letzte war die kleinste: Bühl in Baden, ein Städtchen von rund 24 000 Einwohnern, die eingemeindeten Dörfer der Peripherie leider schon mitgerechnet.

In Köln können an einem Samstagnachmittag eine Kurdendemo und eine Ärztekundgebung gleichzeitig stattfinden, dazu noch ein Marathon, und während der Papst auf der Domplatte bejubelt wird, tanzt einige hundert Meter weiter eine riesige schwul-lesbische Parade durch die Stadt. Gleichzeitig kann man selbst den ganzen Tag ahnungslos über die Einkaufsmeile promenieren und erfährt dann erst aus der Tagesschau, was man wieder alles versäumt hat. In Bühl hingegen stand Ende der Achtziger die Stadt Kopf, weil der Gemüseladen dichtgemacht hatte (*der* Gemüseladen, nicht *ein* Gemüseladen). Hätte ich damals geahnt, was mir alles entging, wäre ich wahrscheinlich seelisch erkrankt. Dabei besteht kein Zweifel: Für Kinder ist die Kleinstadt ein durchaus heimeliger Brutkasten. Man kommt zur Not auch ohne Fußgängerampel sicher über die große Hauptstraße, die die einzige Hauptstraße ist und auch den Namen «Hauptstraße» trägt.

Außerdem kann man seinem persönlichen Sparkassenbeamten über Jahre hinweg beim Altern zugucken. Unserer hieß Herr Huber, und er wirkte an jedem Weltspartag ein bisschen resignierter. Während er in den ersten Jahren jedes Kind mit großem Hallo in der Bühler Zweigstelle begrüßte, die Spardose effektvoll neben dem Ohr schüttelte und den Betrag schätzte, bevor er das Kleingeld unter scherzhaften Kommentaren in den Münzzählautomaten kippte, fragte er einige Jahre später nur noch knapp nach dem Sparbuch und ließ seine jungen Kunden die Dosen vorab selbst öffnen, um den Betrieb nicht unnötig aufzuhalten. Ich schätzte Herrn Huber damals auf fünfzig, meine Mutter meinte: «Nein, der sieht nur so aus. Der ist höchstens Ende dreißig. Bankbeamte sehen meistens älter aus, wegen der altmodischen Anzüge und der schlechten Schalterluft.»

Manchmal trafen wir Herrn Huber auch am Wochenende, zum Beispiel im Supermarkt. Immer lächelte er und sagte dann sein Wenn-ich-privat-jemanden-aus-der-Bank-treffe-Sprüchlein auf: «Na, des gude Ersparte verprasse. Des seh ich aber net so gern.»

Meine Eltern lachten dann ihr Wenn-Werners-privatihren-Sparkassenzweigstellenleiter-Huber-im-Handelshof-treffen-Lachen. Und während meine Mutter sich mit dem Einkaufswagen davonzumachen versuchte, ließ sich mein Vater an guten Tagen zu einem kleinen Plausch hinreißen («Och, mal ehrlich: Was wirft mehr ab: Fauler Salat oder faule Zinsen?»). An Tagen mit wenig Zeit oder vorangegangenem Familienzwist antwortete er einfach: «Ja, schönes Wochenende.»

In beiden Fällen lachte Herr Huber geflissentlich. Doch wer länger hinsah, konnte sein Gesicht danach in sich zusammenfallen sehen. Herr Huber war einfach kein Lachmensch mehr.

Ich stellte mir vor, wie ihn auf der Straße jemand nach dem Weg zum Bahnhof fragte und von ihm zu hören bekäme: «Na, des gude Ersparte verprasse. Des seh ich aber net so gern.» – Oder zu Hause mit seiner Mutter, die noch oder wieder in seinem Haushalt lebte: «Kannst du bitte das Fenster zumachen. Es zieht so arg.» Herr Huber würde auf den ausgeschalteten Fernseher starren und zurückgeben: «Na, des gude Ersparte verprasse. Des seh ich aber net so gern.»

Na gut, das war jetzt ein trauriges Beispiel. Das Kleinstadtleben hat aber auch seine guten Seiten. Ein großer Vorteil: Alles ist überschaubar. Meistens. Einmal gab es allerdings Chaos, da wollten Jöckl und ich uns gemeinsam ein Reclamheftchen für die Schule kaufen und vereinbarten: «Um zwei dann.»

Auf dem Weg zur Buchhandlung fiel mir siedend heiß ein, dass vor einigen Wochen eine zweite Buchhandlung aufgemacht hatte. Völlig außer mir stürmte ich in die alte. Und da stand Jöckl, der von der neuen Buchhandlung noch gar nichts wusste. Er kramte seelenruhig in den Regalen und konnte meine Erleichterung anfangs gar nicht nachvollziehen. Als ich mich erklärte, fiel auch ihm ein Stein vom Herzen, dass alles noch einmal so glimpflich abgelaufen war.

Ob wir Racker denn keine anderen Sorgen hatten? Nein, das ist ja das Gute an einer Kleinstadt. Allerdings wird irgendwann genau diese Sorglosigkeit zur größten Sorge. Ein Beispiel: Eines Abends im Jahre 1988 fuhren Jöckl, Hanna und ich gelangweilt mit den Fahrrädern in der Innenstadt herum. Es war Frühling, gegen 22 Uhr, und die Sonne war schon fort, um Amerika erstrahlen zu lassen (was hätte das sonst auch für einen Eindruck auf die Amis gemacht?). Eis gegessen hatten wir schon, das Abendprogramm war also abgehakt. Die Stadt war wie ausgestorben, es gab noch nicht einmal jemanden, der die Bürgersteige hätte hochklappen können.

Wir fuhren an einem der wenigen ortsansässigen Supermärkte vorbei, der – in schummerige Sicherheitsbeleuchtung getaucht – direkt an der Hauptstraße lag. Plötzlich fuhr knatternd die automatische Eingangstür auf. Wir erschraken. Offenbar hatte einer von uns beim Vorbeifahren den Türsensor ausgelöst.

«Ej, Mann», raunte Jöckl. Er witterte eine Sensation: «Da kann man sich ja total kostenlos bedienen.»

Tatsächlich war der Eingang nicht abgesperrt. Das zweite Paar Türen, das direkt in den Supermarkt führte, war verriegelt. Aber immerhin! Schließlich stand im Windfang, ungesichert und mutterseelenallein: eine Palette mit 20-Liter-Säcken Blumenerde. Ich war perplex: «Scheiße, die kann man ja echt einfach so mitnehmen.»

Hanna kicherte. «Ja, schon, aber wer soll denn Blumenerde klauen? Da kann man doch null mit anfangen.»

Jöckl sah das nicht so locker: «Ej, Mann, ist doch egal, was man da klauen kann. Hauptsache ist doch, dass der Supermarkt nicht richtig zu ist, Mann.»

Hanna spürte wohl Jöckls Bereitschaft, die Supermarktaffäre übermäßig aufzublasen, und lenkte ab: «Nenn mich nicht immer Mann.»

«Ich hab's zu euch beiden gesagt», motzte Jöckl zurück.

«Trotzdem. Ich bin eine Frau. Das mit dem Mann klingt total prollig.»

Jöckl fistelte in die andere Richtung: «Oh, Hanna ist eine *Frau*. Ja, klar!»

Ich mischte mich ein: «Dann sag in Zukunft statt ‹Mann› halt, was weiß ich, ‹Leute› oder ‹Freunde› oder so was.»

Jöckl guckte mich an, als fiele sein bester Freund, also ich, gerade dem Irrsinn anheim. «Spitze, Mackl! Klingt ja supercool. Wie bei den Drei Fragezeichen: ‹Auf geht's! Kommt, Freunde, wir wollen Mr. Hitchcock nicht warten lassen.›»

Ich war beleidigt und kam zurück zum Punkt: «Und was ist jetzt mit der bekloppten Blumenerde?»

Hanna kannte die Lösung: «Kommt, wir fahren schnell weg.»

«Toll», raunzte Jöckl. «Typisch Hanna. Bloß kein Stress, ej.»

«Wie bitte?» Jetzt war Hanna beleidigt. «Dann lasst ihr euch halt was Besseres einfallen, *Männer*!»

Jöckl und ich überlegten. Die Presse zu informieren hätte vielleicht den Rahmen gesprengt. Aber: Die Polizei musste her!

Jöckl stieg vom Rad und marschierte auf die andere Seite der Hauptstraße, wo ein gelbes Telefonhäuschen stand. Von drüben rief er zu uns herüber: «110 kann man auch ohne Geld wählen. Also: Kost ja nix.»

Über die mucksmäuschenstille Straße hinweg hörte ich die Tasten klappern: ticktick-tick. Dann Ruhe. Dann bekam der Notruf Futter: «… Ja, offen. … Ja, wenn man davorgeht,

geht die auf ... Ja, voll auf. Da kann man richtig reingehen, Mann. Und da steht Ware rum ... Ja, Erde ... Erde ... Erde! E-R-D-E, BLUMENERDE! Ja! ... Ja, und? Ej, Mann, Erde kann man auch klauen, die kostet auch was ... Ich sag es ja nur. Ja, was heißt ... Ja, gut. Auf Wiederhören. Wie bitte? Jörg-Clemens Spielmann, Clemens mit C. Ja. Tschüs.» Jöckl hängte den Hörer ein. «Mein Gott, war die Alte schwer von Begriff!»

Zumindest reagierte die Alte prompt. Zwei Minuten später sahen wir einen Streifenwagen vom 200 Meter entfernten Revier in unsere Richtung auf die Hauptstraße einbiegen. Der Polizist am Steuer schien allerdings nicht sonderlich in Eile und verzichtete auf das Blaulicht. Martinshorn erst recht Fehlanzeige. Offenbar war den zweien während ihrer kurzen Fahrt selber bewusst geworden, dass sie eigentlich auch hätten laufen können. Zumindest schaltete der Fahrer gar nicht erst in den dritten Gang und ließ nach halber Strecke ausrollen. Trotzdem aufregend! Wir hatten die Bullen gerufen – die wir aber nie Bullen genannt hätten. War ja nicht Berlin, war Bühl.

Einer der Polizisten stieg aus und begann seine Vernehmung (badischer Singsang): «Jetzert, was isch denn passiert?»

Jöckl sprang breitbeinig in Richtung Lichtschranke, und die Türen öffneten sich planmäßig: «Voilà!»

Der Beamte ließ unbeeindruckt seinen Oberkörper nach vorne kippen, dann folgten zum Austarieren des Gleichgewichts seine Beine. Er schlappte in den Windfang und erfasste die Lage: «Jesses, Maja und Joseph, do isch Blume-Erde ungsichert uffener Pallett glagert.» Ja, guten Morgen!

Nun wuchtete sich auch Nummer zwo vom Fahrersitz, rückte Pistole und Halfter zurecht und schob seinen imposanten Hintern an uns vorbei, um dem Kollegen beizuspringen. Hanna flüsterte mir zu: «Wann kriegen die eigentlich endlich neue Uniformen?»

Dann telefonierten die Polizisten mit der Zentrale oder so, und nach zwanzig Minuten, die wir in pflichtschuldigem Eifer (Jöckl und ich) beziehungsweise in demonstrativer Langeweile (Hanna) am Straßenrand verbrachten, kam der Marktleiter im BMW und Trainingsanzug vorbei, sagte tranig «'n Abend», schlurfte zur Tür, schloss ab und wechselte ein paar Sätze mit den Polizisten. Alle drei lachten. Dann trottete er zum Auto zurück.

Als er schon müde am Zündschlüssel herumfummelte, rief Jöckl ihm zu: «Wir drei haben die Panne übrigens entdeckt. Wie sieht's mit 'ner Belohnung aus?»

Am nächsten Nachmittag durften wir uns gnädigerweise ein Dankeschön abholen. Der Marktleiter konnte sich zunächst nicht mehr an unsere Gesichter erinnern. Dann aber sagte er zu einer Verkäuferin: «Frau äh, holen Sie den Herrschaften doch bitte eine Flasche von diesem Dingsbums-Sekt im Angebot da, von diesen Piccolos für eine Mark noch was, eins neunundneunzig oder was.»

Hanna zischte: «Ich bin keine *Herr*schaft!»

Zwei Tage später stand im Lokalteil unserer Tageszeitung unter der Rubrik «Aus dem Polizeibericht»: *In der Nacht von Mittwoch auf Donnerstag fanden Passanten einen Supermarkt in der Hauptstraße unverschlossen vor. Die herbeigerufene Polizei informierte die Marktleitung, die daraufhin die Türen verriegelte. Es entstand kein Sachschaden.*

Wir waren «Passanten»! Wir standen in der Zeitung! Mr. Hitchcock, wir übernehmen jeden Fall.

Natürlich konnte eine einmalige Erwähnung im Lokalteil nicht alles sein, wofür Milliarden von Menschen jahrzehntelang jeden Morgen aufstehen. Ich war fünfzehn, als mir das schwante. Als ich morgens verpennt in die Küche schlurfte, saß mein Vater gerade gedankenverloren am Tisch und trank eine Tasse Earl Grey, seinen Lieblingstee. Melanie löffelte hektisch eine Schale Puffmais mit Milch, und meine Mutter bestrich ein Pausenbrot mit Leberwurst. Es war Freitag, der 10. November 1989, und damit Endspurt vor dem Wochenende. Meine Mutter hatte mich wohl hinter ihrem Rücken den Kühlschrank öffnen gehört, drehte sich um und sagte lächelnd: «Guten Morgen. Hast du gehört? Die Mauer ist auf.»

Ich blickte in den vollgestopften Kühlschrank, fragte abwesend: «Welche Mauer?», und reckte mich ungeduldig nach dem Erdbeerjoghurt-Viererpack.

Mein Vater schnaubte: «*Welche* Mauer? *Die* Mauer! Die DDR hat die ganze Grenze zu uns aufgemacht. Seit heute Nacht strömen Tausende von Leuten aus dem Osten zu Besuch nach Westdeutschland. Haben die eben im Radio gesagt. Da geht es ganz schön rund gerade.»

«Echt? Verrückt», sagte ich, entdeckte den Joghurt, knickte mir einen Becher heraus und lehnte mich gegen die Kühlschranktür. «Und wie lange soll die Mauer offen bleiben?»

Während der folgenden Abende sog ich Fernsehbilder von tanzenden Menschen, hupenden Trabis und lachenden Zöllnern auf wie ein Schwamm. In mir gaben sich Begeisterung und Neid abwechselnd die Klinke in die Hand. Eigentlich fühlte es sich sogar eher an wie in einer wirbelnden Drehtür. Während in Berlin gerade Weltgeschichte geschrieben wurde, lungerte ich in Bühl vor den Fernsehbildern rum! In Bühl mit seinen 24000 Einwohnern! Plötzlich wollte ich weg.

Ich wollte auch mit Freunden weltgeschichtemäßig einen draufmachen. Leider würde ich mich noch etwas gedulden müssen. Mindestens bis zu den großen Ferien.

Dann, endlich, kam der Sommer. Der Sommer 1990. Den Stimmbruch hatte ich geschmeidig und ohne Krächzen hinter mich gebracht. Neuerdings rasierte ich mir sogar (selten, aber regelmäßig) den Flaum von der Oberlippe. Auch meine schönen neuen Beinhaare konnte ich gelten lassen. Selbst meine Mutter hatte sie schon zur Kenntnis genommen. Als ich eines Vorabends in kurzen Hosen vor dem Fernseher saß und zwischen ARD und ZDF umherschaltete, fragte sie mich: «Sag mal, so viele Haare hattest du früher nicht an den Beinen, oder?»

Es war mir zuwider, ihr die Sache mit den Hormonen und dem inneren Aufruhr im Körper eines Jungen auf dem Weg zum Mann und so weiter zu erklären. Und dass längere Haare an den Beinen nur *ein* Symptom dafür waren, dass ihr Sohn mitten in der Pubertät steckte. Deshalb sagte ich, nach einem flüchtigen Blick auf meine Knie: «Ja.»

Dann schaltete ich wieder wild hin und her und hoffte, meine Mutter würde es dabei belassen. In meinen Ohren hallten schon all die peinlichen Fragen, die konsequenterweise als nächste folgen müssten. Die Fernbedienung knirschte in meiner verkrampften Hand. Doch dann verließ meine Mutter das Wohnzimmer. Vorerst hatte ihr Schamgefühl über ihre Neugier obsiegt.

Am nächsten Tag wollten wir ins Zeltlager fahren – endlich für ein paar Tage raus aus der kleinstädtischen Idylle. Zugegeben, das Camp lag vollkommen idyllisch in einer Einöde. Trotzdem: Es brachte Abwechslung. Von der Raufaser in die raue Natur. Immerhin.

Jöckl war mit von der Partie, außerdem unser gemeinsamer Freund aus der Parallelklasse. Sein Name war Kalle, und er hatte eine hübsche Freundin, die wir alle sehr mochten. Olivia war nicht nur extrem hübsch, sondern auch witzig und konnte gut zuhören, was Jöckl und ich schamlos ausnutzten. Irgendwann hatte Kalle das allerdings spitzgekriegt und bat uns höflich und unter Androhung, uns die Freundschaft zu kündigen, Olivia nicht länger unser Herz auszuschütten, sondern einer Parkuhr oder sonst wem, das durften wir uns selber aussuchen.

Leider konnte Hanna nicht mitkommen. Sie war mit ihren Eltern nach Marokko verreist, was sie sehr wurmte – wahrscheinlich etwas mehr als uns, aber nicht viel. Denn ohne Hanna war unsere Clique einfach nicht komplett, fanden wir. Dafür war Mara dabei. Sie ging wie Kalle und Olivia in die Parallelklasse und war noch Single. Noch! Ich wollte das ändern.

Das Ferienlager wurde von der Kirche organisiert und nannte sich total locker «Camp Okay». Camp Okay lag irgendwo auf einer großen Wiese mitten im Schwarzwald, das nächste Dorf zwanzig Minuten Fußmarsch entfernt. Insgesamt freuten sich rund 250 Jugendliche von Karlsruhe bis Freiburg auf Lagerfeuerromantik und Morgengebet. Wir lagen mit fünfzehn, sechszehn altersmäßig im Mittelfeld, die Jüngsten waren zwölf, die Ältesten neunzehn Jahre alt.

Kalles Vater brachte uns mit dem tollen, nagelneuen VW-Bus hin. Klimaanlage gab's keine. Nach anderthalb Stunden reihten wir uns mit nassen Rücken in eine endlose Schlange brabbelnder Jungs und Mädchen ein. Die meisten trugen Brustbeutel und große Rucksäcke. Seitlich lugten hie und da die roten Federn eines Indiaka aus dem Gepäck heraus, eine Art Riesenfederball, der wie ein Volleyball gespielt wird, aber durch sein behäbigeres Flugverhalten auch langsameren Zeitgenossen eine Chance gibt. Der Indiaka war das ultimative Sportgerät für moderne Christen in den achtziger Jahren. Und wenn ich mich nicht irre, ist er das heute noch.

Etwa zehn Leute vor uns begann ein kräftiger Kerl herumzupöbeln. Er trug einen dieser albernen Sonnenhüte für Trottel oder Selbstdarsteller, machte derbe Scherze und schubste ein paar Typen herum, die offenbar zu seinem Freundeskreis gehörten. Denn obwohl sie seine Opfer waren, lachten sie mit.

Die Witzeleien arteten schließlich in eine kleine Rangelei aus, in die auch einige Unbeteiligte involviert wurden. Die wollten das allerdings lieber ausdiskutieren als körperlich beantworten. Wir hörten nur Wortfetzen, am deutlichsten die von Börni – so nannten ihn seine Kumpel: «Was? Hast du ein Problem? Kann ich dir helfen? … Mischt du dich jetzt auch noch ein? … Jetzt bleib mal cool, Nickelbrille …»

«Das Camp-Arschloch stellt sich vor», flüsterte Jöckl. Und dieses Arschloch hieß also Börni.

Dann, nach 45 Minuten in praller Sonne, der nächste Schock: Es gab nicht nur, wie angekündigt, getrennte Zelte für Mädchen und Jungs, sondern gleich getrennte Zeltplätze mit den Namen «Camp Adam» und «Camp Eva». Diese Namen fanden wir natürlich sofort richtig beschissen.

Kalle maulte am lautesten. Zu Recht, denn er hatte ja offiziell eine Freundin. Er fand, die Kirche zerstörte gerade seine Beziehung. Also fragte er die Campleitung – und dabei stotterte er ein wenig, wie meistens, wenn er sich aufregte: «Da-das gibt's doch n-nicht. Gott kann doch wohl echt nicht wollen, dass Liebende auseinandergerissen werden, oder?»

Doch das Personal war auch nicht auf den Mund gefallen: «Nein, der liebe Gott möchte nur sehen, ob ihr auch eine Beziehung auf hundertfünfzig Meter Distanz aushaltet», sagte der Schlaumeier und kassierte zweihundert Mark Campgebühr. Kalle bewegte seine Lippen, als würde er Hahaha! denken und dabei aus Versehen die Mimik mitlaufen lassen. Dann warf er seine Scheine auf den Tisch und bekreuzigte sich. Ziemlich provokant, als Protestant.

Danach bezogen wir unser Zwölfmannzelt. Obwohl ich mich beeilte, ergatterte nicht ich, sondern Kalle einen Platz in der Ecke. Jöckl warf seine Isomatte von hinten an mir vorbei direkt neben Kalles und rief: «Ha!» So blieb mir nur noch der Liegeplatz hin zum Fremdling.

Damals war ich noch jung und zu unbedarft für fatalistische Prognosen wie: Wenn ich in einer Schlange von 250 Leuten stehe und darin einen Menschen entdecke, der mir absolut zuwider ist, weil er herumkrakeelt, seine Kumpel rumschubst und lauthals Witze auf deren Kosten reißt, dann wird sich dieser Mensch mit an Sicherheit grenzender Wahrscheinlichkeit unter 120 Schlafplätzen in zehn Jungenzelten genau den Platz neben mir aussuchen.

Nun gut, genauso kam es. Kaum dass ich meine Isomatte ausgerollt hatte, walzte Börnis Tross schon an. Mir schwante Böses: «Was, wenn dieser Arsch jetzt genau zu uns reinkommt?»

«Dann kotze ich», flüsterte Kalle.

«Und ich 37 Grad warm oben drauf, ej», ergänzte Jöckl.

Da zwängte sich Börni schon zwischen den Planen durch, warf mir seinen Schlafsack vor die Brust und grölte: «Los, wir schmeißen unseren Rotz einfach hier rein. Und dann ab zu den Weibern, oder?»

Dann lachte er dreckig. Kalle, Jöckl und ich mussten ihn wohl ziemlich dämlich angeglotzt haben. Und *ich* wurde prompt dafür abgestraft: «Was ist? Ist neben dir noch frei, oder wollt ihr drei Süßen lieber unter euch bleiben?»

Ja, ja, und hundertmal ja!, dachte ich und sagte: «Nein, nein, hier ist noch frei. Kein Problem!»

Die anderen vier Heinis kamen hinterher und verteilten ihr Gepäck auf dem Zeltboden. Ich beobachtete Börni. Er sah nicht schlecht aus, war bestimmt einen Meter neunzig groß oder so. Ich schätzte ihn auf siebzehn oder achtzehn. Modischer Kurzhaarschnitt mit geligen Stacheln. Börni verbrachte augenscheinlich mehr Zeit mit Sport als mit Schokolade. Deshalb trug er auch ein Muskelshirt.

Die Börni-Bande verließ geschlossen das Zelt, und wir kamen uns ein bisschen blöde vor, denn wir wollten ja auch zum Camp Eva, aber nicht weil wir Börni nacheiferten, sondern um unsere Freundinnen zu besuchen, also unsere Bekannten beziehungsweise Kalles Freundin, die «eine» Freundin von Jöckl und mir war, und Mara, die eben «eine» Freundin von Kalle, Jöckl und mir war. Noch.

Bevor ich mich weiter darüber auslasse, muss ich einfach meinem Unmut darüber Luft machen, dass es im Deutschen kein passendes Wort für den Lebenspartner/die Lebenspartnerin gibt. Das gibt's nur mit Trauschein. Dann spricht man von «meinem Mann» und «meiner Frau» oder altmodisch vom «Gatten», der seine «Gattin» begattet. Dafür ist die Ehe nun einmal da. Aber vorher scheint es hierzulande unfein, sich als Liebespaar zu bekennen. Unsere Sprache zumindest verweigert einem von alters her jegliche Unterstützung.

In England sagt man «girlfriend» und «boyfriend», damit ist alles sonnenklar. Und auch wenn die Bezeichnungen ein wenig konstruiert wirken mögen, sie erfüllen völlig ihren Zweck.

Man stelle sich folgende Szene vor: Londoner Vorstadt, Reihenhaus neben Reihenhaus. Während der Vater im Erdgeschoss zum Dinner ein paar Dosenravioli aufwärmt und die Mutter den Tisch deckt, vergnügt sich die bildhübsche 16-jährige Linda mit ihrem brandneuen Lebensgefährten Andrew in ihrem Zimmer im ersten Stock. Der erste Kuss liegt schon ein paar Tage zurück, im Moment wird wild geknutscht. Und während die Mutter mehrere Male vergeblich zu Tisch ruft, nestelt Andrew ein bisschen ungelenk an den Knöpfen von Lindas Bluse.

Da platzt auch schon Lindas Vater zur Tür herein, um sie im Auftrag der Mutter ins Esszimmer zu zitieren. Erschrocken und mit zerzaustem Haar starrt Linda ihren Vater an. Andrew richtet sich auf und grinst entwaffnend. Lindas Vater bleibt die Spucke weg. Schließlich stammelt Linda: «This is Andrew, my boyfriend.»

Und Lindas Vater haucht verstehend: «Oh, he is indeed, isn't he? Nice to meet you, Andrew. Dinner's ready.»

Wie würde sich diese Szene nun in Deutschland abspielen? Hamburger Vorstadt, rote Backsteinhäuser. Mutter steht in der Küche und knetet die Teewurst im Plastikdarm, damit diese auf dem Abendbrottisch aussieht wie neu, Vater stellt indessen das Bier kalt.

Die wunderhübsche 16-jährige Kathleen hat ihre Stereoanlage laut aufgedreht und sitzt wild knutschend mit ihrem brandneuen Lebensgefährten Ömer auf dem Bett. Ömer hat sich gerade das T-Shirt ausgezogen, als die Mutter von außen ruft: «Mach doch die Musik leiser, Deern», die Tür aufstößt und direkt große Augen macht.

Ömer tastet mit entwaffnendem Grinsen nach seinem T-Shirt, und während Kathleen in Richtung Musikanlage sprintet, stammelt sie: «Ja, also, das ist Ömer, mein Freund, also nicht irgendein Freund, sondern *mein* Freund, ich bin mit dem zusammen, also fest. Also was heißt fest, nicht verlobt oder verheiratet oder so, klar, aber wir sind ein Paar – ein Pärchen.»

Darauf Kathleens Mutter: «Fass dich BITTE kurz, das Essen steht auf dem Tisch.»

Sie sehen, was ich meine. An dieser Stelle versagt die deutsche Sprache. «Partner» klingt zu pragmatisch und hat nichts mit Leidenschaft zu tun. Der ADAC ist schließlich auch unser Partner. Aber die Gefühle bleiben dabei halt auf der Strecke. «Schatz» ist immer männlich. Das diskriminiert heterosexuelle Männer, denen leicht zu unterstellen wäre, sie hätten das Ufer gewechselt, und homosexuelle Frauen, denen man das Gleiche vorhalten könnte.

«Bärchen»? Ich bitte Sie! Aber: Was halten Sie von «Liebster» und «Liebste»? Hier kann man die Geschlechter unterscheiden, die Ausdrücke sind nicht schon fest für etwas anderes vergeben, und es handelt sich auch nicht um Kunstworte. Natürlich klingen «Liebster» und «Liebste» zunächst ebenfalls lächerlich, weil ungewohnt. Sie erinnern ein bisschen an Romeo und Julia, aber das legt sich mit der Zeit, nehme ich an. Lassen Sie uns einfach probeweise damit arbeiten.

Kalle, Jöckl und ich schlichen also zu unseren Freundinnen, von denen eine Kalles Liebste war. Olivia und Mara waren gerade dabei, sich zu schminken und hätten wohl gerne etwas mehr Zeit unter ihresgleichen verbracht. Denn Mara sagte: «Was wollt ihr denn schon hier? Habt ihr kein Zuhause?»

Sollte es Mara – wie Jöckl und ich – darauf angelegt haben, nicht als Single aus dem Zeltlager zurückzukehren, würde sie sich einen anderen Ton angewöhnen müssen. So viel war sicher.

Doch leider tönten auch aus den übrigen Zelten mehr oder weniger ruppige Ablehnungsbekundungen wie «Haut ab!» oder «Männer raus!».

Jöckl und ich beschlossen, uns aus dem Staub zu machen. Kalle hingegen wollte gerne bei seiner Liebsten bleiben.

Als wir beiden gerade auf dem Rückzug waren, sagte Jöckl: «Oweia, guck mal, wer da kommt.»

Es war einer der Camp-Leiter, braungebrannt mit Wampe in einem knallgelben, viel zu großen T-Shirt, auf dem das Logo des Camps abgebildet war – eine Hand, die zustimmend den Daumen hob, daneben comichaft der Schriftzug «Voll Okay: Camp Okay». Schon von weitem blökte er: «Freunde, was macht ihr denn hier im Camp Eva? Habt ihr die Regeln nicht gelesen? Noch so ein Ding, und ihr kriegt 'ne Verwarnung.»

Wir stellten uns blöd. «Welche Regeln denn, Mann?», rief Jöckl ihm zu.

«Das Merkblatt, das jeder bei der Anmeldung bekommen hat.»

Merkblatt? Jetzt brauchten wir uns nicht mehr blöd zu stellen, wir waren tatsächlich ahnungslos.

Der Lageraufseher tobte indessen weiter durchs Eva-Camp und schlug sich nun mit der Börni-Bande herum, was wir mit einer gewissen Genugtuung registrierten. Börni schien das allerdings nicht zu beeindrucken. Er meckerte lautstark zurück. Daraufhin zückte der Aufseher ein Notizbuch und schrieb sich etwas auf. Seine Augenbrauen hatte er weit nach oben gezogen.

Da die meisten der 250 Leute noch am Anreisen, Einchecken, Einziehen und Auspacken waren, gingen wir mangels Alternative zum Zelt zurück und suchten in den Anmeldeunterlagen nach dem Regelverzeichnis. Wir fanden zehn Vorschriften, die die Organisatoren – wahrscheinlich aus einer blasphemischen Bierlaune heraus – bei der Vorbesprechung im Gemeindehaus als «Die 10 Camp-Gebote» überschrieben hatten.

1. Wir sind Christen und verhalten uns auch so. Hier gelten die zehn Gebote Gottes.

Diese Regelung leuchtete uns ein, auch wenn Jöckl zu bedenken gab, dass es ihm schwerfiele, unseres Nächsten Weib nicht zu begehren, denn Kalles Olivia hatte es Jöckl angetan, sogar «echt extrem», wie er meinte. Glücklicherweise konnten wir mit einiger Sicherheit behaupten, weder Kalles Knecht noch Magd noch Vieh zu begehren. Damit waren wir immerhin in drei von vier Punkten auf Gottes Seite.

2. «Camp Eva» darf nur von Mädchen betreten werden. «Camp Adam» darf nur von Jungen betreten werden. Es gibt keine Ausnahmen!

Ich malte mir gerade aus, wie ein Meteorit in das Zeltlager der Mädchen einschlagen und die männlichen Rettungskräfte der anrückenden Feuerwehr von den verblendeten Camp-Mitarbeitern daran gehindert würden, erste Hilfe zu leisten. Die Vorstellung war schrecklich, der Krater war groß und heiß und brannte. Die Apokalypse! Jedenfalls so was in der Art. Schnell verwarf ich den Gedanken und schämte mich dafür.

3. Essenszeiten sind:

Frühstück	08 bis 09 Uhr
Mittagessen	13 bis 14 Uhr
Abendbrot	18 bis 19 Uhr
dazwischen flexibel	Snacks, Kaffee, Kuchen

Wer die Zeiträume verpasst, bekommt nichts mehr.

Diese Regel würden Jöckl und Mackl niemals brechen müssen.

4. Nachtruhe von 22 Uhr bis 6 Uhr.

Jöckl sagte: «Das können die echt vergessen, Mann. Das wird nie was. Wer geht denn um zehn ins Bett? Bescheuert.»

5. Wer die Waschräume des anderen Geschlechts betritt, muss leider nach Hause fahren.

Jöckl grinste: «Ej, das wär's mir wert, Mann.» Dann hielt er mir die Hand zum Abklatschen hin.

6. Alkohol ist im Camp Okay verboten.

Damit würden Jöckl und ich keine Probleme bekommen. Wir hatten zwar schon mal was getrunken, aber das waren nur Probiermengen gewesen. Komasaufen war für uns noch kein Thema. Und Bier würde erst rund anderthalb Jahre später relevant.

7. Rauchen dürft ihr nur, wenn ihr 16 Jahre alt oder älter seid. Rauchverbot in allen Zelten!

Jöckl und ich waren zwar sechzehn, aber auch bekennende Nichtraucher und stolz, niemals auch nur eine Ausnahme gemacht zu haben.

8. Musik wird nur im Hauptzelt gespielt. Bitte lasst eure Musikanlagen abgeschaltet.

Tss, dachte ich, «Musikanlagen»! Da hätte man «Ghettoblaster» schreiben müssen. Musikanlagen schleppt doch keiner mit auf ein Zeltlager. Die haben ja keine Ahnung!

9. Bei Verstößen gegen die Regeln werden Verwarnungen ausgesprochen. Wer drei Verwarnungen erhalten hat, muss abreisen. Ausnahme: Gebot 5

Offenbar hatten die Organisatoren beim neunten Gebot selbst ein schlechtes Gewissen bekommen und sich auf eine versöhnliche Schlusspointe geeinigt:

10. Wir alle wollen miteinander Spaß haben und eine spannende, intensive Zeit verleben. Nehmt Rücksicht aufeinander, dann steht einer tollen Ferienwoche nichts mehr entgegen. Habt fun!!!
    Eure Teamleitung vom Camp Okay.

Oho, einer hatte sogar ein Wort in Jugendsprache untergebracht! Und ganz unten hatten die Chefs eigenhändig unterschrieben: *Ulla, Gabi, Manuel, Peter, Christian, Michael, Heike, Heike 2 (hihi), Heiko (nicht Heike, grins) und Kerstin.*

«Na dann, viel *fun*, ej», sagte Jöckl. Und ich: «Komm, wir rauchen erst mal eine im Mädchenwaschzelt.» Wir waren eben auf unsere ideologische Unabhängigkeit bedacht – und hatten es uns für die nächsten Tage zum Ziel gemacht, das Camp und seine Organisatoren auf Weltfremdheit zu überprüfen. Und das ehrenamtlich.

Nach einem kleinen Indiaka-Turnier für moderne Christen und einer Begrüßungsveranstaltung im Hauptzelt, während deren sich wie ein Lauffeuer verbreitete, dass Börni bereits eine erste Verwarnung wegen Rumpöbeleien im Eva-Areal kassiert hatte, gab es Abendessen und danach gleich noch eine Veranstaltung im Hauptzelt.

Das Hauptzelt sah aus wie ein Zirkuszelt, die Sitzbänke standen nach hinten aufsteigend auf Tribünen. Der ebenerdige Bereich war mit Sägespänen ausgestreut. Die Mikrophonanlage sorgte für eine ordentliche Beschallung. Der heutige Abend stand unter dem Motto «Ich bekenne» – offenbar wollte man keine intensive Zeit vergeuden und gleich zum Eingemachten vordringen.

Nachdem eine Laienband ein Herbert-Grönemeyer-Medley zum Besten gegeben hatte (sie spielten wirklich gut), trat einer der Chefs ans Mikro. Er stellte sich als Heiko («grins») vor und kam auch aus Baden, das hörte man. Ich schätzte ihn auf ungefähr sechsundzwanzig Jahre, und er hatte augenscheinlich in seiner Pubertät großes Akne-Pech gehabt. Seine Haut war ungewöhnlich krass vernarbt. Selbst bei genauerem Hinsehen fand man keine unversehrte Stelle in seinem verbeulten und zerfurchten Gesicht.

Heiko stellte sich ganz dicht ans Mikrophon und begann mit unsicherer Stimme zu sprechen: «Heute geht es ja darum, sich zu bekennen. Und ich wollte eine Geschichte erzählen, die ich normalerweise niemandem erzählen würde. Aber heute mach ich es einfach.» Mir wurde flau im Magen.

Heiko räusperte sich. «Ich habe seit vielen Jahren Probleme mit – mit meiner Gesichtshaut. Das sieht ja jeder – leider.»

Er sah sich im Publikum um, das aus Hunderten von Augen zurückstarrte, voller Befangenheit angesichts der persönlichen Beichte, die da bevorstand. Keiner machte einen Mucks.

«Ich habe mich gehasst für mein Gesicht, als ich so vierzehn bis zwanzig Jahre alt war. Auch mein Rücken und meine Brust sind voller Akne-Narben. Ich wollte nie in eine

Disko, hatte nie eine Freundin, bis ich vierundzwanzig war. Dann habe ich die Gabi getroffen. Dahinten sitzt sie.»

Er deutete auf seine Kollegin und Liebste, Gabi. Sie winkte ihm zu und lächelte, wie man halt lächelt, wenn man eigentlich richtig fröhlich wirken möchte, aber auch wieder nicht, weil der Liebste gerade gnadenlos sein Innerstes nach außen kehrt.

Heiko fuhr fort: «Damals habe ich mich echt total zurückgezogen, hatte keine Freunde mehr, bin nach der Schule immer direkt nach Hause, hab mich irgendwie total verschanzt. Im Schulsport, da wollte ich mich nie mit den anderen gemeinsam umziehen. Dabei hätten die wahrscheinlich nie einen Scherz darüber gemacht. Es war ihnen selber peinlich, mich mit nacktem Oberkörper zu sehen.»

Er schluckte. Mir wurde mulmig.

«Und einmal, da war ich auf einer Geburtstagsfeier von meinem Vater. Es war sein Fünfzigster, und ungefähr siebzig Leute waren gekommen oder so. Ich wollte mich schick machen und hatte ein weißes Hemd angezogen. Viele von den Leuten habe ich gar nicht gekannt: ehemalige Schulfreunde, Kollegen vom Papa und so. Ja, und meine Haut war an diesem Tag besonders schlimm. Ich hatte am Morgen Schwimmen gehabt, und die Haut war gereizt gewesen vom Chlor. Und als ich gerade am Essen war, da hat sich plötzlich diese Frau zu mir umgedreht. Ich bin erschrocken. Sie war bestimmt schon fünfunddreißig oder so, aber richtig hübsch. Und ich hab mich gefreut, dass sie mich ansprechen wollte. Und sie hat zu mir gesagt …»

Heiko stockte und schluckte wieder trocken. Das Zelt war erfüllt von banger Stille. Dann holte er Luft: «Sie hat gesagt: ‹Entschuldige, ich glaube, auf deinem Rücken sind ein Paar Pickel aufgegangen. Da sind Blutflecken an deinem Hemd.› Als ich das gehört hab, wollte ich echt nur noch sterben.

Ich bin in mein Zimmer gerannt und hab geheult, wie ich – glaube ich – noch nie geheult hab. Das war so ein schlimmes Gefühl. Und das ganze Hemd war voller Blutflecken!»

Heiko bereitete sich auf das große Finale vor: «Aber mit Gottes Hilfe komme ich heute damit zurecht. Ich weiß jetzt: Ich bin okay, so wie ich bin. Und meine Freundin Gabi hilft mir dabei. Das wollte ich nur mal erzählen. Danke!»

Er ging mit gesenktem Haupt aus dem Rampenlicht, hin zu seiner Gabi. Nun lächelte sie nicht mehr. Sie rückte beiseite und machte ihrem Liebsten Platz.

Keiner klatschte. Stattdessen ging das Gemurmel los. Mara, die links neben mir saß, sagte: «Meine Güte, ist der mutig. Hoffentlich müssen nicht alle da vorne was erzählen.»

Jöckl zu meiner Rechten hatte mitgehört und warf ein: «Quatsch. Hat ja nicht jeder so eine harte Geschichte. Ich würde das eh nicht machen, ej.»

Ich wusste nicht so recht, was ich von diesem Seelenstriptease halten sollte. Beeindruckend war es ja. Die nachmittäglichen Talkshows im Privatfernsehen gab es noch nicht; dass sich jemand derartig ausschüttete, war uns allen völlig neu und fremd. Andererseits: Wem nützte es eigentlich, dass Heiko sich die Story von der Seele geredet hatte? Heiko selber oder uns Zuschauern? Auf jeden Fall war er zu bedauern, und dass er mutig war, daran bestand kein Zweifel. Kritik wäre mir unpassend vorgekommen.

Ich verbuchte die letzten zehn Minuten unter der Kategorie «intensives Erlebnis» – zu mehr blieb mir gar keine Zeit. Da stand schon die nächste Kandidatin auf den Sägespänen. Sie hatte bestimmt zwanzig Kilo zu viel auf den Rippen, trug die Haare zu einem struwweligen Pferdeschwanz zusammengebunden und anspruchslose Ökoklamotten. Eine Zahnspange zu Kinderzeiten hätte ihr gutgetan.

Kalle lehnte sich über Olivia und Mara hinweg zu Jöckl und mir herüber und zischte: «Jetzt kriegen wir ga-garantiert eine Geschichte zu hören von wegen: ‹Ich bin so f-fett und hässlich, ich weiß nicht, wie es weitergehen soll›.»

«Ja, genau», sagte ich, «gleich kommt: ‹Ich will so-so-so gerne auch mal einen Jungen abkriegen.›»

«Mann, die Arme, echt.» Jöckl zeigte sein weiches Herz. «Das kann die natürlich vergessen, ej. Oder, was meint ihr?»

Das Mädchen am Mikro unterbrach die allgemeine Lästerei ihre eigene Person betreffend und legte los: «Hi, ich bin die Simone, ich komme aus Offenburg, bin das erste Mal hier im Camp Okay, und ich find's bisher – echt okay.»

Sie lachte einmal keuchend in die Stille, und aus dem Publikum lachte ein Junge künstlich und laut zurück. Aber es war nicht Börni. Simone gehörte nicht zum Organisationsstab, das stand jetzt fest. Offenbar war sie Camp-Gast wie wir und hatte sich freiwillig gemeldet.

«Ich wollte bekennen, ähm …»

Ich flüsterte: «Zu dick. Gleich geht's um zu dick.»

Und Simone sagte: «Also, ich wollte erzählen über Selbstbefriedigung.»

Wie bitte? Die Schallwellen klatschten gegen unsere Trommelfelle. Ein, zwei Schocksekunden später hatten 250 Teenager das Wort durch ihre Hirnwindungen geschleust. Dann wurde es so leise im Zelt, dass ich das Blut in meinen Ohren rauschen hören konnte. Hier und da stimmloses Kichern. Selbstbefriedigung! Ich überlegte, ob mir ein noch intimeres Thema einfiel. Ich musste passen.

Offenbar spürte Simone die Sprengkraft ihres Anliegens, denn bevor sie mit der Selbstzerfleischung begann, lachte sie noch einige Male keuchend auf und verlagerte ihr üppiges Körpergewicht vom einen Bein aufs andere und wieder zurück. Dann wischte sie eine Haarsträhne aus ihrem blassen

Gesicht und begann: «Ich will ganz ehrlich sein. Früher, da hab ich irgendwann mal angefangen zu masturbieren.»

Das Wort «masturbieren» klang einfach lächerlich aus ihrem Mund. Ich wusste nicht, wieso. Doch, ich wusste es. Diese Simone wirkte so derartig asexuell – in ihrem riesigen Jute-Kapuzenshirt, ihren gebatikten Leinenhosen und den ollen Espandrillos. Dazu diese langweilige Frisur vom Typ Hauptsache-die-stören-nicht.

Warum musste ausgerechnet dieser Jute-Trampel sich als Fachfrau aufspielen? Warum setzte sie sich nicht zu Hause an den Kamin und strickte? Und behielt ihre Solosex-Tirade einfach für sich?

«Vor vier Jahren oder so ging das los. Ja, genau, da war ich vierzehn. Eine Freundin hat mir erzählt, dass sie das jeden Tag macht und hat mich überredet, das auch mal zu machen. Einmal hab ich mich dann nach der Schule in meinem Zimmer eingeschlossen und es auch probiert.»

Ich flehte innerlich: Keine Details, bitte keine Details. Gleichzeitig brannte ich drauf zu hören, wie sie sich um Kopf und Kragen beichtete.

Und weiter ging's: «... und ich geb zu, das hat sich super angefühlt. Das war so gut, dass ich gar nicht mehr aufhören konnte damit.»

Angespannt sah ich mich um. Die Leute auf den Rängen schienen mit jedem Wort tiefer in sich zusammenzusinken. Mara zu meiner Linken kratzte sich hektisch an der Nase und blickte mir für den Bruchteil einer Sekunde verstört in die Augen, dann wieder nach vorne. Jöckl hatte sich vorgebeugt, den Kopf in die Hände, die Arme auf die Knie gestützt. Seine Finger verbargen die Augen wie Scheuklappen. Ich blickte zu Kalle und Olivia. Das Liebespärchen hatte sich voneinander abgewandt. Kalle kaute an seinem Daumennagel, Olivia hatte den Rücken durchgestreckt und starrte mit aufgerissenen Augen und schmalem Mund geradeaus. Doch Simone kannte keine Gnade.

«Jeden Tag bin ich nach der Schule in mein Zimmer und habe masturbiert.»

Jöckl umklammerte meinen Oberarm und stöhnte verzweifelt: «Mann, die soll endlich die Klappe halten. Schon der Gedanke ist so peinlich, ej.»

Aber Simone war noch lange nicht fertig: «Eines Tages sprachen wir in meiner Jugendgruppe über Selbstbefriedigung und dass das ja Sünde ist. Und dass wir ja keine anderen Leute so begehren sollen und so. Da hatte ich ein total sehr, sehr schlechtes Gewissen. Ein paar Tage später habe ich mir vorgenommen: Jetzt hörst du damit auf. Und das war das letzte Mal.»

Simone ließ noch zweimal ihre Keuchlache hören. Diesmal ohne Echo von den Rängen.

Kalle flüsterte: «Wie ich das einschätze, wird das auch das le-letzte Mal gewesen sein, dass die in ihrem ganzen Leben Sex hatte.»

Wir prusteten los, auch Mara und Olivia. Zwar reduzierte Kalles Bemerkung diese Simone in gemeinster Weise auf ihr unansehnliches Äußeres. Aber egal. Wenigstens fühlten wir uns langsam wieder besser.

Allein Simone war noch immer nicht fertig: «Seitdem hebe ich meine Energie für meinen Lebenspartner auf.» Keuchen. «Danke.» Sie winkte zum Abschied und stolperte davon.

Stille. Dann, nach und nach, lösten sich einzelne Zeltinsassen aus ihrer Fremdscham-Lähmung und begannen zu klatschen. Auch wir heuchelten Zustimmung und applaudierten. Nur Jöckl verharrte noch immer in seiner verkrampften Haltung. Ganz langsam drehte er sich zu uns um, noch immer sprachlos. Seine Augen sagten: «Wo, bitte, sind wir hier gelandet?»

Dann trat ein Chef ans Mikro. Es war derjenige, der Börni die Verwarnung verpasst hatte, und er stellte sich uns als Michael vor. Dann sagte er: «Vielen Dank für deinen Mut, Simone. Das war ein, wie ich finde, wichtiger Beitrag, aus dem wir alle lernen können. Vielen Dank dafür. Und nicht vergessen: Das Mikro bleibt offen für alle, die sich öffnen mögen. Danke.»

Michael ging wieder in seine Chefecke zurück, und die Jungs und Mädels von der Band sprangen an ihre Instrumente.

Natürlich war mir genauso klar wie Mara, Kalle, Olivia und Jöckl, dass keiner von uns auch nur einen Gedanken daran zu verschwenden brauchte, ob er vorgehen und sich zum Gespött machen sollte. Stattdessen gab Kalle bekannt, welchen Spitznamen er sich für Simone ausgedacht hatte: «K-kommt, ab jetzt nennen wir sie nur noch Simonanie.»

Respektlos, aber genial. Jöckl klatschte vergnügt und bog sich vor Lachen so weit nach hinten, dass er mit dem Kopf an die Knie des Jungen aus der nächsten Reihe stieß.

«Das hat die Arme nicht verdient», sagte Olivia mitleidig und hatte damit recht. Ich spitzte die Lippen, um das Krampfgrinsen aus meiner Visage zu bekommen.

Dann war es so weit. Die Band verstummte und gab die Manege frei für die nächste Bekennerrunde. Wir klatschten aufgeregt in Dankbarkeit und Vorfreude. Wer würde sich als nächster outen und womit?

Da erhob sich Börni und drängelte sich mit ernster Miene durch die Sitzreihen nach vorne. Dass er nicht bloß auf die Toilette wollte, erkannte ich daran, dass seine Kumpel demonstrativ die Daumen hochhielten – ganz im Stil des Camp-Logos.

«Geil», freute sich Jöckl, und auch Kalle zwinkerte begeistert.

Börni betrat die Manege, stellte sich ans Mikro, senkte andächtig den Kopf und sagte mit ernster Stimme: «Ich bekenne: Ich habe mir gestern Abend einen runtergeholt. Ich habe mir heute Morgen einen runtergeholt. Und so, wie ich das jetzt gerade einschätze, hole ich mir nachher im Schlafsack ganz gemütlich wieder einen runter. Danke.»

Das war ein Skandal. Was für eine Provokation!

Börni wandte sich vom Mikrophon ab und schlappte zurück an seinen Platz. Seine Freunde feixten. Der Rest war Schweigen: kein Klatschen, kein Husten, kein Räuspern. Plötzlich traute sich einer. Es war der Typ mit Nickelbrille aus der Warteschlange. Jetzt war die Zeit reif für seine Revanche. Er rief: «Buh, Proll!»

Ein Raunen ging durch das Publikum. Ich erschauderte vor Spannung. Alle Köpfe drehten sich zu Börni. Der stand aufrecht in seiner Sitzreihe. Und dann warf er dem Jungen mit Nickelbrille eine Kusshand zu.

Die Masse lachte, und mit einem Schlag brandete Applaus auf. Die Leute klatschten für Börni, den Proll, den Schwerenöter, der uns von der Last befreite, die Simonanie uns auferlegt hatte. Börni ließ Simonanies Geständnis zur Bagatelle verkommen.

Doch je länger wir applaudierten, desto lauter wurden auch die Buhrufe. Rund ein Drittel der Leute im Publikum saß mit verbitterter Miene und verschränkten Armen da, strafte Börni mit bösen Blicken und Protestrufen. Wahrscheinlich subsumierten sie sein Vergehen unter die zehn Camp-Gebote. Börnis Rede war Öl im Feuer der Abstinenten.

Die Menge war gespalten: in Wichser und Asexuelle. Es ging rund in Camp Okay. Das war Klassen besser als unbewachte Blumenerde! Ohne weitere Wortbeiträge abzuwarten, beendete Chef Michael die Veranstaltung «Ich bekenne». Wir hatten genug gehört.

Mara, Jöckl, Olivia, Kalle und ich ließen uns von der Menge nach draußen schieben. Rund um die große Feuerstelle lag ein Dutzend dicker Baumstämme als Sitzgelegenheit. Wir setzten uns wie die Hühner auf die Stange. Natürlich war Börnis Auftritt unser dringlichstes Gesprächsthema. Wir diskutierten hitzig – obwohl wir uns eigentlich einig waren. Bis Mara sagte: «Wisst ihr, was mich am meisten beschäftigt? Wie Marcus heute Nacht in Ruhe schlafen will, wenn Börni seine Ankündigung wahr macht. Oder, Marcus?»

Alle lachten auf meine Kosten. Mara hatte leider recht. Andererseits: Ich wäre der Einzige, der hautnah dabei sein würde und brandaktuell weitertratschen könnte, ob Börni zu seinem Wort stand.

Aber wir hatten noch andere Sorgen. Meine: Mara. Sosehr mich ihre schnippische Art manchmal nervte, so sehr faszinierte mich ihr Selbstbewusstsein – und ihre gelungene Optik. Ihre Figur: genau richtig. Ihr Gesicht: elegant, aber auch niedlich. Ihre Haut: makellos und ein bisschen dunkler als die der meisten anderen Mädchen. Und wie sie mit mir in der Vergangenheit umgegangen war, wenn wir zum Beispiel in den Schulpausen unter uns gewesen waren, hatte mir stets das Gefühl vermittelt, dass ihr diese Momente gut gefallen, vielleicht sogar am Herzen gelegen hatten. Ich wollte es genauer wissen. Deshalb versuchte ich vorzufühlen, wie sie in puncto Liebe et cetera auf meine Person zu sprechen war.

Ich fädelte gerade die große Aussprache ein und fragte, wie sie denn so die Jungs in ihrer und unserer Klasse finde, und bat sie, eine Top 10 aufzustellen, als sie mich unterbrach: «Weißt du, Typen in unserem Alter interessieren mich nicht. Weder in der 9a, noch der b, noch in unserer, noch in eurer d-Klasse gibt es einen, der mir gefällt. Ich find euch manchmal echt zu kindisch. Also jetzt nichts gegen dich oder Jöckl oder Kalle oder so, ja? Aber den Timo aus der 11a finde ich süß. Weißte, wen ich meine?»

«Nee, nicht genau», log ich. Shit! Das sah wirklich schlecht für mich aus. Timo hätte sogar in einer Großstadt ohne Probleme als Model arbeiten können. In Bühl war er der Gott aller Teenager.

Maras Absage war jedenfalls eindeutig und ließ keinerlei Lücken, in denen ich hätte ansetzen können. Offenbar hatte ich unser Verhältnis in den letzten Monaten völlig falsch eingeordnet. Ich ärgerte mich über mich selber – aber mehr noch über Mara, die nichts kapiert hatte und mir soeben vor aller Augen den Zaunpfahl ins Herz gerammt hatte. Es war überheblich, uns allesamt kindisch zu finden. Aus wessen Mund kamen denn Sprüche wie: «Habt ihr kein Zuhause?» Eben!

Ich wandte mich von ihr ab und starrte ins Feuer. Der Abend hätte gerne schon vorbei sein können. Leider war es erst halb zehn.

Jöckl hatte sich zu Kalle und Olivia gesetzt und bewunderte seines Nächsten Weib im Schein des Feuers. Kalle hielt es, also Olivia, im Arm und küsste sie zärtlich. Schon um Jöckl in die Schranken zu weisen. Es stand gerade nicht gut um Jöckl und mich und die Frauen. Ich legte den Kopf in den Nacken und versuchte, mich auf das gigantische nächtliche Himmelsgewölbe zu konzentrieren. Dann würden meine Probleme von alleine klein. Aber der Himmel war von idiotischen Wolken verrammelt.

Das Feuer war mittlerweile heruntergebrannt. Und nachdem wir uns im überfüllten Waschzelt gemeinsam mit rund fünfzig anderen Jungs die Zähne geputzt hatten, schlurften wir ins dunkle Camp Adam und krochen in unser Zelt. Zwei Jungs, die wir nur vom Sehen kannten, lagen schon in den Schlafsäcken und stellten sich schlafend. Von Börni und seiner Gang war nichts zu sehen. Klar, dass sie uns mitten in der Nacht aus dem Schlaf reißen würden.

Die «Ich bekenne»-Aktion musste an unseren Nerven gezehrt haben, zumindest sehnten sich unsere Körper nach der Isomatte, und das wollte was heißen. Innerhalb weniger Minuten waren wir weggeratzt.

Irgendwann schreckte ich hoch. Tosendes Gelächter und Gequieke drang in unser Zelt. Die Planen des Eingangs wurden aufgerissen. Mehrere Taschenlampen blendeten mich. Ich drehte mich geistesgegenwärtig nach hinten und sah in das entsetzte Gesicht von Jöckl. Kalle hingegen ratzte seelenruhig weiter in seiner Ecke.

«Na, ihr Penner?», rief eine Stimme. Mehrere Personen stapften ins Zelt. Ich erkannte drei von Börnis Kumpeln, sie waren offensichtlich betrunken. Einer hatte eine fast bis auf den Filter heruntergebrannte Zigarette im Mundwinkel hängen, torkelte herum und rief: «Jetzt geht die Party erst richtig los!»

Die anderen schwenkten ihre Bierflaschen, tanzten und begannen, die Schlafenden mit sanften Fußtritten zum Aufstehen zu bewegen. Nun fuhr auch Kalle hoch, sah die chaotisch ohne Musik tanzenden Börni-Kumpel und fing an, laut zu lachen: «Wo sind denn Börni und seine Freundin?»

Was faselte er da?

Irgendeiner hechelte: «Die beiden kommen gleich.» Kalle sprang auf und zog Jöckl mit sich. Der ließ es geschehen, beugte sich dann noch einmal zu mir herunter und sagte: «Komm, mach halt mit, Mann. Du kennst doch das elfte Camp-Gebot.»

«Welches elfte Gebot? Es gibt doch nur zehn», flüsterte ich.

«Denkste. Das elfte Gebot lautet: Camp-Gebote eins bis zehn gelten nicht im Börni-Zelt.»

Und als habe er nur auf diese Ansage gewartet, sprang Börni herein. Er wischte sich mit dem linken Arm die Eingangsplanen aus dem Gesicht, und die Leute begannen zu klatschen. *Alle* klatschten. Die Börni-Gang, die zwei fremden Jungs – sogar Kalle und Jöckl. Was war denn hier los?

Ich blinzelte zum Eingang. Börni zog eine Gestalt hinter sich her und durch die Planentür. Mir stockte der Atem. Es war Simonanie! Börni hatte seinen rechten Arm eng um ihre dicke Taille geschlungen und drückte sie an sich. Alle tanzten aufgeregt um die beiden herum. Nur ich lag noch in meinem Schlafsack. Ich kroch heraus und stellte mich auf meine müden Beine. Dann ging ich zu den anderen, Jöckl legte seinen Arm um mich und animierte mich zu tanzen.

«Ohne Musik tanzen – Jöckl, so kenne ich dich ja gar nicht», zischte ich direkt in seine Ohrmuschel. Das war gar nicht so leicht, denn Jöckl schunkelte wild hin und her. Fast wären wir beide gestürzt.

Dann begannen Börni und Simonanie zu knutschen. Er griff sich ihren Kopf und drückte seine Lippen kräftig auf ihre. Simonanie riss sich los, drehte sich zu mir um, blickte mir mit glasigen Augen ins Gesicht und sagte: «Was guckst du so? Darf ich das nicht? Ist das Sünde?»

«Der pennt doch noch halb», kicherte Kalle. Der Hund fiel mir in den Rücken!

«Na, dann werde ich ihn mal wachküssen», gluckste Simonanie, riss sich von Börni los und wankte unter dem Applaus der anderen auf mich zu.

Niemals!, dachte ich und rief: «Jöckl!»

Schon ergrabschten ihre Hände meine Hüften, ich versuchte, ihren massigen Körper von mir wegzudrücken, aber Simonanies Griff war eisenhart. Ihr blasses, feuchtes Gesicht kam näher und näher, sie öffnete den Mund. Ihre schiefen Zähne glitzerten nass.

«Bitte nicht!», schrie ich und fand mich plötzlich in meinem Schlafsack wieder. Links von mir lag Jöckl und schlummerte seelenruhig. Auch in Kalles Ecke regte sich nichts. Ich atmete durch. Hoffentlich hatte ich im Schlaf nicht gewimmert!

Ein Blick nach rechts: Börni und die anderen waren noch nicht da. Das ganze Theater stand mir also noch bevor. Ich legte mich auf den Rücken und versuchte einzuschlafen. Rund zehn Minuten später leuchteten fünf Jungs mit brennenden Feuerzeugen ins Zelt. Es waren Börni und seine Gang. Er kam ohne Simone. Danke, Gott!

Ich roch, dass die Kerle geraucht hatten, was nicht zu kritisieren war, denn sechzehn waren sie sicherlich schon alle. Sie kicherten leise, einer zischte: «Scheiße», und sprang auf einem Bein, weil er beim Ausziehen mit einem Fuß im Hosenbein seiner Jeans hängen geblieben war. Dann schlüpften sie nach und nach in ihre Schlafsäcke. Sie gaben sich tatsächlich Mühe, uns nicht zu wecken.

«Die pofen echt schon wie die Babys», flüsterte Börni, und einige kicherten heiser.

Schließlich sah ich hinter verschlossenen Augenlidern das letzte Feuerzeug erlöschen. Jetzt war mein Gehörsinn gefordert. Was würde in Börnis Schlafsack passieren?

Ich tätschelte Jöckls Schulter. Das würde ihn sicher interessieren. Aber Jöckl raunte nur. Ich tätschelte stärker. Jöckl raunte lauter.

«Warst du das, Börni?», zischelte jemand.

«Nee, da träumt einer von Mama», raunte Börni zurück.

Ich musste Jöckl schlafen lassen. Alles andere war zu riskant. Ich starrte mit offenen Augen in die Dunkelheit. Alles ruhig. Ab und zu raschelte ein Schlafsack. Die Situation war unspektakulär, geradezu langweilig.

Endlich. Nach etwa fünf Minuten bewegte sich Börni

plötzlich. Er drehte sich um und atmete tief ein. Aha. Jetzt ging es wohl los. Ich hob den Kopf, um besser lauschen zu können. Doch da war – nichts. Dann, nach ein paar Sekunden, tiefe und regelmäßige Atemzüge. Was hatte das denn nun zu bedeuten?

Auf einmal mischte sich ein sanftes Surren in das gleichmäßige Rauschen. Es modulierte sich zu einem stotternden Schnarren und schließlich zu einem derben Dröhnen. Der Typ schlief tief und fest! Nur sein Gaumensegel flatterte putzmunter im Wind. Ich legte meinen Kopf wieder ab und schloss die Augen. Na gut, das war's, dachte ich. Kein Tratsch morgen früh.

Der gute Börni hatte bloß geblufft. Aber warum? Hatte ich ihn unterschätzt? Vielleicht hatte er mit seiner Aktion wie wir gegen Weltfremdheit und Biederkeit antreten wollen. Jedenfalls war er sich nicht zu fein gewesen, seine Meinung kundzutun, wenn auch auf eine undiplomatische Art, die seinen Ruf beschädigte.

Genau wie Jöckl, Kalle und ich fand Börni die Adam-und-Eva-Camp-Regelung blöd. Aber er war noch im Mädchen-Camp umherstolziert, als wir längst Reißaus genommen hatten. *Er* hatte seinen Unmut offen und mutig gezeigt. Und während alle anderen heimlich über Simones wiedergewonnene Unschuld lästerten, hatte er sich wirklich was getraut. Ich erkor Börni spontan und schlaftrunken zu meinem Camp-Idol und schlief trotz des Surrens, Schnarrens und Dröhnens ein.

«Mädels, antreten zum MORGENGEBET!»

Ich erhöhte meinen Puls unwillig auf 200 und öffnete meine Augen gerade weit genug, um Börni in seinen Boxershorts breitbeinig über mir stehen zu sehen. Er hielt die Arme vor der Brust verschränkt und grinste, die Igelhaare lagen noch eng an, seine Lider waren vom Schlaf leicht geschwollen. Alle anderen wälzten sich mürrisch auf ihren Isomatten.

Von draußen drang Sonnenlicht ins Zelt. Ich kramte mein rechtes Handgelenk hervor und schaute auf die Uhr: «Oh, schon halb acht. Was für ein herrlicher Start in den Tag!»

Das meinte ich gefälligst ironisch. Mir fiel ein, dass ich Börni nur wenige Stunden zuvor zu meinem Idol erkoren hatte, und beschloss, die Sache vorerst geheim zu halten und Börnis Vorbildstatus während der Probezeit stündlich auf seine Aktualität zu überprüfen.

Dann wandte ich mich Jöckl zu. Er hatte die Arme hinter dem Kopf verschränkt, seine rotblonden Haarsträhnen standen in alle Richtungen. Er grinste mich hellwach an: «Und, hat er's gestern noch getan?»

Ich zuckte mit den Schultern: «Nein, ich glaub nicht.»

«Hab ich mir schon gedacht, ej», grinste Jöckl. «Zweimal am Tag muss auch echt nicht sein.»

In den kommenden Tagen erlebten wir all die kleinen Abenteuer, für die wir unsere Heimatstadt verlassen hatten. Sie halfen mir, mein heimliches Mara-Desaster momentweise zu vergessen. Eine Wettfahrt mit selbstgebauten Flößen endete damit, dass unseres kenterte und ich zusammen mit meinen vier Freunden und fünf weiteren Okay-Campern über Bord ging. Meine Armbanduhr war ruiniert. Dabei hätte sie bis hundert Meter wasserdicht sein sollen. (Na gut, zumindest ließ sie anschließend keinen Tropfen mehr heraus.)

Börni kassierte noch eine zweite Verwarnung, weil er ein Mädchen mit Frühstück am Bett überrascht hatte. Vergebliche Liebesmüh, denn die war, wie wir später erfuhren, ausgerechnet in den Typen mit der Nickelbrille verknallt. Also ganz und gar nicht Börnis Liga.

Übrigens bekam auch Kalle noch eine Verwarnung aufgebrummt. Seine Beteuerung, er habe sich in der nächtlichen Dunkelheit verlaufen und sei bloß ganz zufällig und aus Versehen im Camp Eva gelandet, wirkte nicht strafmindernd.

Am dritten Tag trat die keusche Simone noch einmal vors Mikrophon und gab schluchzend zu Protokoll, in den letzten vier Jahren geschätzte fünfzehn Mal gegen ihr Gelübde verstoßen zu haben. Das wolle sie unbedingt noch loswerden, weil sie sonst in alle Ewigkeit mit der Schmach leben müsse, uns mit Halbwahrheiten an der Nase herumgeführt zu haben. Diese rund fünfzehn schwachen Momente hätten, so Simonanie, jeweils in direktem Zusammenhang mit vorangegangenem Alkoholkonsum gestanden, was aber an der Verwerflichkeit der Sache nichts änderte – das räumte sie selber ein. Wir meinten: Im Gegenteil! Durch den Suff bekam das Ganze eine angenehm schmuddelige Note. Und ich war irgendwie schon wieder erleichtert.

Nach meiner Heimkehr als Single (was alleine an der Adam-Eva-Sache lag, da war ich mir sicher), fragte meine Mutter erstaunt: «Ach, ihr habt nichts von dem Chemieunglück vorgestern in Bühl mitbekommen? Die ganze Westseite der Stadt wurde über Radio aufgerufen, die Fenster geschlossen zu halten. Da hat irgendeiner im Industriegebiet mit einem Gabelstapler aus Versehen ein Chlorfass angestochen, und die Wolke ist über die halbe Stadt gezogen.»

Toll, da ist *ein*mal was los in diesem Kaff, und ich bin im Urlaub!

Ob Börni heute noch Kontakt hat zu Simonanie? Ach, Denkfehler!

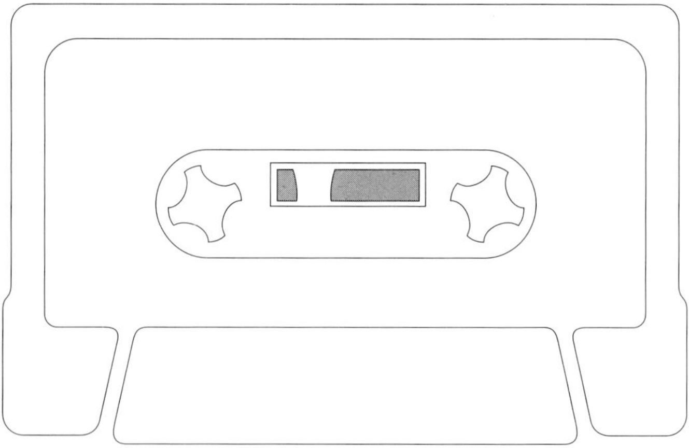

Mut zum Unfall

Wenn man achtzehn wird und zu den Älteren der Klasse gehört, dann kann das ganz großartig sein: Eine Weile lang ist man der Star aller Siebzehnjährigen. Man wird begehrt, und alle wollen sich gut mit einem stellen. Schließlich hat man etwas im Leben erreicht: Man darf Auto fahren. Und damit ist man erwachsen und überhaupt erst ein richtiger Mensch geworden.

Ein Mensch mit Macht. Denn wer auf den übrigen vier Sitzen Platz nehmen darf, entscheidet alleine der Fahrer. Und wer in seiner Clique als Erster den Führerschein macht, ist zumindest so lange ihr Anführer, bis die Nachwachsenden ihn mit dem Satz «Ich kann jetzt ja auch fahren» vom Thron stoßen. Der Führerschein ist mehr als ein Ausweis. Er bringt soziales Prestige – und einen Zugewinn an Lebensqualität.

So war es zumindest bei uns. Automobilisiert zu sein bedeutete in unserer schnuckelig verpennten kleinen Stadt zwischen Schwarzwald, Rhein und Reben, dass sich das wochenendliche Freizeitangebot mit einem Schlag verdoppelte. Bot sich uns bislang nur die Disko Westwerk im Westen der Stadt, so lag uns plötzlich ein weiterer Tanzschuppen zu Füßen: fünfzehn Kilometer außerhalb, irgendwo auf dem Land, hinter einem noch kleineren Kaff, in einem alten Wirtshaus (darum hieß es auch «Wirtshaus»).

Das Westwerk wiederum hatte sich im Bühler Gewerbegebiet in einer leerstehenden Lagerhalle eingemietet und gab sich alle Mühe, aus den roten Zahlen herauszukommen. Aber *gut gemeint* bedeutet ja nicht gleich *gut gemacht*. Nicht so gut war die Marketing-Idee der Westwerk-Kreativen, dem ganzen Laden etwas Tropisches zu verpassen. Zu diesem Zweck waren die Wände der zwei Jahre alten Baracke bis auf Brusthöhe mit Bastmatten zugenagelt worden. Zusätzlich hatte ein gewitzter Inneneinrichter ein Dutzend schlechtriechender Kunstpalmen aufgestellt. Und der Clou: Jeder zahlende Gast bekam eine Kokosmakrone gratis auf die Hand, überreicht von einem Girl mit hawaiianischem Plastikblumenkranz: «Aloha, wilsch au ä Makrone?»

Irgendwie fand jeder, dass das nicht schön war. Eindeutiges Indiz: gähnende Leere unter Palmen. Der Schwarzwald wollte nicht in die Karibik. Die spärlichen Gäste suchten meist schon nach einer halben Makrone das Weite. Und auch wir strichen Kokosmakronen bald endgültig von unserem Speiseplan (und das Westwerk aus unseren Köpfen) und warteten darauf, dass Jöckl endlich achtzehn würde. Denn damit wäre er endlich frei, der Weg zum Club Nummer zwei: dem sagenumwobenen Wirtshaus.

Als Jöckl am Tag nach seinem achtzehnten Geburtstag von seinen Eltern im weinroten Passat von der Schule abgeholt wurde, war klar, dass er das Steuer übernehmen würde. Keine leichte Übung, denn obwohl er die Führerscheinprüfung ohne größere Schwierigkeiten gemeistert hatte («Herr Spielmann, aber in Zukunft beim Rückwärtsfahren nach hinten schauen, gell?»), wollte das Zusammenspiel von Gas und Kupplung einfach noch nicht so recht gelingen. Das hatte Jöckl uns schon vorab gestanden. Trotzdem (oder gerade deshalb) wollten Hanna und ich es uns nicht nehmen lassen, bei seiner Jungfernfahrt Spalier zu stehen.

«Nicht lachen», bat Jöckl, als er in den Wagen stieg. Seine Eltern hatten schon auf der Rückbank Platz genommen, seine jüngere Schwester durfte vorne sitzen – ein elterlicher Vertrauensbeweis erster Güte.

Es war November und schon ziemlich kalt draußen. Hanna sprang fröstelnd auf der Stelle, als Jöckl auch nach zwei Minuten den Wagen noch nicht gestartet hatte. Ungeduldig sahen wir zu, wie die Frontscheibe langsam von innen beschlug und ein schemenhafter Jöckl in aller Ruhe den Fahrersitz seinen Bedürfnissen entsprechend justierte: Sitzhöhe, Neigungswinkel, Pipapo.

Mit einem Mal rutschte der Sitz dumpf ratternd nach hinten, woraufhin Jöckls Mutter vor Schmerzen aufschrie. Drinnen entspann sich eine lebhafte Diskussion. Allerdings war das durch die beschlagenen Scheiben kaum noch zu erkennen. Bis Jöckls Schwester die Frontscheibe frei wischte.

Jöckl hatte kapiert, griff an das Armaturenbrett, und das Ansauggeräusch des Gebläses begann zu rauschen. Plötzlich flappten die Scheibenwischer wie wild hin und her. Jöckl guckte erschrocken, dann grinste er nervös. Wildes Gerüttel an der Gangschaltung. Endlich zündete der Motor, allerdings nur eine halbe Sekunde lang. Blubbern. Danach Stille.

Jöckls Schwester ließ ihren Kopf gegen die Nackenstütze fallen und lachte lautlos in den Autohimmel. Das Gebläse ging für einen Moment aus, dann wieder an, dann – endlich – Startgeräusche. Der Motor lief.

Nun musste Jöckl rückwärts aus der Parklücke heraus. Er drehte sich nach hinten, ergriff professionell mit der rechten Hand die Kopfstütze des Beifahrersitzes, schob die Zunge ordnungsgemäß in den Mundwinkel und gab mächtig Gas. Der Motor heulte auf.

Jetzt hatte Jöckl offenbar die Kupplung kommen lassen, und die kam mit Wucht: Der Wagen sprang auf uns zu. Hanna und ich konnten uns gerade noch mit einem beherzten Sprung zur Seite retten. Erschrocken ging Jöckl in die Eisen.

Zeit für ein Krisengespräch an Bord: Jöckls Vater beugte sich vor und redete eindringlich auf seinen Sohn ein. Jöckl kaute auf der Unterlippe und nickte ergeben. Seine Schwester kicherte mehr oder weniger verstohlen zum Seitenfenster hinaus.

Nachdem Jöckl etwas Einsilbiges in ihre Richtung gebellt hatte, warf er sich erneut in Position. Zündung, Blinker, Blick in den Rückspiegel. Das ließ sich gut an, fand ich. Ich ging um den Wagen herum, sah die Rückfahrleuchten strahlen, trat an Jöckls Fenster und hob grinsend den Daumen. Jöckl guckte grimmig.

Dann hopste, ruckelte und zappelte das Auto plötzlich rückwärts, Jöckls Eltern griffen gleichzeitig nach den Haltegriffen über ihren Fenstern und starrten stumm vor sich hin. Seine Schwester krümmte sich vor Lachen. Jöckl selbst krallte sich ans Lenkrad und machte einen eher unentspannten Eindruck, so als wäre er gerade dabei, eine Atombombe zu entschärfen. Dann rumpelte der Wagen davon.

Als wir uns gerade abwenden wollten, ertönte die Hupe,

und wir winkten – egal, ob das Hupen ein Abschiedsgruß oder doch eher ein Versehen gewesen war.

Am Freitagabend sollten wir zum allerersten Mal mit Familie Jöckls Passat ins Wirtshaus fahren. Aber vorher wollten wir uns noch auf Cola und Butterkuchen treffen. Denn vor halb zwölf durften wir auf keinen Fall los, um nicht peinlich als Erste anzutanzen.

Wir setzten uns erst mal im Schneidersitz auf den Fußboden und hörten einige alte Platten durch. Jöckl hatte nämlich seine Leidenschaft für die gute alte Vinylscheibe wiederentdeckt. Für Liebhaberverhältnisse ging er allerdings recht achtlos mit ihnen um. Überall im Zimmer lagen Platten ohne Schutzhüllen herum. Am Muster im Staub auf einer Nena-LP («Fragezeichen») konnte man erkennen, dass dort bis vor kurzem (und ziemlich lange) eine Flasche gestanden hatte.

«Ej, Mann, ist echt gemütlich mit euch hier.» Jöckl räkelte sich genüsslich.

Hanna kniff ihm durch den Socken in den großen Zeh. Sie hatte das alte «Mann-ich-bin-kein-Mann»-Spiel schon lange aufgegeben. Jöckl warf sich herum und legte seinen Kopf auf ihren Oberschenkel. Auch ich streckte mich aus und postierte meinen Nacken auf Jöckls harten Schienbeinen. Aus der Stereoanlage knackten Alphaville, und ich starrte an die Decke. «Wie lange hängen wir eigentlich schon zusammen rum?»

Jöckl brummte: «Seit ’ner halben Stunde vielleicht, wieso?»

«Nein, ich meine, wie lange sind wir schon befreundet, wir drei? Seit vier Jahren? Nee, quatsch, länger, oder?»

«Klar, länger», sagte Hanna und nahm zum Zählen die Finger zu Hilfe. «Fast fünf Jahre.»

«Wie das wohl wird, wenn wir erst mal alle Abi gemacht haben?», fragte ich.

«Daran will ich gar nicht denken.» Hanna winkte ab. «Wahrscheinlich zerstreut es uns in alle Himmelsrichtungen.» Endzeitstimmung legte ihren grauen Schleier über Jöckls fusseligen Teppichboden.

«Dann müssen wir uns halt jedes Wochenende besuchen», warf ich ein.

Jöckl schnaubte: «Macht euch nix vor, Mann. Wenn wir erst mal im Job sind, sehen wir uns höchstens an Ostern und Weihnachten. Das ist nun mal so.»

Ich wurde nervös: «So ein Quatsch. Wenn man will, dann sieht man sich auch öfter.»

Hanna blieb auf dem Teppich: «Aber bis dahin haben wir ja noch über zwei Jahre Zeit ... Jöckl, die Platte ist zu Ende.»

«Och, mir egal, ich lieg gerade so gut», brummte Jöckl und kuschelte seinen Kopf fest an Hannas Oberschenkel.

Moment mal! Eigentlich fand ich es wunderschön, wie zärtlich wir drei miteinander umgehen konnten. Dass Jöckl seinen Kopf allerdings derart fest an Hanna pressen musste, fand ich blöd. Nein, nicht blöd: unpassend, indiskret, völlig DANEBEN – da neben Hannas Intimbereich. Wir waren doch bitte schön drei normale Freunde. Platonisch und so. Dass wir Hanna zur Begrüßung ein Küsschen auf die Wange gaben, fand ich angemessen. Jöckl und ich umarmten uns schließlich auch immer kurz zum Abschied. Aber ich wäre niemals auf die Idee gekommen, meinen Kopf derart fest in Hannas Schoß zu pressen. Und jetzt musste ich mich hier unten mit Jöckls harten Schienbeinen begnügen!

Ich checkte nochmal die Lage. Jöckl hatte die Augen geschlossen und lächelte sanft. Na toll! Ich war genervt. Die ganze Stimmung war flöten.

«Was ist jetzt mit der beknackten Platte? Drehst du die jetzt um oder nicht, Jöckl?»

«Nö, hab ich doch gesagt. Mach du doch, Mackl. Oder weißt du nicht mehr, wie das geht?»

Alles klar, ein Rededuell. Das konnte er haben.

«Ich denke gar nicht daran. Schließlich liege ich gerade genauso gemütlich wie ihr», pampte ich.

Das war nicht sonderlich originell und dazu noch zur Hälfte gelogen. Ich lag sauungemütlich, Jöckls Schienbeine waren als Kopfstütze eine dramatische Fehlkonstruktion. Ich musste an Geschichte bei Dr. Feigschneider denken: «Im Mittelalter ist so manches Hausschwein post mortem noch zum Eislaufstar geworden.» – Dank seiner Schienbeine nämlich, die als Schlittschuhkufen Verwendung fanden und deshalb bis heute «Eisbein» genannt werden.

Ich hatte meinen Kopf also auf Eisbein gebettet – und das betrübte mich. Bloß, wenn ich mich jetzt bewegte, würde es garantiert heißen: «Wo du sowieso schon stehst, kannst du gleich die Platte umdrehen.»

Also blieb ich reglos liegen, ignorierte Jöckls Eisbeine in meinem Nacken, schloss die Augen und lauschte der knackenden Endlosschleife der LP. Aber ich konnte mich einfach nicht entspannen: Ich: Schienbein. Jöckl: Innenseite Oberschenkel. Hallo? War mir irgendetwas entgangen? Lief da was zwischen Jöckl und Hanna? Kontrollblick in Richtung Schenkel-Kopf-Verbund. Jöckl lächelte immer noch sanft. Dämlich, wie ich fand. Hanna hatte die Augen geschlossen und streichelte – Jöckls linke Hand!

Der Schock katapultierte mich innerhalb einer Sekunde in den Stand. Die anderen beiden rissen die Augen auf. Hanna quiekte erschrocken und zog ihre Hand von Jöckls Hand. Der: «Ach, wenn du sowieso gerade stehst, kannst du auch gleich die Platte –»

«Was wird hier gespielt, verdammt?», polterte ich und wollte Klartext hören.

Hanna stotterte: «A-alphaville.»

A-alphaville! Die hatte Nerven! «Red keinen Mist!» O ja, ich war sauer.

«Ej, Mann! Was ist los? Natürlich Alphaville», Jöckl blinzelte verwirrt. Er richtete seinen Oberkörper auf und stützte sich auf seine Hand, auf DIE Hand, die Hand, die eben noch von Hannas Hand gestreichelt worden war. Wie sollte ich auf diese Springflut von Unschuld reagieren?

Mit zitternden Fingern nahm ich die Nadel von der Platte und beobachtete aus dem Augenwinkel, wie Hanna und Jöckl sich fragend ansahen. Entweder hatten die beiden ihr Taschengeld heimlich in Schauspielunterricht investiert, oder sie waren sich wahrhaftig keines Vergehens bewusst.

Am liebsten hätte ich eine von den versifften LPs genommen und sie den beiden an den Kopf gepfeffert. Doch da solche Aktionen häufig zu Verletzungen führen, ließ ich es sein. Stattdessen ballte ich meine linke Faust, bis zwei oder drei Knöchel knackten. Das war mir bislang noch nie gelungen! Außer unfreiwillig beim Volleyball.

Die Platte dudelte los. Bevor ich ausmachen konnte, welche Musik ich da blind aufgelegt hatte, verfing sich die Nadel schon in einem Kratzer. Eine Frauenstimme leierte «Daaas war ei- daaas war ei- daaas war ei- daaas war ei- daaas war ei-…». Ich stand da und dachte: «Daaas war ein riesiger Dreck mit dem Händchenhalten, daaas war ein Vertrauensbruch, daaas war einmal eine tolle Clique, daaas war einfach zu schön, um für immer wahr zu sein.»

«Kannst du die Nadel mal umsetzen, bitte?» Jöckl rieb sich die Augen. Und Hanna guckte, als habe sie gerade dasselbe sagen wollen.

Ich stöhnte genervt und trat mit der Fußspitze gegen den

Tisch, auf dem der Plattenspieler stand. Die Nadel kreischte über die Platte und landete irgendwo in einem anderen Song. Das hatte ein bisschen Spaß gemacht. Mal sehen, was Jöckl nun sagen würde. Ob er wieder ach so verliebt lächeln würde?

«Was soll der Scheiß, Mann?», rief Jöckl empört. «Was ist denn los mit dir, Mackl? Können wir jetzt bitte einen coolen Abend haben?»

«Oh, einen coolen Abend haben», murmelte ich in mich hinein. «Jetzt weiß ich ja, was *ihr* cool findet. Warum fahrt ihr nicht einfach zu zweit ins Wirtshaus? Exklusiver geht's doch gar nicht.»

Ich kann heute nicht mehr beschwören, dass mein Tonfall freundlich klang. Ich hoffe es aber sehr. Wie dem auch sei, Hanna sagte jedenfalls: «Sag mal, Jöckl, hat deine Mutter etwa Drogen in den Kuchen gebacken, und Mackl ist auf einem Horrortripp, oder was? Wieso bist du denn so schlecht drauf, Mackl?»

Ich beschloss, ihr die Antwort schuldig zu bleiben: «Wollen wir langsam mal los?», sagte ich mit einem vorwurfsvollen Blick auf die Uhr.

«Sehr wohl, Herr Werner», quakte Jöckl. «Guck nicht so blöd auf die Uhr.»

Na, wunderbar. Meine schlechte Laune hatte die beiden noch enger zusammengeschweißt. Eine Fehlentwicklung!

Ich verspürte den Drang, die Situation aufzulockern, klaubte einen Kuchenstreusel vom Boden und zielte auf Jöckls Hinterkopf. Er drehte sich um, sah mich an, ich versuchte zu grinsen, aber Jöckl hatte sich schon wieder abgewandt und schüttelte nur stumm den Kopf.

Den Weg zum Auto legten wir schweigend zurück. Die beiden Unschuldslämmer schienen tatsächlich zu meinen,

ICH sei hier derjenige, der die Stimmung ruiniert hatte. Ich ließ mich auf die Rückbank fallen, griff nach dem Gurt und fummelte die Schnalle aus dem Spalt zwischen Sitz- und Rückenpolstern. Es roch textilich muffig, wie nur VW-Polsterbezüge riechen können.

Den Motor zu starten gelang unserem Fahrer diesmal im ersten Anlauf. Aber die Anfahrerei, die Anfahrerei! Immer wieder bewies Jöckl sein besonderes Talent, Kupplung und Gas genauso auszutarieren, dass der Wagen bebte, sich schüttelte und stotterte, ohne je ganz auszugehen (was für Insassen und Karosserie sicherlich gesünder gewesen wäre). Stattdessen holperten wir in einer Weise über die Straße, die ich technisch nicht für möglich gehalten hätte. Es war ein Phänomen! Hanna schrie vor Vergnügen, und selbst Jöckl huschte dann und wann ein nervöses Lächeln übers angestrengte Gesicht.

Ich selbst lachte nicht. Und nur um das klarzustellen: Ich spielte nicht die beleidigte Leberwurst. Ich war wirklich eine. Eine beleidigte Außenseiterleberwurst. Jawohl! Vielleicht habe ich schon erwähnt, dass ich ein eifersüchtiger Mensch war, in jungen Jahren. Bitte sehr, hier haben Sie es wieder.

Nachdem Jöckl und die Maschine eins geworden und gemeinsam in den vierten Gang hochgefahren waren, schnurrten wir geschmeidig über die Landstraße. Nun erinnerten sich auch Jöckl und Hanna wieder daran, dass die Stimmung offiziell vergiftet war. Jetzt lachte keiner mehr, und es sagte auch keiner mehr ein Wort.

Ich sah, wie Jöckl mich von Zeit zu Zeit im Rückspiegel beobachtete. Bei Blickkontakt glotzte er sofort wieder auf die schnurgerade Landstraße. Ich guckte in den Sternenhimmel und bemitleidete mich selber.

Plötzlich quietschten die Reifen. Ich spürte einen kräftigen Ruck, der Sicherheitsgurt blockierte, gleichzeitig rutschte der Wagen nach rechts an den Fahrbahnrand. Hanna quiekte. Der Schotter des Seitenstreifens toste unter den Rädern. Dann stand der Wagen still. Hanna und ich kippten ruckartig in die Polster zurück.

Ich suchte noch nach einem Hindernis auf der Fahrbahn, das eine solche Vollbremsung gerechtfertigt hätte, da fuhr Jöckl schon herum und fauchte mich an: «Ich will jetzt verdammt nochmal wissen, was hier los ist, Mann! Unsere erste Fahrt ins Wirtshaus, und alle sind am schmollen. Da hab ich echt keinen Bock drauf, ej!»

Auch Hanna drehte sich in ihrer dicken Winterjacke knarzend zu mir um. Jöckl schaltete die Innenbeleuchtung ein. Seine Augen fixierten mich im Rückspiegel.

«Ich pack es echt nicht», fing ich an. «Wer ist denn hier der Idiot? Gerade eben sprechen wir davon, wie lange wir schon als Freunde ein Team sind, und –», ich musste schlucken, denn jetzt platzten Kragen und Knoten, das Fass lief über, es schlug dreizehn, und die Katze wollte aus dem Sack: «Und zehn Minuten später haltet ihr heimlich neben mir Händchen wie ein Liebespaar. Für wie blöd haltet ihr mich?» Mein Hals pochte.

Auf einmal blickten die Augen im Spiegel nicht mehr mich an, sondern in Jöckls Schoß. Hanna guckte Jöckl an, dann wieder mich. Dann guckte Jöckl Hanna an, aber da schaute sie ja gerade zu mir. Und ich zu ihr. Dann sagte Hanna ruhig und freundlich: «Ja und? Wir haben Händchen gehalten. Nur so aus Spaß. Jöckl, da ist doch nichts dabei, oder?»

Jöckl schüttelte langsam den Kopf und stammelte mit gesenktem Blick: «Nein, ähm, das bedeutet ja nicht, dass wir jetzt gleich ein Paar sind. Das bedeutet es natürlich nicht.»

Was meinte er denn mit *nicht jetzt gleich*? Das machte

mich nicht gerade ruhiger. Hanna offenbar auch nicht. Sie schnallte sich los, lehnte sich zu Jöckl herüber, nahm sein Gesicht in ihre Hände und dann – dann presste sie ihm einen fetten Kuss auf den Mund! Jöckl fielen fast die Augen in den Fußraum, so weit riss er sie auf.

Mit einem lauten Schmatzer lösten sich ihre Münder wieder voneinander, und ich dachte an Selbstmord. Allerdings reichte die Zeit nicht für ausgefeiltere Pläne, denn Hanna versuchte sich nun zwischen den Vordersitzen hindurch zu mir nach hinten zu quetschen. Sie hauchte: «Komm mal her!»

Wie in Trance beugte ich mich vor. Hanna legte ihre Hand um meinen Nacken, und dann spürte auch ich ihre Lippen auf meinen. So schmeckte Hanna also – wobei ich nicht sicher sagen konnte, wie viel davon nach Jöckl schmeckte.

Es ploppte zart, der Kuss war zu Ende, ich sank in den Sitz. Jöckl starrte mich ungläubig im Spiegel an. Ich konnte sehen, wie er seine Lippen leckte.

Hanna war wieder auf den Beifahrersitz geklettert. «So», keuchte sie, «jetzt mal zum Mitschreiben. Ihr beiden seid total süß irgendwie, aber sexuell echt null mein Fall. Wahrscheinlich weil wir uns schon so lange kennen. Das mit dem Kuss musste vielleicht sein, damit wir das auch mal hatten, miteinander. Aber lasst uns bloß nicht anfangen mit irgendwelchen Liebesgeschichten. Wir bleiben eine sexfreie Clique. Okay?»

Hanna, die emotionale Intelligenzbestie. Jöckl und ich antworteten, wie die Zuschauer eines Kasperletheaters: «Jaaaaaaa!»

Dann legte ich ein «Klar, das ist sicher besser so» obendrauf und dachte: Das ist garantiert besser so. Endlich fiel mir der Stein vom Herzen, der in Jöckls Zimmer auf mich draufgerollt war.

Jöckl grinste: «Mann, Mackl, und ich dachte schon, du wärst wegen was Ernstem sauer.»

Der Abend war gerettet, die Clique war gerettet, meine Welt war gerettet. Selig kurbelte ich das Fenster herunter. Während der heißen Szene zu dritt waren doch glatt die Scheiben beschlagen. Und damit alles fair ablief, schob ich noch nach: «Einmal Händchenhalten habe ich aber noch gut, Hanna.»

Als wir um kurz vor zwölf das Wirtshaus erreichten, mussten wir feststellen: Wir waren nicht die Einzigen, die an diesem Abend in der Einöde tanzen wollten. Der matschige Feldweg vor dem Wirtshaus war vollkommen zugeparkt.

Jöckl kroch im Schneckentempo an der Blechschlange entlang, bis wir schließlich doch noch eine Lücke im Morast fanden. Zwischen einem alten Opel Kadett und einem ziemlich neuen Volvo. Offenbar waren auch andere Eltern den Überredungskünsten ihrer Sprösslinge erlegen und hatten lieber den Zündschlüssel herausgerückt, als über der Diskussion das beim «SAT.1 Glücksrad» gesuchte Lösungswort zu verpassen:

A _ T O V _ R L _ I H («Ich kaufe ein E!»).

Da die Parklücke nicht sonderlich viel Platz bot und seitlich rückwärts einparken im Dunkeln auf einem durchfurchten Feldweg für Anfänger einer Feuerprobe gleichkam, stiegen Hanna und ich aus, um Jöckl einzuweisen.

Als der Wagen schließlich in seiner Lücke stand, konnten wir die Kupplung riechen. Aber das war nur insofern relevant, als wir uns herrlich darüber lustig machen konnten. Wir nahmen den achweißüberströmten Jöckl zwischen uns und betraten das Wirtshaus.

Von der ersten Sekunde an schwankte ich, ob ich den Laden verabscheuen durfte oder an meiner Einstellung arbeiten musste. Ich versuchte zunächst, alles ganz großartig zu finden: die miese Luft, den klebrigen Boden, die bunten Funzeln an der niedrigen Decke, von denen dicke, staubbedeckte Spinnweben herabhingen – alles ganz großartig.

Und dann die Gäste. Auch großartig: langhaarige Zausel mit Figurproblemen (entweder fett wie Schlachtplatte oder lebensbedrohlich dünn). Einträchtig ließen sie die Köpfe hängen und schlurften erst zwei Schritte vor und dann wieder zwei Schritte zurück. Hier galt das als Tanzen. Heißa! Ganz großartig.

Großartig wollte ich auch den DJ finden, der abwechselnd Melissa Etheridge und Héroes del Silencio spielte. Und ich wollte lernen, beim Pinkeln Notizen an die Klowand zu schreiben wie «Fuck the Police» oder «Verweigert die Volkszählung», wobei erster Aufruf wohl nicht wörtlich zu nehmen war und zweiter schon mindestens vier Jahre an der Wand gestanden haben musste.

Ich überlegte, was ich beitragen könnte. Mir fielen jedoch nur Sprüche ein, die ich vor Jahren auf Hanuta-Aufklebern gelesen hatte, und ich verwarf die Idee, zumal ich keinen dicken Filzstift dabeihatte. Ich hatte auch keinen dünnen Filzstift dabei. Ich hatte überhaupt keinen Stift einstecken.

Aber der Gedanke an die Hanutas hatte mir Lust auf Schokolade gemacht. Und weil ich mich ohnehin mit Jöckl solidarisch zeigen wollte, der als Fahrer keinen Alkohol trinken durfte, verzichtete ich auf das Bier, das ich für die Vier-Mark-Verzehrmarke bekommen hätte, und tauschte den Bon gegen vier Erdnussriegel ein. Die karamellisierten Erdnüsse knackten dumpf in meinem Mund. Hören konnte ich sie nicht. Aber ich wusste ja, wie sie klingen mussten – die süßen Vertrauten in der schummrigen Fremde. Apropos: Wo waren eigentlich Kalle, Olivia und diese Danni?

Wir wühlten uns durch die frisurenschwingende Masse

und hielten Ausschau. Als ich mir gerade die nasse Haarsträhne eines Hippiemädchens aus dem Mund zog, entdeckte ich die drei: Kalle hielt eine Bierflasche in der Hand, Olivia und Danni tranken Cola. Wir schrien uns höflich zur Begrüßung in die Ohren, dann stellten wir uns an die Tanzfläche. Melissa Etheridge wummerte in den Boxen und brüllte nach Wasser. Und auch ich schwitzte sehr und sehnte mich nach Frischluft.

Mittels Zeichensprache konnte ich die anderen schließlich überreden, zur Erholung vor die Tür zu gehen. Wir stellten uns kreisförmig vor dem Eingang auf.

«Du bist also Danni», sagte Jöckl zu Olivias Kusine.

«Ja, wieso?», fragte sie.

«Ja, nee, nur so. Bist ja sozusagen neu dabei», antwortete Jöckl.

«Was heißt neu, ich bin schon bestimmt zwanzigmal hier gewesen», meinte Danni.

«Ja, ich meine ja auch neu bei uns dabei jetzt», sagte Jöckl.

Olivia warf ein: «Na ja, sie ist seit über siebzehn Jahren meine Kusine. Für mich ist sie also gar nicht neu.»

«Hast du deinen Führerschein in den USA gemacht?», fragte Jöckl betont lässig.

«Hä, wieso?» Danni kräuselte ihre Augenbrauen.

«Ja, ich dachte, weil du siebzehn bist und schon einen Führerschein hast», verteidigte sich Jöckl.

Olivia erklärte: «Danni ist neunzehn, ich bin siebzehn. Deshalb ist sie erst seit siebzehn Jahren meine Kusine.»

Ich war überrascht: «Echt, Danni, du bist schon neunzehn? Ich dachte, du bist achtzehn.»

«Wie kommste denn darauf?», fragte Danni in einem Ton, als wäre sie nur von Idioten umgeben.

«Ach, weiß auch nicht.» Ich gab den Zerstreuten. «Wahrscheinlich weil du einen Führerschein hast, aber den hat man ja mit neunzehn auch noch, schon klar.»

Danni warf ihrer Kusine Olivia einen sehr skeptischen Blick zu. Zu Recht, ich geb's zu. Das Gespräch war nicht schön für Jöckl und mich. Warum hatte nicht wenigstens ich meine Klappe gehalten? Ich guckte heimlich auf die Uhr: Es war halb zwei. Olivia hatte Gänsehaut an den Armen, und ich sah, dass auch Jöckl auf Olivias Arme starrte. Dann kriegte er ebenfalls Gänsehaut.

Schließlich gingen wir wieder rein in die Waschküche und tanzten im Schweiße unserer Angesichter zu Melissa Etheridge. Ich versuchte, die böse Miene zum bösen Spiel zu verbergen – und doch kochte in mir ein vernichtendes Urteil hoch: Dieser Schrottladen, dieses Dreckloch würde niemals mein Zuhause werden!

Gleichzeitig war mir klar, dass das Wirtshaus in Zukunft häufiger auf dem Programm stehen könnte. Dass es von nun an jedes Wochenende auf dem Programm stehen würde, wäre mir allerdings nicht im Traum eingefallen.

Um kurz vor drei kam Hanna endlich auf die Idee, nach Hause zu wollen. Mir kam das sehr gelegen, denn so brauchte ich nicht den Spielverderber zu geben. Kalle beriet sich kurz mit Olivia und Danni, dann teilte er uns mit: «Wir bleiben noch ein bisschen. Kommt gut heim.»

Als Hanna, Jöckl und ich am Auto ankamen, stellte Jöckl zu seinem Entsetzen fest, dass anstelle des alten Kadetts nun ein Fiat Panda «geparkt» war (die Betonung liegt hier auf den Anführungszeichen). Der Panda stand krumm und schief und direkt an Jöckls Auto dran. Dabei klaffte vorne eine rund zwei Meter große Lücke. Der Albtraum jedes Führerscheinneulings!

Wir begutachteten die Situation hinter dem Auto. Bis

zum Volvo blieb rund ein Dreiviertelmeter. Jöckl hatte eine reelle Chance. Hanna und ich postierten uns vorne und hinten als Rangierhelfer.

Jöckl war nervös, es klappte alles nicht mehr so gut wie noch einige Stunden zuvor. Er legte den Rückwärtsgang ein, ließ den Motor aufheulen und setzte langsam zurück. Ich hielt meine Arme hoch und zeigte an, wie viel Platz ihm noch blieb.

Bei rund zwanzig Zentimetern knüppelte Jöckl den Vorwärtsgang rein und setzte mit Vollgas nach vorne, bis Hanna abwinkte. Sie hielt den Daumen hoch. Gutgegangen. Nun war ich wieder dran.

Jöckl fuhr auf dreißig Zentimeter an den Volvo heran, dann gingen schon wieder die Rückfahrleuchten aus. Viel zu früh, das war ja wohl klar! Ich trat ans Fahrerfenster. «Wenn du ein bisschen weiter nach hinten fährst», sagte ich, «dann brauchst du nicht so oft hin und her zu rangieren. Vertrau einfach meinen Händen.»

Ich hielt die Hände hoch und zeigte also wieder rund dreißig Zentimeter an. Da rief Hanna herüber: «Aber nicht so männlich übertreiben, nach dem Motto: Das sind 22 Zentimeter!» Dabei zeigte sie mit Daumen und Zeigefinger höchstens drei Zentimeter an – als alberne klischeehafte Anspielung auf das Verhältnis von Männern zu ihrer Männlichkeit. Aus heutiger Sicht abgeschmackt. Aber Anfang der Neunziger hatte der Gag durchaus einen gewissen Unterhaltungswert.

Jöckl konnte schon damals nicht darüber lachen. Er war der Mann mit der Lizenz zum Fahren und leider eine Doppelnull: Die Kupplung qualmte, der Wagen rollte langsam an, und ich bewegte meine Hände aufeinander zu. Zwanzig Zentimeter, fünfzehn, zehn. Stopp. Geht doch, wollte ich gerade denken – da hopste der Wagen mit einem Mal nach hinten und drückte sich tief in die Stoßstange des Volvo. Das Blech des Nummernschildes verbog sich knirschend zu einem weiten U.

Ich schlug die Hände zusammen auf Abstand null. Was hätte ich sonst tun sollen?

Jöckl setzte vor, rüttelte hektisch an der Handbremse und stolperte mit panischem Blick aus dem Auto.

«Was ist? War ich an dem Volvo dran?»

Ja, das konnte man so sagen.

Jöckl wimmerte. Zum Glück war der Passat noch ganz. Anfängerglück im Anfängerunglück. Jöckl wimmerte trotzdem weiter.

«Ist doch nicht so schlimm, herrje», sagte Hanna. «Das Ganze kostet vielleicht dreihundert Mark in der Reparatur oder so. Das zahlt bestimmt die Versicherung.»

«Ja, toll. Und mein Vater kriegt diese komischen Versicherungsrabatte gesenkt oder steigt da irgendwie hoch in dieser Freiheitsschadensdingsbums. Den Wagen leiht der mir doch nie wieder!»

Das könnte stimmen, das sahen wir ein. Hanna kam auf den Punkt: «Wir müssen die Polizei rufen.»

Jöckl schreckte zusammen und flüsterte: «Warte, warte, warte. Meint ihr wirklich, das kostet nicht mehr als dreihundert Mark?»

«Kommt hin», schätzte ich und nickte beschwichtigend, obwohl ich wie Hanna nicht die große Ahnung hatte.

«Okay, dann weg hier!», rief Jöckl.

«Was?», riefen Hanna und ich unisono.

«Wir fahren weg. Ist mir jetzt wurscht. Die dreihundert Mark soll der Bonze da selber bezahlen. Das wird der sich mit diesem fetten Auto ja wohl leisten können.»

«Ist das nicht Fahrerflucht?», gab ich beunruhigt zu bedenken.

«*Ich* wollte ja vorwärts, aber *du* wolltest, dass ich noch weiter rückwärtsfahre. Das war ja wohl deine Idee, Mackl!»

«Moooment! Ich habe angezeigt: Zehn Zentimeter, Stopp! Dass du einfach weiterbretterst, da kann ich null dafür.»

Jöckl wurde unsachlich und brüllte: «Ich nehme dich echt nie mehr mit, Marcus!»

«Nenn mich nicht *Marcus*!», tobte ich zurück. Denn dass er mich bei meinem richtigen Namen nannte, diente bloß dem Aufbau seiner Drohkulisse.

«Ich nenne dich Marcus, sooft und wann ich –»

«Haltet eure FRESSEN!», kreischte Hanna und presste die Hände an die Ohren.

Wir hielten augenblicklich unsere Fressen. Hanna fuhr fort: «Ich hab's ja geahnt. Ihr Männer wisst einfach nicht, wie entsetzlich wenig zehn Zentimeter sind.»

Jöckl konnte wieder nicht darüber lachen, und ich durfte deshalb auch nicht. Stichwort «Deeskalation».

Aber Jöckl schien ohnehin alles egal zu sein. Er sprang ins Auto. Ich sah Hanna an, Hanna sah mich an – und zuckte mit den Schultern.

«Hanna, echt, da mache ich nicht mit», flüsterte ich.

«Dann bleib halt hier.» Hanna drehte sich um und kletterte auf den Beifahrersitz.

Jöckl startete den Wagen, ließ den Motor demonstrativ aufheulen, dann polterten die beiden über den Feldweg davon. Die ließen mich einfach so stehen!

«Wehe, ihr haltet nochmal Händchen!», rief ich verzweifelt hinterher. Das war mir wirklich nur so rausgerutscht und augenblicklich peinlich. Ehrlich!

Als der Wagen außer Sicht war, rief ich denselben Satz probeweise nochmal und versuchte die Lautstärke zu imitieren, um besser einschätzen zu können, ob man diesen blöden, im Affekt geäußerten Spruch im Auto hatte verstehen können: «Wehe, ihr haltet noch einmal Händchen!»

Ich war immer noch unsicher, musste die Versuchsreihe jedoch abbrechen, weil mir zwei Typen in schwarzen Lederhosen und Motorradstiefeln entgegenkamen.

Mit brennenden Bronchien rannte ich zum Wirtshaus zurück. Was war das nur für ein Krisenabend? Der Jöckl-Mackl-Freundschaftspakt war bis ins Mark erschüttert. Jöckl hatte mich sogar Marcus genannt!

Ich stürmte in den Laden und suchte Kalle, Danni und Olivia, um ihnen mit Händen und Füßen weiszumachen, ich hätte es mir anders überlegt und wolle nun doch noch ein bisschen tanzen. Danni schrie mir ins Ohr: «Ausgerechnet du! Ich dachte, du findest den Laden kacke …» – Ironie der Ironien!

Als Danni eine halbe Stunde später endlich das Signal zum Aufbruch gab, steckte ich bis zum Hals im Gedankensumpf: Hatte ich Hanna und Jöckl im Stich gelassen? Hatte ich? Hätte ich mitfahren sollen? HÄTTE ICH! Auf jeden Fall hätte ich den beiden nicht nochmal Gelegenheit zum Händchenhalten geben sollen.

«So, der da vorne isses», sagte Danni und zeigte auf ihren Wagen.

Ich keuchte unwillkürlich. Einige Meter vor uns stand der Volvo. Das krumme Nummernschild schimmerte im Schein einer Straßenlaterne. Als wir uns dem Wagen näherten, betete ich in aller Form, keiner würde die Delle entdecken. Ich preschte vor und versuchte, mich unauffällig in die Achse *Danni, Olivia, Kalle* ↔ *Nummernschild* zu manövrieren.

«Hast du es eilig, oder was?», fragte Kalle.

«Nö», fröstelte ich gekonnt, «aber mir ist ein bisschen kalt, und ich freue mich, wenn wir loskommen.»

Zum Beweis hüpfte ich ein bisschen hin und her – und gab dabei wohl für einen Sekundenbruchteil den Blick frei auf – nun ja, ich sage nur: U.

«Wow, Danni», Kalle pfiff durch die Zähne. «Hast d-du die Delle in die Stoßstange gefahren, oder wer war der Unfähige?»

Danni fuhr herum: «Welche Delle?»

Mein Mund wurde trocken.

«Hier vorne», sagte Kalle. «Das Nummernschild sieht aus wie eine Banane.»

Am liebsten hätte ich gerufen: «Quatsch. Jetzt übertreib mal nicht!» Stattdessen biss ich demonstrativ gelangweilt den Nagel meines linken Ringfingers in Stücke. Wichtiger denn je: «Deeskalation».

Danni ging wortlos vor der Kühlerhaube in die Knie. Nach ein paar Sekunden schnellte sie wieder hoch: «Das gibt es echt nicht! Irgend so ein Schwein hat die Stoßstange geschrottet und ist einfach abgehauen. Jetzt kann ich meinem Vater den Wagen kaputt auf den Hof stellen. O Mann», jammerte sie, «den darf ich garantiert nie mehr ausleihen!»

Ich versuchte mich in Luft aufzulösen.

Danni jammerte weiter: «Ich hör schon meinen Vater: Daniela, das war das allerletzte Mal! Auf euren chaotischen Sammelfahrten musste der Wagen ja irgendwann mal zu Schrott werden.»

«Klingt ganz nach Onkel Dietrich, das gebe ich zu», sagte Olivia und stieg in den Unfallwagen.

«Zur Not müssen wir das Geld halt teilen», sagte Kalle. «Dann gehen die ersten Tage vom Ferienjob in den Weihnachtsferien halt aufs Auto.»

Ich sah mich schon finanziell für Jöckls Unfall aufkommen und biss mir auf die Unterlippe. Da war sie wieder: die Ironie der Ironien!

«Stimmt. Geht halt nicht anders.» Olivia seufzte. «Da hängen wir alle mit drin. Außer Marcus vielleicht, der fährt ja nur die halbe Strecke. Dann zahlt der halt nur fünfzig Prozent.» Sie schmunzelte.

Danni sagte nichts mehr. Sie gab Gas und brachte uns nach Hause.

«Du lügst!», rief Jöckl ins Telefon, als ich ihn am nächsten Morgen über die verrückte Verkettung der Zufälle in Kenntnis setzte.

«Kein bisschen, Jöckl. Und wenn du nicht gestehst, dann zahlen wir anderen. Gewissensentscheidung. Du hast die Wahl.»

«Verpfeifst du mich?», fragte er.

«Eins ist ja mal klar», kicherte ich. «Wenn du die Zähne nicht auseinanderkriegst, dann übernimmst du auf jeden Fall meinen Anteil, klar?»

«Okay. Einverstanden.»

Das ging schnell – und führte in die falsche Richtung. Ich versuchte eine moralische Kehrtwendung: «Mann, trotzdem, Mensch: Du musst gestehen. Das ist Ehrensache.»

Schweigen am anderen Ende der Leitung. Dann sagte Jöckl: «Ich ruf dich später nochmal an. Muss nachdenken, Mann.» Er legte auf.

Eine Minute später klingelte das Telefon. Jöckl war dran: «Okay, Krisensitzung: Du, Kalle, Olivia, Hanna und ich an einem Tisch. Dann kläre ich alles auf, ej.»

Ich war erstaunt: «Willst du es so dramatisch machen?»

«Wieso dramatisch? Es sind alle dabei, die dabei waren. Außerdem seid ihr meine Freunde.»

«Und was ist mit Danni?»

«Scheiße, ja. Die muss natürlich auch dabei sein. Um vier im Café Eule. Ich koordiniere das jetzt.»

«Gut, Jöckl. Bin echt erleichtert.»

«Ich nicht», sagte Jöckl und lachte angestrengt. «Bis später, Mackl.»

«Äh, noch eine Frage.»

«Ja?»

«Kannst du eigentlich mit der Abmachung leben, dass zwischen uns und Hanna nix läuft?»

«Klar, Mann. Ich will nix von Hanna, du willst nix von Hanna. Und sie will nix von uns. So einfach müssten alle meine Probleme zu lösen sein.»

Ach, *so* sah er das!

16 Uhr, Café Eule: Alle waren gekommen und über alle Maßen gespannt. Eine so eilig einberufene Runde hatte es noch nie gegeben. Da musste etwas Großes dahinterstecken. Kalle flüsterte mir ins Ohr: «Wehe, der gibt jetzt die Verlobung mit Olivia bekannt. Oder heiratet er dich?»

Kalles Feuerwerk der guten Laune sprang auf Hanna über: «Wie kommen wir denn nun zu der Ehre, dass du uns alle zu Kaffee und Kuchen einlädst, Jöckl?»

Hanna war natürlich eingeweiht und kostete ihren Wissensvorsprung genüsslich aus. Jöckl guckte irritiert, räusperte sich dann umständlich und fing an: «Wie ich gehört habe, hattet ihr gestern einen Unfall am Wirtshaus.»

«Unfall ist gut», fauchte Danni. «Mein Alter will Anzeige gegen unbekannt erstatten – wegen unerlaubten Entfernens vom Unfallort.»

Jöckl wurde bleich. «Ja, also, Anzeige gegen unbekannt. Das mit dem ‹unbekannt› könnt ihr streichen.»

«Jetzt sag nicht, du kennst den Arsch!»

Jöckl starrte auf die weiße Tischdecke, schluckte und blickte auf: «Der Arsch bin ich.»

Bravo, Jöckl!

Noch am Abend desselben Tages bestritt Jöckl seinen Gang nach Canossa (Canossa steht hier für Onkel Dietrich) und kam kurz nach acht bei mir zum Rapport vorbei.

«Er hat mich behandelt wie einen Deppen. Das war schon sehr demütigend.»

Ich hakte nach: «Ja, aber war er denn mit deiner Entschuldigung einverstanden? Was ist mit der Strafanzeige?»

«Nix. Eigentlich war er ganz angetan, dass ich so ehrlich bin, und meinte, so aufrichtige Leute trifft man heute nur noch selten. Dann hab ich ihn gebeten, sich bei Danni zu entschuldigen, weil er ihr diese Szene gemacht hat.»

Ich riss die Augen auf: «Bist du irre? Und dann?»

«Dann ist die Stimmung ein bisschen gekippt. Er meinte, ich solle mich nicht einmischen – in die Familien*interna*. Ja, und dann wollte er wissen, was ich mir denn überlegt hätte, wie ich meine Schuld abarbeiten wolle – weil ich einfach abgehauen bin und so.»

«Echt? Scheiße. – Und dann?»

«Na ja, da hab ich kurz überlegt und dann vorgeschlagen, einmal in der Woche den Wagen zu waschen.»

«Jede Woche? Und wie lange?»

«Bis er sauber ist, Mann.»

«Ja, ich meine, wie viele Wochen?»

«Ein halbes Jahr.»

«Wie bitte? Von November bis April, ausgerechnet im Winter? Na, dann viel Spaß.»

«Ach, hör auf. Aber es hat auch was Gutes: Olivia hängt ab und zu bei Danni rum. Und da ist Kalle oft nicht dabei. Ha!»

«Kameradenschwein.»

«Ej, war nicht so ernst gemeint.»

«Aber ein bisschen schon, oder?»

Jöckls Ohren färbten sich rot.

Zwei Monate später hatte sich Jöckl tatsächlich ins Herz einer ganz bestimmten Dame schamponiert. Die beiden wurden das Bühler Traumpaar. Und für lange Zeit passte nicht mal ein Blatt Papier zwischen die beiden. War es Olivia? Nein. Da war Kalle vor. Danni? Also bitte. Da waren wir alle vor.

Na gut, man kann es nicht erraten: Es war Nicole, Dannis jüngere Schwester und Olivias jüngste Kusine. Sie war gerade sechzehn geworden, als Jöckl ihr in Onkel Dietrichs Auffahrt zum ersten Mal in die Augen sah. Zwischen den beiden blitzte es wie eine Radarfalle bei Tempo 240 in der Spielstraße. Ein regelrechter Glückstreffer für Jöckl. Und auch für Hanna und mich. Unser Dreierteam wurde zu einem Viererteam, einfach so, ohne Hauen und Stechen.

Netter Nebeneffekt für Jöckl: Nicoles Vater erließ dem potenziellen Schwiegersohn ab Mitte Januar seine Autowasch-Schulden. Da erging Gnade vor Recht.

Netter Nebeneffekt für mich: Nicole hasste das Wirtshaus. Bei Abstimmungen «Wirtshaus ja oder nein» ergab sich fortan ein Patt, und Nicole und ich ließen uns nie-nie-nie erweichen. Da erging Recht vor Gnade. Ha!

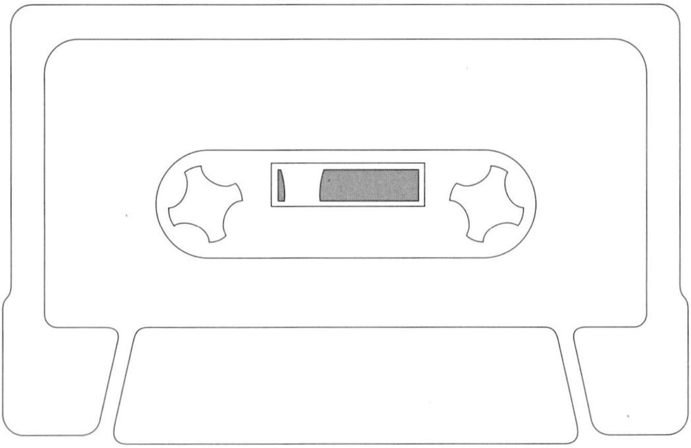

00:220

568 036 799 Sekunden machen noch keinen Mann

Anfang April, kurz vor meinem achtzehnten Geburtstag, brachte auch ich endlich die Führerscheinprüfung hinter mich. (Dem gnädigen Prüfer sei ewiger Dank!) Nachdem ich in eine Straße hineingefahren war, in der laut Gesetz nur Anlieger willkommen waren, redete ich mich – wie ich fand – geschickt damit heraus, dass dort sicherlich noch die Oma meines ehemaligen Klassenkameraden Daniel wohnte, die ich etwa fünf Jahre zuvor gemeinsam mit ihm besucht hatte. (Ich hatte damals mindestens drei Minuten im Windfang gewartet, während Daniel der Guten fünf Mark für eine neue Aufnehmkassette aus den zerbrechlichen Rippen geleiert hatte.) Es könne ja wohl nicht sein, dass alte Leute keinen motorisierten Besuch mehr empfangen dürften, ereiferte ich mich. Unerhört, dass sie unter Ausschluss der Öffentlichkeit vereinsamen müssten, nur weil die StVO in diesem Punkt so herzlos gestrickt war! Und vor allem: «Wo leben wir denn?» / «Wo kommen wir da hin?» / «Ist es schon wieder so weit in Deutschland»?

Der Prüfer gab zu bedenken: «Herr Werner, wennse mehr uff die Schilder gugge däte und weniger schwätze, däts au klappe mit dem Fahre.»

Dann unterschrieb er das Formular. Die Prüfung war bestanden. Allerdings durfte ich den Führerschein noch nicht behalten. Darauf würde ich bis zu meinem Geburtstag warten müssen.

Doch bevor es so weit war, kam erst einmal der berühmte letzte Abend vor dem Geburtstag. Das bedeutete bei uns: «Blind einkaufen». Seit einigen Jahren hatte sich in unserer Clique dieses Ritual eingebürgert: Jeder spendete dem Fast-Geburtstagskind ein paar Mark. Dieses Geld durfte das Fast-Geburtstagskind dann am Nachmittag im Supermarkt für die kleine abendliche Geburtstags-Reinfeier verprassen. In diesem Jahr kam sogar noch ein Volljährigkeitsbonus obendrauf. Und der war gar nicht so übel: Hanna, Jöckl, Kalle, Olivia, Nicole und Danni brachten es zusammen auf immerhin sechzig Mark.

Der Haken? Muss denn immer alles einen Haken haben? Aber selbstverständlich! Hier bedeutete das: Zum Einkaufen bekam man die Augen verbunden und musste sich zum Vergnügen seiner Freunde blind durch den Supermarkt tasten. Wenn man Glück hatte, griff man zu Delikatem, aber es konnte natürlich auch richtig schiefgehen. Das war das Risiko, und das fanden wir halt lustig, meine Güte!

Mich traf es in diesem Jahr besonders hart. Grinsend eröffneten mir meine Freunde und edlen Spender, dass mein

Parcours durch den feinen, aber gar nicht so kleinen und vor allem neu eröffneten Supermarkt Flunderer (Claim: «Preise flach wie bei Flunderer») führen würde. Diesen Laden hatte ich bisher nie betreten, war daher ohne Vorkenntnisse und würde mich alleine auf meinen gesunden Menschenverstand verlassen müssen: am Eingang Gemüse, am Ausgang Eiskrem, Joghurts niemals im Zeitschriftenregal, kein Frischfisch zwischen den Drogerieartikeln und so weiter. Ja, ich würde mich dieser Herausforderung stellen. Ja, ich wollte in Würde vervolljährigen!

Um Punkt 19 Uhr 30 sollte es losgehen. Schließlich war Donnerstag, und das bedeutete seit anderthalb Jahren in Deutschland: Shoppen bis in die Puppen am «Langen Donnerstag». Der Laden machte wirklich und wahrhaftig erst um 20 Uhr 30 dicht.

Als um kurz vor acht mit Nicole und Jöckl auch die letzten zahlenden Voyeure aufgekreuzt waren, wurden mir vor den Toren des Flunderer feierlich die Augen verbunden. Mit einem Halstuch, das Kalle eigens dafür mitgebracht hatte. «Es geht lo-hos!», hatte er gerufen und es aus der Hosentasche gezogen – zusammen mit einem gebrauchten Taschentuch, einigen Kügelchen Kaugummipapier und einem Groschen, der auf den Asphalt purzelte und eine kleine Ehrenrunde drehte, bevor er im Gulli verschwand. Egal. Ich war guter Dinge. Meine letzte Tat als Endsiebzehner stand bevor.

Dann wurde es dunkel. Die Binde roch nach nassem Hund, und Kalles Rauhaardackel Plöppel räkelte sich rülpsend vor meinem geistigen Auge. Ich streckte die Arme aus: «Wo seid ihr? Ihr müsst mir schon ein bisschen helfen.»

Hinter mir Kichern, ich drehte mich um, aber da war es auch schon verstummt. Rings um mich fuhren Autos, und ich befürchtete instinktiv das Schlimmste (Badisches Tagblatt: «Bühler mit Hundehalsband vor Augen totgefahren. Freunde gründen Stiftung. Startkapital: 60 DM»)

«Los, Leute, gebt mir Tipps. Heiß und kalt oder so, okay? Sonst bewege ich mich keinen Meter hier weg.»

Eine Kofferraumklappe schlug zu, ein Einkaufswagen rappelte an mir vorbei, ein Kind nieste in der Ferne. Ich sah einen einsamen Dornbusch durchs schwarze Nichts rollen. Von meinen Freunden kein Mucks. Sicherlich standen sie um mich herum und bissen sich in die Fäuste, um nicht laut loszuprusten.

Um den Vorteil der Überrumpelung auszunutzen, ruderte ich ohne Ankündigung wild mit den Armen, um Hüften, Schultern, Bäuche zu erwischen und ihnen und mir zu beweisen, dass sie körperlich zugegen waren. Doch meine Arme schlackerten ins Leere. Und wieder: kein Laut.

Jetzt kam ich mir so richtig dämlich vor und rief im verzweifelten Tonfall gespielter Überlegenheit: «Ich zähle bis drei, dann nehme ich die Binde wieder ab.»

Stille.

Plötzlich hörte ich einen Mann von ferne schimpfen:

«Was isch denn hier los? Mitte uff da Pajkplatz!»

Er sagte wirklich «Pajkplatz». Das Badisch wurde lauter, der aufgebrachte Herr kam offenbar näher. Von hinten: «Schscht!» und «Psst!», von vorne jetzt ganz nah: «Ja, nix pscht hier, des isch doch gfährlich, i sag glei da Majktleitung Bscheid hier, verdammt nochämohl.»

Jemand zerrte an meiner Augenbinde. Dann wurde es hell. Erschrocken erkannte ich ein dickes, altes, empörtes Gesicht an einem verschwitzten Kopf. Der Kopf war auf einen kugeligen Rumpf gestöpselt. Verschwommen im Hintergrund: die sechs enttäuschten Mienen meiner Freunde.

Der Alte: «So geht's halt net. Des isch ä Pajkplatz, kei Spielplatz für Halbstajke.» Er klatschte mir zackig die Augenbinde in die Hand und walzte davon, zu seinem R5, seine Hosenbeine schleiften hörbar aneinander.

Nun braute sich etwas zusammen. Hanna hatte die Fäuste geballt. Jöckl biss sich auf die Lippen. Kalle atmete rau. Es lag in der Luft, ich konnte es förmlich spüren: In jedem Einzelnen von uns brodelte das Ego. Eine Gruppe von sieben, voll im Saft stehenden, stolzen Teenagern, angetreten, die kaffige Ereignislosigkeit des Supermarktalltags mit einer originellen Idee zu durchbrechen, hatte sich soeben in die Schranken weisen lassen. Von einem kleinen, wütenden, rotbackigen Männchen! Wir standen da wie ertappte Kinder, die mit ihren nagelneuen Wildledersandalen in eine Pfütze gehüpft waren und deshalb eine Standpauke kassiert hatten. Es war erniedrigend!

Kalle versuchte unsere Teenager-Ehre zu retten und stotterte in Zimmerlautstärke: «Sp-pp-pießer, Sie haben uns g-gar nichts zu sagen! Kümmern Sie sich gefälligst um Ihren eigenen Scheiß!»

Zu spät, zu leise. Der Angesprochene hatte seinen schweren Körper längst auf den Fahrersitz plumpsen lassen, die Tür zugeknallt und den Motor gestartet. Er konnte uns nicht mehr hören. Weil ich das wusste, rief ich: «Noch ’n Spruch, Kieferbruch!»

«Kleinkarierter Paragraphenreiter!», höhnte Jöckl und dann: «Als der Alte unseren Mackl angefasst hat, hätte ich ihm echt fast die Schnauze poliert.»

«Sei froh, dass du ihn nicht berührt hast», beruhigte ihn Nicole. «Wer weiß, was der Fettwanst an Krankheiten hatte. Du hättest dich noch angesteckt.»

Was blieb uns anderes übrig, als uns auf diese plumpe Weise abzureagieren? Mit jedem Kraftausdruck verbrannte eine ordentliche Portion überschüssigen Adrenalins in unseren Blutbahnen. Das tat gut.

Wir beschlossen, nicht länger kostbare Zeit zu verschwenden, und marschierten zum Eingang. Blind und mit nassem Hund in der Nase stellte ich mich am Drehkreuz in Position. Ich musste mich sputen, denn eine freundliche Ansagerin hatte uns bereits via Lautsprecher mitgeteilt, dass die Belegschaft sich aufrichtig freuen würde, wenn die verehrten Kunden ihre Einkäufe allmählich (gemeint war zügig) zur Kasse bugsierten.

Im Schweinsgalopp (Marke «Blindes Schwein») versuchte ich mich zur Getränkeabteilung durchzuschlagen. Mit ein bisschen Glück und Fingerspitzengefühl würde ich einen Kasten Bier, Sekt und einige Päckchen Saft ergattern. In den letzten Sekunden vor Ladenschluss dann («Mir wolle schließlich alle ämohl Feierabend habbe, gell?») schnell weiter zur Knabberabteilung, wegen Flips und Chips.

Alles lief wie am Schnürchen. Auf dem Rückweg fühlte ich einen herrlichen Übermut in mir aufsteigen und griff kurzerhand ins vorbeiziehende Kühlregal. Meine Beute war in Glasbehälter eingeschlossen und gluckerte vielversprechend. Am Ende zahlten wir genau 59 Mark und 56 Pfennig. Fast eine Punktlandung! Ich fand mich großartig. Nun pfiff Kassenwart Olivia das Spiel ab.

Immer noch ohne Augenlicht, versuchte ich die Gefühlsregungen der anderen zu erspüren. Fanden die mich auch so genial? Mir war, als hörte ich unterdrücktes Stöhnen. Dann Kichern. Aber für Blind-Umtausche blieb keine Zeit.

Als ich, am Kofferraum von Jöckls Passat stehend, die Binde löste, klopfte mir Olivia tröstend auf die Schulter. Sie lachte: «Sechzig Mark zum Fenster raus.»

Vor mir standen ein Kasten alkoholfreies Bier und zwei Flaschen eines Sektmischgetränkes mit Tropenfruchtgeschmack. Statt Saft lagen da vier traurige Liter H-Milch (fettarm).

Beim Knabberzeug hatte ich noch weniger Glück gehabt, offenbar hatte ich die Abteilungen verwechselt. Anders konnte ich mir nicht erklären, wie diese drei Päckchen Zahnpflegekaustreifen für Hauskatzen in den Wagen gelangt sein sollten.

«Hast du das denn nicht gefühlt oder gerochen?», fragte Danni amüsiert, aber doch irgendwie verächtlich.

«Ihr habt mich ja gehetzt wie verrückt», sagte ich in gespielter Verzweiflung, um die echte Verzweiflung zu kaschieren. «Aber das kann doch nicht alles gewesen sein! Wo sind die zwei gekühlten Gläser?»

Hanna deutete mit einem Kopfnicken neben den Bierkasten. Dort lagen: Muschelsalat «Parisienne» und eingelegte Wachteleier.

«Kostenpunkt: zusammen 18 Mark 48», gab Olivia zu Protokoll.

«Perfekt! Muschelsalat passt doch hervorragend zu fettarmer H-Milch mit Maracuja-Sekt», gluckste Nicole, und Jöckl legte stolz seinen Arm um ihre Schultern.

Dann fuhren wir mit zwei Autos hoch in die Weinberge, die vor Jahrhunderten dem Schwarzwald abgetrotzt worden waren. Dort gab es einen hölzernen Unterstand für Wanderer, die auf der siebenhundert Meter langen Strecke vom «Pajkplatz» zur Gaststätte «Reblaus» eine Rast einlegen wollten (oder aus gesundheitlichen Gründen mussten). Auf jeden Fall bot sich dort ein spektakulärer Blick über die dunkle Rheinebene, in der die Kleinstädte glitzerten und noch mickriger wirkten, als sie es eh schon waren.

Hier oben wollten wir also mit Katzenkaustreifen und Wachteleiern in meinen Geburtstag hineinfeiern. Dafür blieben uns noch drei Stunden. Und ich erwähne nur der Vollständigkeit halber (und nicht etwa, um zu petzen), dass

Danni beim Auspacken eine Flasche unseres raren Maracuja-Sekts fallen ließ. Kann schließlich jedem mal passieren.

Aber dass es ausgerechnet der neunmalklugen Danni passierte, erfüllte mich irgendwie mit Genugtuung. Zum ersten Mal erlebte ich sie in Demutshaltung. Endlich kam sie von ihrem hohen Ross herunter, dem blöden Gaul mit Namen «Lasst-euch-das-ruhig-mal-gesagt-sein». Das war's wert, diese eine Flasche, die nun schäumend im Schotter versickerte.

«Das darf nicht wahr sein. Ich bin vielleicht bescheuert», jaulte Danni.

Und keiner sagte: «Stimmt.»

Wir standen zu siebent nebeneinander wie auf eine Schnur gezogen, tranken supermarktwarmes alkoholfreies Bier und schauten hinüber nach Frankreich. Der Mond stand dankenswerterweise direkt über dem Rhein und komplettierte das romantische Panorama.

In solchen Momenten fangen auch Teenager an, über gemeinsame Erlebnisse aus den guten alten Zeiten zu plaudern. Meistens beginnen sie mit den Worten: «Wisst ihr noch letztes Jahr ...?» Zu mehr reicht es meistens nicht. Die rückblicktaugliche Zeit ist einfach zu kurz und die unbeschwerte Jugend einfach noch nicht lang genug vorbei.

Nun, mit achtzehn, sollte also der Ernst des Lebens beginnen. Dabei beginnt er streng genommen schon 568 036 800 Sekunden vorher, wenn man gemeinsam mit dem Fruchtwasser das gemütliche erste Zuhause verlässt, weil man ja unbedingt das Licht der Welt erblicken muss (als wäre es ein Naturgesetz). 568 036 800 Sekunden. Das ist eine Zahl mit – na gut –, nur drei Nullen. Aber trotzdem! Und währenddessen beginnt der Ernst des Lebens immer wieder neu. Wie es den Erwachsenen gerade beliebt.

Ein Beispiel: mein erster Schultag. Da wäre ich meine Schultüte am liebsten sofort wieder losgeworden. Nicht weil sie mir nicht gefiel, nein, daran lag es nicht. Ich hatte sie mir sogar selber bei Schul- und Bürobedarf Rosskamp ausgesucht. Die Tüte war grün, und auf ihr war eine flotte Zeichnung aufgedruckt: ein Mädchen und ein Junge jeweils eine Schultüte tragend und grinsend den Zebrastreifen Richtung Schule überquerend. Das wirkte außerordentlich verwegen. (Ich lebte sehr extrovertiert damals.) Außerdem war die Schultüte bis zur Krepppapier-Krause voll gestopft mit Süßigkeiten (Zahnpflegendes kam mir nicht in die Tüte!). Ich habe Fotos, die beweisen, dass meiner Schwester vor Neid buchstäblich die Zunge aus dem Hals hängt, während sie das tonnenschwere Füllhorn in meinen Gummiarmen anstaunt.

Zu schwer war mir die Schultüte aber, wie gesagt, nicht. Kinder im Einschulalter können problemlos ein Vielfaches ihres eigenen Körpergewichts in Schokolade schultern. Das ist evolutionsbiologisch einfach so vorgesehen. Nein, ich hasste meine Schultüte wegen Sibylles Mutter. Und das kam so: Als wir Schulanfänger uns mit Tüten und Puls 240 für unser allerallererstes Klassenfoto formierten, hörte ich am Rande der Szenerie Frau Klemper zu meiner Mutter sagen: «Ja, ja, jetzt geht der Ernst des Lebens los.»

Meiner Mutter stiegen Tränen in die tapfer strahlenden Augen. Mir wurde bang. Was war denn an der Einschulung so ernst? Wurden wir hier allesamt hereingelegt? War «Schule» ein geheimes Eltern-Codewort für Folterkeller?

Am liebsten hätte ich meine Schultüte weit von mir geworfen. Aber dafür war sie nun wirklich zu schwer. Stattdessen betäubte ich mich nach dem Fototermin lieber mit einer Tüte *Treets*. Anders wäre der Ernst des Lebens nicht zu ertragen gewesen.

Nach der Grundschule dann: das Gymnasium. «Oh», sagte meine Oma, hielt mein Grundschul-Abschlusszeugnis in der einen Hand und streichelte mit der anderen über meinen

Schädel. «Unser Marcus macht langsam Karriere. Jetzt geht der Ernst des Lebens richtig los.»

Der Ernst des Lebens wollte gar nicht mehr aufhören anzufangen. Drittes Beispiel, neue Szene: Mein Vater, der mir auf Geheiß meiner Mutter behutsam, aber mit liebevollem Nachdruck ans Herz legte: «Du solltest langsam mal mit einem Deoroller anfangen.»

Meine Mutter rief damals aus dem Wohnzimmer: «Nicht langsam. So-fort!»

Okay. Vielleicht hatte hierbei keiner der beiden explizit auf den Ernst des Lebens hingewiesen und dass er just nun beginne. Doch dieses Mal kam es mir selber so vor. Deo? Das war so umständlich! An was sollte ich morgens, in aller Herrgottsfrühe, denn noch alles denken? Womöglich noch daran, mich zu rasieren? Das fehlte gerade noch!

Und dann ging der Ernst des Lebens wirklich los. Das Mädchenuniversum wandelte sich zum Damenuniversum und wartete ungeduldig darauf, dass das Jungenuniversum zum Männeruniversum mutierte. Und als es so weit war, fanden die Damen uns erst recht scheiße. Wie ernst sollte das Leben denn noch werden?

Die Achtziger waren vorbei, und die Neunziger fühlten sich auch nicht groß anders an. Irgendwie war mein Leben überhaupt nicht richtig verrückt. Da musste doch noch was kommen! Abi, Studium, neues Jahrtausend. Da steckte eigentlich Potenzial drin. Bitte schön, gerne! Ich fühlte mich bestens gewappnet. Ich war immerhin fast achtzehn. Ein Viertel des Weges hatte ich doch schon hinter mich gebracht. Ein Viertel? Himmel! Wenn da noch was kommen wollte, dann bitte zackig!

Was dann kam? Mitternacht. Gleich war es so weit, und ich wünschte mir, der Mond hätte ein bisschen mehr Schmackes. Denn es wurde richtig kühl. Nicole wärmte ihre Hände unter Jöckls Hemd. Ich hätte gerne meine beste Freundin Hanna gewärmt, aber seit der Händchenhalte-Affäre ging das nicht mehr. Obwohl, da fiel mir ein: Ich hatte da noch was gut bei Hanna.

«Hanna, frierst du nicht?», fragte ich sie.

«Doch, schon. Aber als Single muss man das aushalten können.»

Jöckl hatte gut lachen, und das tat er prompt.

Ich wollte nicht kleinlich erscheinen, aber: «Du weißt ja hoffentlich, Hanna: Einmal darf ich noch mit dir Händchen halten, ne?»

Jöckl schüttelte ironisch resignierend den Kopf, dann zwinkerte er mir zu.

«Du meinst», fragte Hanna, «wenn wir jetzt Händchen halten, dann profitiere auch ich davon?» Ihre Lachgrübchen kamen raus. «Okay, komm her», sagte sie dann. «Wir beide sind ja noch nicht volljährig. Das gilt dann schließlich als Jugendsünde. Bei dir allerdings nur noch – wie lange eigentlich?» Sie blickte auf ihre Armbanduhr. «Ej, nach meiner Uhr ist es nur noch eine Minute bis Mitternacht. Los, Olivia, Sekt!»

Olivia griff nach der Flasche und Hanna nach meiner Hand. Jöckl legte seinen linken Arm um meinen Nacken. Ich blickte wieder ins Tal. Am Horizont konnte ich winzig klein das Münster von Straßburg erkennen. Dagegen wirkte der Stahlbetonturm der Bühler Johanneskirche wie eine Kathedrale, wenn auch nur wie eine Kathedrale des schlechten Geschmacks.

Der Tropensekt schäumte über Olivias Hände. Sie gluckste. Ich bekam eine Gänsehaut und spürte die Jeans an meinen Beinhaaren reiben.

«Nur noch ’ne halbe Minute bis Mitternacht», rief Kalle.

«Warte. Meine Uhr geht auf die Sekunde», sagte Jöckl und schüttelte seinen linken Unterarm neben meinem Ohr, um die Armbanduhr unter seinem Ärmel hervorzulocken. Fast wäre ich dabei in seiner Armbeuge erstickt, denn er versuchte, an meinem Gesicht vorbei aufs Zifferblatt zu schielen, ohne unsere Umarmung zu lösen.

«Und?», röhrte ich mit gestauchtem Kehlkopf durch seinen Jackenärmel.

Jöckl guckte angestrengt auf sein Handgelenk: «Ej, Mann, noch acht, sieben, sechs …»

Schon 568 036 794 Sekunden. Ich schloss die Augen. Die anderen stimmten mit ein: «Fünf, vier, drei, zwei, eins.»

00:233

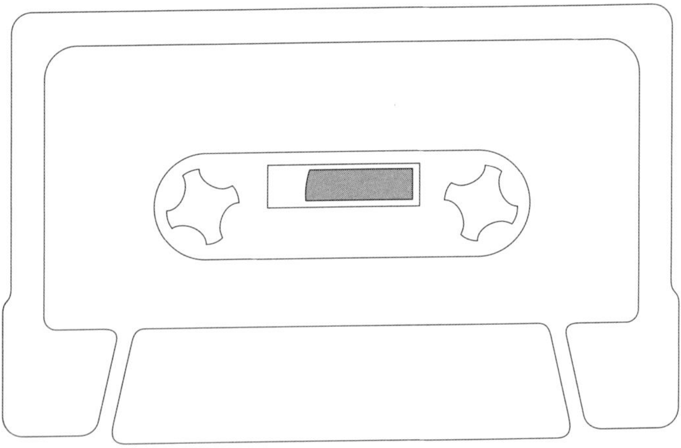

Ej, danke, Mann!

Es gibt Menschen, denen ich wirklich dankbar bin. Und glauben Sie mir, auch Sie verdanken ihnen einiges. Denn dank dieser Menschen blieb Ihnen so manches erspart: Anekdoten, über die – außer mir – keiner hätte lachen können (wie ich heute gerne einräume). Der Text liest sich einfach besser dank meiner Lektorin Katja Sämann und dank der Anregungen von Christian Schlesiger und Karen Mitrega.

Dank gilt auch meiner Familie, die das, was in diesem Buch hoffentlich unterhaltsame Fiktion geworden ist, erst einmal in voller Länge mit mir durchlebt hat – auch wenn sie manchmal sicherlich irgendwie überhaupt nicht richtig verrückt danach war.

Und schließlich danke ich Ihnen, liebe Leser, dass Sie sich freiwillig bis zu dieser Seite vorgegraben haben.

00:237